陳定山文存

陳定山 原著
蔡登山 主編

陳定山賞花圖

陳定山與其了克言合照

祖孫三代圖：（上）陳定山，
（中）陳蝶仙，（下）陳克言

陳定山閒居圖

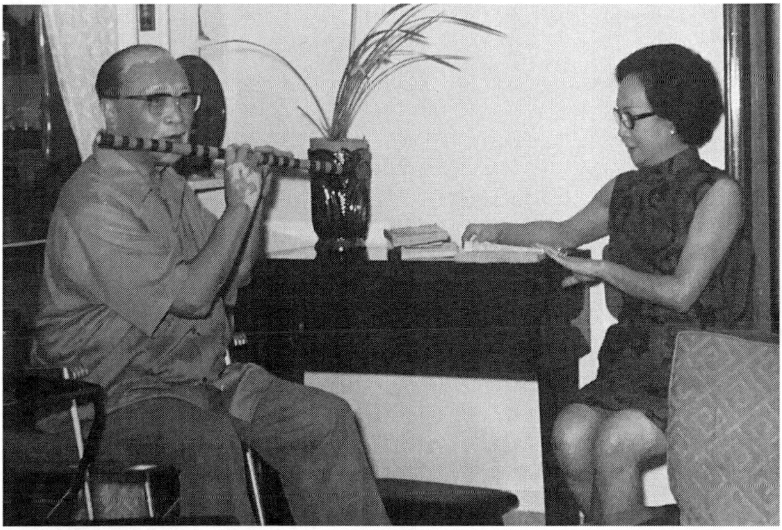

陳定山吹笛，旁為二夫人十雲女士

家人合照：（左）陳次蝶，（中）陳定山，（右）張嫻君，（坐者）陳蝶仙

*照片由陳定山後人提供。

導讀／落花時節又逢君——我與定公的一段書緣

蔡登山

陳定山（一八九七－一九八九），工書，擅畫，善詩文，曾有「江南才子」之美譽。其父名栩園，字蝶仙，自號「天虛我生」，文章遍海內，生平寫詩幾千首，著譯小說百餘部，並旁及音樂、醫學等等。又組織家庭產業社，生產「無敵牌」牙粉而致富，可謂事業滿中外。蝶仙生二子：定山，名蘧，字小蝶；其弟次蝶，字叔寶；皆能文，時人以眉山三蘇（蘇洵、蘇軾、蘇轍）比之。有一女，名翠，字小翠，文名尤著，其為文、詩、詞、曲，皆酷有父風，更有才女道韞之稱。

陳定山十歲能唱崑曲，十六歲翻譯小說，還和父親合寫小說，於是大陳小蝶齊名，在文壇有「大小仲馬」之稱。因其父事業有成，陳定山五陵年少、輕裘肥馬，他說二十八歲便請了嚴獨鶴、王鈍根、周瘦鵑、丁慕琴作陪，在陶樂春作「洗筆宴」，從此可以無須賣文而生了。在西湖邊，買下明末「嘉定四先生」之一李流方的「墊巾樓」遺址，凡十八畝，迴廊水檻，依圖建作，幾復舊觀，名為「定山草堂」。抗戰勝利後，重還湖上，而全園古樹悉遭兵燹，廊榭傾壞，不堪修葺。而更有甚者，不久神州陸沉，倉促之間，盡捨家業，只攜原配張嫻君、二夫人鄭十雲，渡海來臺。他後來在〈齊天樂〉詞中有：「垂楊巷陌，問何處重逢油碧。南渡風流，幾時曾許寄消息。」他說：「少年的綺事回想最易傷感，何況我一生在紈綺中過活，臨老艱危，比到入蜀而又出蜀的杜甫，更覺老境拂逆。」杜甫在成都曾營建草堂，但定山的草堂，卻是「棄去不復顧」了。他曾感慨地說：「連這臺北陋巷中的三間野屋，也將棄去，別為賃廡的梁鴻！詩呢，一生心血，銷鎖在上海四行儲蓄庫的保險箱裡，馬卿別無長物，僅此數十卷詩。」一言之不勝感慨萬千！

渡海後，陳定山重搖筆桿，創作不輟，有小說：《蝶夢花酣》、《黃金世界》、《龍爭虎鬥》、《一代人豪》、《五十年代》、《隋唐閒話》、《大唐中興傳》、《空山夜雨》、《烽火微塵》、《北雁南飛》、《湖戀》、《春水江南》。另有《定山草堂詩存》五卷、《蕭齋詩存》五卷、《十年詩卷》、《定山詞合刊》、《黃山志》、《西湖志》、《中國歷代畫派概論》、《元曲舉隅》、《詞譜箋》等，可謂著作等身。

我接觸陳定山的著作可說相當早，應該是大學畢業前夕，我記得去世界文物出版社購買《春申舊聞》，而這本書一直跟著我四十多年了，它是我瞭解上海掌故人物的必備書籍和查考資料的來源。定公著作中最廣為人知的莫過於《春申舊聞》和《春申續聞》了。這兩本書早於一九五五年由晨光月刊社出版，但目前可能連圖書館都不容易見，早已成為古文物了。經過二十年（一九七五）世界文物出版社重新出版《春申舊聞》，次年又出版《春申續聞》，但又絕版多時了。再經四十年（二〇一六）我找到定公的孫女勉華小姐授權，重新出版這兩本書。這次用的開本都較晨光、暢流為大，除重新打字排版校對外，引文改用不同字體，行距間排得比較疏點，字體也比較大點，不像晨光、暢流版的文字完全擠在一堆，看來有傷目力。新出的秀威版，後出轉精，成為此套書的最佳版本。這兩書從首次出版至今六十六年間，歷經三家出版社有三種不同的版本。雖然超過半世紀，但定公筆下的上海灘舊聞，一如張岱《陶庵夢憶》中的杭州，前塵往事，歷歷在目。雖滄海桑田，繁華如夢，依然娓娓動人，歷久弗衰，仍為一代一代的讀者所傳頌。作家李昂也讀過其中一篇〈詹周氏殺夫〉而寫成《殺夫》的小說，轟動一時。

定公的書籍出版又匆匆過了五年，我心中還是一直記掛著，似乎有些事情未了！今年（二〇二一）仲秋之後，九月的「落花時節」，因訪蕙風堂主人洪董事長，無意中聊及定公，堂主人告知不僅定公還有其子克言都是他的舊識故交，主人並帶我們在定公晚年所題的「蕙風堂」店招下拍照留念，臨別之際，我告知有《定山論畫七種》一書似可重新整理出版，他也深表認同。這就成了目前整理出來的《陳定山文存》和《陳定山談藝錄》的緣起。

《定山論畫七種》薄薄的一冊，是他的夫人張嫻君蒐集發表於報刊雜誌的文章僅七篇，共六萬餘言。此書出版於一九六九年，早已絕版多時，國內圖書館亦僅有三四家收藏。但我認為陳定山論書畫的文章當不僅於此，因此從老舊雜誌《暢流》、《自由談》、《藝壇》、《藝海》、《中國一周》、《文星》、《中央月刊》、《中國地方自治》、《國立歷史博物館館刊》等刊物逐期翻檢，甚至找到香港的《大人》、《大成》雜誌，最後是利用中研院所購買的上海圖書館製作的「民國期刊全文數據庫」找到他早年在大陸時期所發表的三篇論畫的長文，共增添五十六篇文章，總數幾達三十萬言，內容除書畫外，更包括詩詞、掌故、戲曲等等，於是乃編成《文存》和《談藝錄》二書，定公重要的文論藝評皆在乎此，而且是從未出版成書的。

《文存》包含詩詞、掌故、戲曲三類，而最後更附上有關生平與家世的文章，以達其「知人論世」之旨。定公作詩填詞堪稱高手，各有詩集、詞集傳世，此書所編乃其論文或詩話甚至以詩詞當作紀遊之作，十分珍貴難得。如〈李義山錦瑟詩新解〉，他從各種典故的考證來破解李商隱所設下的種種障眼手法，難度是滿高的，因為自古有「一篇〈錦瑟〉解人難」之歎，然而由於定公熟悉這些典故的正用、反用、明用、暗用，而最終指出李義山無題詩係為小姨而作，或許你也會猜出答案，但如何破解的過程才是精彩，難怪也是才子的詞人陳蝶衣讀過此文會讚歎：「真可謂之獨具慧眼，一語道破矣！」杜甫一直是定公景仰的大詩人（拙文標題引用杜詩，當為定公所樂見也），他寫了多篇有關杜甫的文章，其中在《文星》雜誌發表的〈杜甫與酒〉，份量頗重的，他甚至將杜工部一生及於酒者，擇要編年，分十三階段，述其緣由，並正其視聽。而杜工部最後旅泊衡湘，喪亂貧病，交瘁於心，竟以死自誓，更無一字及酒者。定公歎乎：「蓋公早已自知年命之不永，而致其歎息於曲江獨坐之時。詩人之窮至於杜甫亦大可哀已。於酒云何哉？」定公善飲，又長於杜詩，考之年譜，「以詩證史」，確是少陵之知音也。他回憶幼年被父親責罵詩文輸給妹妹小翠時，說：「余避席曰：『臣得其酒。』蓋妹不能飲，而余飲甚豪，酷肖父耳。父亦笑而解之。」因此善飲是其來有自的，有人曾為文說，陳定山八十六歲時，喝完白蘭地之後仍可作畫，並且談笑風生，現場有位酒友驚呆，心中暗自欽佩，此人乃武俠名家古龍。而確實古龍有張著名的照片，其背景是掛著副「寶魘珠鐺春試鏡，古韜龍劍夜論文」的對聯，該對聯便是定公所書的。因此他大有以杜甫之酒來澆心中之塊壘之意！

再者，宋人筆記提及黃山谷和蘇東坡時說：「山谷在戎州，聞坡公噩耗，色然而喜。因為從此詩名，無人再會益過他的了。」對此說法，陳定山十分憤慨，因為黃山谷終身推崇蘇東坡，可謂不遺餘力，固不獨形諸詩句，且掛諸口齒矣。如云：「子瞻詩句妙一世，乃云效庭堅體。」又跋東坡〈黃州寒食詩帖〉云：「東坡他日見之，乃謂我無佛處稱尊也。」因此定公怒氣沖沖地說：「不知蘇、黃交情如此之厚，推重如此之盛。這種以小人之心，度君子之腹的傳說，也正是章惇、蔡京一般徒黨造出來的謠言，用以誣毀前賢的了。」於是他為文替黃山谷辯白，因為東坡之死，消息來得遲緩，當時黃山谷在戎州連噩耗都未接到，怎會「色然而喜」呢？相對地對於渲染豔聞以博取知名度的作品，定公會大加撻伐的，如樊樊山的前後〈彩雲〉，他認為絕非「詩史」之作，尤其是對後〈彩雲曲〉，他話說得很重：「其詩猥媟，格律甚卑，其事亦得之道聽塗說，不能引與前〈彩雲曲〉並傳，以視吳梅村的〈圓圓曲〉、白居易的〈長恨歌〉，更不可以道里計了。但齊東野人反而津津樂道。」定公衡文、論詩自有尺量，不為世俗流言所左右，可見一斑。

掌故一直是定公的拿手絕活，此書所編均為前書所未收之作（因與上海「春申」無關），而且更加精彩者，因為這些都是有關明鄭及臺灣的。如〈臺灣第一文獻——記沈光文遺詩〉，還有〈閩明一代孤臣黃石齋先生殉國始末〉、〈明魯王監國史略〉均是前人所未道及者。戲曲亦是定公一生之所好，他亦可粉墨登場，他二夫人十雲女士，是唱老生的，在上海曾代過孟小冬的班。篇中的「歷史與戲劇」除論談及許多戲改編自歷史，但也扭曲或捏造了歷史。另外對來臺的京劇演員分生、旦、淨、末、丑整理出一份名單，並留下他們在臺的劇話，可說是非常珍貴的梨園史料。

《談藝錄》整本幾乎都是定公談書畫之作，他真正致力繪畫大約在二十四歲，不過對書畫有興趣倒是起源很早。他弱冠時看三姨丈姚澹愚畫梅而心喜之，曾問姨丈可否學畫，姨丈曰：「畫必自習字始，能寫好字始能習畫。」於是他以所寫書法向其請益，姨丈認為他是不羈之才，豈僅能畫梅而已，於是教他山水畫訣。二十五歲那年，他竟悟出一項道理，一心想走「四王」（王時敏、王原祁、王石谷、王鑑）的路子。四王中本以王時敏輩分最高，王原祁、王石谷，都是其學生，定公說他最愛王原祁，因為他的畫在於「不生不熟之間」，不若王石谷太過甜熟。對於學習國畫，他認為還是必須從古人入手的，博古而後知今；若想摒古棄今，單以天地為師，那是不可能的。至於其中的祕訣在於「摹、臨、讀、背」。所謂「摹」不是刻板地一筆按一筆地鉤勒，而是將畫掛起來，看清楚它的來龍去脈，然後在自己的紙上對著畫。「臨」則只取其意思及筆法，即古人所謂「背臨」，是活的，思考的。摹臨之際既已分析並熟悉其格局，便可以將畫中各種皴法、點法活用在自己畫面上，這是熟「讀」了的緣故。以後熟能生巧，進入組織、佈局得心應手的階段，便是「背」的充分發揮了。他又說：「意在筆先，物色感召，心有不能自已，筆墨有所不得不行，然後情采相生，欣然命筆。」「作畫必須莽莽蒼蒼，深山邃壑，如有虎豹，望之凜然，似不可居；而仙巖秀樹，蒙雜其間，出人意表，乃為盡山水之性靈，極文人之筆墨。」這些可說都是他習畫的心得，原本是不傳之祕，如今寫出來也是想「金針度人」！

「工欲善其事，必先利其器」，書畫必須講究筆、墨、紙、硯，定公也談到如果沒有一支好筆，正如名將之無良騎，怎能使他畫出好畫呢？無好筆，縱有好紙亦是枉然。而在畫畫時「墨分五色」是極端講究的，他說民國以來，用青麟髓（道洗墨），其次用乾嘉御墨。到了臺灣，官禮御墨，也變了稀世之珍。斷墨一丸，輒數百金，畫家惜費，又不得不求之東京。他又說：「張大千早年學石濤、老蓮，幾可亂真。抗戰時，潛蹤敦煌石室中，勝利還滬，畫風為之一變。我埋怨他：『為什麼去向牆壁學？』大千笑說：『好墨好紙都用完了，只好刷了。』由於找不到好墨好紙，而去向畫壁討生活，這是大千的聰明，也可以說他是玩世。」

《文心雕龍》說：「觀千劍而後識器，操千曲而後曉聲。」定公可說是做到了，因此他對於前人作品的評論可說是精準的，甚至可以看出其作品脫胎於何人，出自於何派。當然這也歸功於他對於整個繪畫史的鑽研，他的〈中國歷代畫派概論〉長文是擲地有聲的重要論著。同樣地，他的〈讀松泉老人《墨緣彙觀》贅錄〉一文，幾乎把故宮典藏和私家收藏的名帖都看遍了，才能寫出這樣精彩的文章，他說：「或睹於故宮，或覯之藏家，無不精誠赫弈，千載如新。有宋兩代名臣真蹟，幾盡萃於此，雖有二三僉壬，亦如蓬生痳中，不扶自直矣。令人過目不忘，洵有以也。」

陳定山早在一九二〇年即活躍於滬上美術界，籌辦美展活動、主編。而一九三五年故宮博物院要挑選文物參加英國舉辦的「倫敦中國藝術國際展覽會」，他被聘為負責書畫部十一位審查委員之一，可見也是借重他在書畫的鑑賞能力。據學者熊宜敬說：「一九四七年九月十五日至二十八日在上海市南昌路法文協會展出『中國近百年畫展』。配合這項展覽，上海美術館籌備出版了《中國近百年名畫集》和《近百年畫展識錄》，由陳定山、徐邦達、王季遷等執筆，其中《近百年畫展識錄》，詳載了每件展出作品的形式、尺寸、款識、鈐印和收藏經過，並附畫家傳略，全書數萬言，是一九一一年民國肇建後，第一本具有學術研究價值的畫展圖錄。」我因此又特別找到他早期的三篇畫論，讀者可比較其與來臺後的觀點有否異同。本書廣搜其有關藝苑散論，多達十數篇，均為他論及畫人畫事的不可多得之作。其中有畫史的源流、繪畫的理論、作畫的心得，更有畫家個人的傳記，例如〈民國以來畫人感逝錄〉長文，他就窮三年之力，四易其稿（本書採用他的四稿）方始完成。至於〈樹石譜〉更是畫國畫的基礎理論，得其竅門，即刻進階。最後定公對於作畫的結論是：「多求古蹟名本，或多讀書習字，或出觀名山大川，覺胸次勃然，若有所蓄，鬱鬱欲發，乃藉筆寫之。故畫者，只是寫自己一片胸襟耳。」堪稱至理名言，不二法門。

定公少多才藝，得名甚早。壯歲久寓滬濱，馳騁於文壇藝苑，輕財任俠。渡海來臺，除短期都講上庠外，勤於寫作，著述等身。然原本出於鐘鳴鼎食之家，突遭國變，衣冠南渡，能不無感！於是他發之於吟詠，有《十年詩卷》、《定山詞》之作，人間何世，無限江山；聽流水於隴頭，見夕陽於故國。但定公一生原不只是詩人、詞人、小說家、書畫家，因此茲書之編就，就是要讓讀者瞭解他多才多藝的各個層面，也為後人研究提供更多的材料也。

編輯凡例

一、原文中的異體字、俗字等，除配合上下文意予以保留之外，逕改為標準字形。

二、原文明顯訛誤、標點不符現今閱讀習慣之處逕改，為免行文冗贅，不復註明。

三、原文引用之詩文，有與目前流通之版本不相吻合者，為保留原文樣貌，凡不影響文意者，皆不校對、註出。

四、書中注釋除非特別註明，均為原文之注釋。其引用詩文有與目前流通之版本不相吻合者，同上。

寫作五十年的文字價值

陳定山

我從陽明山遷居臺中，已逾十年。而臺中的文協成立，也恰恰十年。李升如兄要我寫點寫作的經過和感想，這是非常有趣的。不過，我的寫作年齡卻和民國紀元有同樣的永久，僅差了一歲。因為我比民國早生十五年（前清光緒丁酉），而寫作的開始，則是民國二年，我十七歲。

光陰去得非常地快，民國今年五十八，而我的寫作生命，已有五十七年的累積，而我今年是七十三歲。

七十三歲應該是老人了。應該打打麻將，喝喝咖啡，享享清福了，而我還在磨檯子，寫東西（這些東西有人稱它為文章，我覺得慚愧，所以這稱它為東西）。照說，也不是為了稿費，而是興趣。說句笑話，目前的稿費收入，要養活一個人口，是絕乎辦不到的。

不過，我在民初投稿，十塊錢一千字的稿費，那時幣制高，核到現在幾超過美金二十元。而現在寫特稿每千字雖也高至二三百元，而核之美金反不到五六元（這比香港已經好多了，據說香港稿費每千字還拿不到十元港幣呢）。自古文章不值錢，文人之窮，於今為烈！所以我在民初賣文，月入三百元大鷹洋，鄰里刮目，都說陳小蝶發財了（那個時代三百現洋真算宗小財）。而我的年紀輕，還只有十七歲，因此替我做媒的，車馬盈門，信如雪片，但我的興趣，卻沒有寫作的興趣高。因此到二十四歲才結了婚，三十歲才有了孩子，便是現在的陳克老（他今年四十四，人家都這樣稱呼他）。

不過我的寫作生命，並不從十七歲一直到現在都是賣文稿。在我二十八歲那一年開始，我已洗筆不幹。因為我和我的父親，積得很可觀的一筆稿費而創設了一個家庭工業社，便是無敵牌牙粉。我們父子都改行忙於實業，不得不與十年寫作生活暫時告別。不過，我對文藝愛好的慣習，並不能夠因實業方面的煩忙而完全摒棄；相反地，更廣泛地，注入於詩、書、畫、詞、曲、戲劇和其他有關於美術方面的探討。直到現在老來，還是癖好這一切，不能戒除；但亦有我技術最低劣的——下棋，最高明的——喝酒。我的父親常常因為我的不肯專心實業而拍案罵我：「你哪一點兒像我？」我對曰：「臣得其酒。」家君輒為破顏而笑。

我二十八歲便是民國十三年。我和經常譯作的李常宜，還請了嚴獨鶴、王鈍根、周瘦鵑、丁慕琴作陪，在陶樂春作「洗筆宴」，只說從此可以無須賣文而活了（寫文章固然是興趣，但壓著老豆腐寫作十年，精神上實在是椿痛苦）。從民國十四年到二十四年，可說是我寫作生活方面最瀟灑的、最快樂的日子。因為文人的結習，免不了發表慾。但這種發表是「自由文人」，不論報館、書局，雖指定要你寫，寫的長短、題目，都由我，因此也時時發表，而篇篇都有個自由的精彩，活潑生趣，談上下之古今，說天地之南北。錯了，和人家打一場筆墨官司，真比《水滸傳》裡的好漢吃五十斤牛肉、燒酒還嗨。我自認這十年（民十三至二十四）裡我所寫的文字，倒是我的真真文字。誰知，民國二十四年，金融發生了大變動，接著便是抗日八年，勝利兩年，而我們匆匆到了臺灣來了。從三十八年到四十八年我一直住臺北。為了生活，第一個拉我重為馮婦的是老友趙君豪兄，那時他和范鶴言、朱虛白兄創辦《經濟快報》，也就是現在的《聯合報》，我擔任副刊編輯《臺風》。第二位拉我寫作的，是吳愷玄先生，拉我為《暢流》雜誌寫稿。第三位是葉銘勳主辦的《中華日報》，趙之誠兄主編副刊要我寫長篇，而刊出了風行一時的《春申舊聞》和《黃金世界》二部。接著便是耿修業兄主辦的《大華晚報》，要我為他寫最長篇小說《蝶夢花酣》。這一下，我就在臺北寫作了一年。住在陽明山，四時有花木之勝，早晚有良朋之遇，倒也逍遙得很。最快活的是，《中華日報》臺北版，本仰給臺南版，自《春申》發刊以後，北版銷數激增而南部版反仰給於北版的轉載。接著是耿修業兄不時報告《大華晚報》因連刊載《蝶夢花酣》而銷數激增，向我「致敬」。這最有趣的：每當花季，載酒上山，識與不識，競來叩門相訪，於是我只好在蕭齋門外，貼一張告白：「主人不在」，但看花的人還是湧進來。有人在我的柴木門貼了一首詩：「何事主人常不在，柴門雖設莫長關。」於是我不得不下山，而搬到臺中。

搬臺中的主動力，是一陣黛絲颱風，把我的蕭齋的直頂吹坍了，我抱著我的小孫女毛毛（學名舜華）從蕭齋走到國際飯店門口下山，一直下山。遷住臺中，一直住到現在，整整又過了十年。完成的長篇巨著，則有：《中央日報》錢伯起先生要我寫的《五十年代》，孫如陵兄要我寫的《隋唐閒話》、《大唐中興傳》。

這些，除了《蝶夢花酣》，因其字數浩繁，比《五十年代》加倍，一直未曾付印，其餘的都刊出了單本，計有：

○《春申舊聞》、《黃金世界》、《龍爭虎鬥》、《一代人豪三部曲》（《中華日報》連載）

◎《五十年代》、《隋唐閒話》、《大唐中興傳》（《中央日報》連載）

▲《蝶夢花酣》、《空山夜雨》、《烽火微塵》、《北雁南飛》（《大華晚報》連載）

《湖戀》（《徵信新聞》連載）

《春水江南》（臺南《新生報》連載）

以上◎者均已由《中央日報》社出版。○者由世界文物供應社出版。▲者由世界文物供應社在印刷中。

另有：《定山草堂詩存》五卷（上海印刷廠出版），《蕭齋詩存》五卷（大中書局出版），《十年詩卷》、《定山詞合刊》、《黃山志》、《西湖志》（正中書局出版），《中國歷代畫派概論》、《元曲舉隅》、《詞譜箋》（均在印刷中）。

綜計來臺二十年，每天伏案作文，日計三千字至五千字以為常。書報雜誌發表者，記其數，總約每年一百萬字，二十年來，當在二千萬字以上。若以民國初年每千字大洋十元約算，則吾為擁資二億以上，而富可徵國矣。書罷一笑。

目次

導讀／落花時節又逢君
——我與定公的一段書緣／蔡登山 006
編輯凡例 015
寫作五十年的文字價值／陳定山 016

談詩詞

李義山錦瑟詩新解 026
杜甫與酒 041
關於鄭畋兩首不同的馬嵬詩 052

蕭齋閒話 055
山谷詩話 092
站在詩的立場論文言白話的演變 100
《宋詩別裁》評介 115
讀《人間詞話》 121
草堂詞憶 132
泰遊小紀 143

說掌故

臺灣第一文獻——記沈光文遺詩 154
閩明一代孤臣——黃石齋先生殉國始末 163
回首西泠風雨亭 169
紅葉唱詩 181

明魯王監國史略 188
記周端孝血疏貼黃 195
北齊的循吏蘇瓊 201
中國歷史和小說的勢力 205
《水滸傳》在西湖的遺跡 218
新世說 223
古妝今考 五則 229
年景什談 239
麻將經——定公戲作 251

說戲曲

歷史與戲劇 264
留臺劇話（一） 301

留臺劇話（二）314
留臺劇話（三）329
四大名旦・四大美旦・四大霉旦 341
顧曲新記 349

附錄：有關生平與家世

生日記 354
《翠吟遺集》序言 360

談詩詞

李義山錦瑟詩新解

星使追還不自由，雙童捧上綠瓊輈。
九枝燈下朝金殿，三素雲中侍玉樓。
鳳女顛狂成久別，月娥孀獨好同遊。
當時若愛韓公子，埋骨成灰恨未休。

——李商隱和韓錄事送宮人入道詩

李義山這首詩，明裡說一個入道的宮人，暗裡實是指說著一件失戀的故事。尤其是「韓公子」三字要著眼。因為《搜神記》裡有這樣的記載：吳王夫差小女名紫玉，私戀一個姓韓名重的人，但夫差不許她嫁，她就生病而死，死時化成一朵紫煙。後來韓重遊學回來，彷彿看見小玉在墓間向他作歌：

南山有烏，北山張羅；
意願從君，讒言孔多；
悲結成疹，歿命黃壚。

這「韓公子」就是指的韓重。但宮人入道與韓重有什麼關係呢？因為這首詩題是：〈和韓錄事送宮人入道〉，韓重正是影射韓錄事，而這位韓錄事是李義山的連襟，也就是韓偓的父親韓畏之。

那麼：這首詩是暗指韓畏之的失戀了！而失戀的對象，卻是九枝燈下的宮人。專制皇朝，一個錄事要想去眷戀一個九枝燈下的宮人鳳女，恐怕有些不可能吧？那麼李義山這首詩也就有點費解了。

現在我大膽地提說一句：這「韓公子」明說是韓畏之，而實際是反喻自己。原來義山和畏之同是河陽節度使王茂元的僚婿，失戀的不是韓畏之，而是李義山，即作者自己。吳王夫差是指王茂元，小玉是指茂元的次女，正是韓畏之的愛妻、李義山的小姨子。送宮人入道，便是暗射小姨子的遣嫁。義山詩裡關於這段盪氣迴腸的戀情故事，不知寫過多少無題詩，卻全是這首宮人入道的轉注。

要瞭解這許多無題的詩，卻先要瞭解〈錦瑟〉那一首七律：

錦瑟無端五十絃，一絃一柱思華年。
莊生曉夢迷蝴蝶，望帝春心託杜鵑。
滄海月明珠有淚，藍田日暖玉生煙。
此情可待成追憶，只是當時已惘然。

這首詩，歷來注家都把它解作悼亡，以為瑟是二十五絃，劃斷便成了五十絃。於是斷絃成了悼亡的詩典。不知斷絃是漢武帝的故事，《漢武外傳》：「海獻鸞膠，武帝絃斷，以膠續之。」那斷的是弓絃，與錦瑟的琴絃無涉；義山用典，絕不會如此勉強，而後人反成了錯引。

所以「錦瑟無端五十絃」，我的解說，便是指王氏一雙姊妹。按庖犧氏製瑟，本為五十絃，後來剖成兩半，各二十五絃，是名為箏。所以「無端五十」正是指錦瑟一雙。本為同體所生，非形容姊妹而何？而姊妹的年齡當然相差不遠，所以說「一絃一柱思華年」，由姊妹而想到妹妹，此詩只是追憶。「莊生曉夢」是說當年情事，「望帝春心」是說而今遠別。「珠有淚」是用「還君明珠雙淚垂」，說羅敷已自有夫，不能再種相思。「玉生煙」是指往事如煙，不堪追憶。一結更分明。

《義山集》裡的詩，前後非常淩亂，這是故意的，但我們仍能尋找它的線索。現在再找一首描寫他們初戀的回憶詩——〈無題二首〉之一：

昨夜星辰昨夜風，畫樓西畔桂堂東。
身無彩鳳雙飛翼，心有靈犀一點通。
隔座送鉤春酒暖，分曹射覆蠟燈紅。
嗟余聽鼓應官去，走馬蘭臺類轉蓬。

這首詩竟是一篇初供招狀！按義山釋褐祕書省，王茂元辟為掌書記，得侍御史，故此詩言「蘭臺」。而上面六句全是回憶在王氏甥館時期家庖宴樂。而此中有人，呼之欲出，卻不是義山自己的妻子，而是另一個聰明絕頂、蘭心蕙質的她。隔著舊禮教的堤防，而隔座送鉤，分曹射覆，雖不遂彩鳳雙飛之願，卻早有靈犀一點之通，所以接著有「來是空言」兩首定情的供狀：

來是空言去絕蹤，月斜樓上五更鐘。
夢為遠別啼難喚，書被催成墨未濃。

蠟照半籠金翡翠，麝薰微度繡芙蓉。
劉郎已恨蓬山遠，更隔蓬山一萬重。

颯颯東風細雨來，芙蓉塘外有輕雷。
金蟾齧鎖燒香入，玉虎牽絲汲井迴。
賈氏窺簾韓掾少，宓妃留枕魏王才。
春心莫共花爭發，一寸相思一寸灰。

按此詩共有四首，後面還有五律一首、七古一首，七古裡最明白的句子是：

溧陽公主年十四，清明暖後同牆看；
歸來展轉到五更，樑間燕子聞長歎。

溧陽是梁簡文帝的公主，逼嫁侯景；此詩當是茂元次女下嫁畏之時所作，而與以前二首七律、一首五律同託名於「無題」，七律第一首極似《會真記》的西廂景象，「書被催成墨未濃」，這期間還暗藏著一個紅娘，催著他的簡帖，才把小姐請來。起句「來是空言去絕蹤」，是將一夜的情景始末，完全包括；次句便結束了如煙事散以後的悵惘情景；第三句倒接相會以後戀戀不捨的癡情；第四句再倒點千呼萬喚才請來的小姐；第五、六句正寫相會，恰用「翠蠟」、「繡被」作為賦體，不再描寫情景，而情景自然銷魂蝕骨；末二句一直寫到別後更難再見的恐懼。這一首詩便是王實甫一部《西廂記》的藍本。第二首是再遇，和前一首不是一個日子所作，著眼卻在「賈氏窺簾」、「宓妃留枕」二句，窺簾是賈充女私奔韓壽的故事，是以賈充隱射王茂元；留枕是陳思王夢見甄后的故事，是以曹丕隱射韓畏之。所以這第二律竟是〈送宮人入道〉的姊妹篇，而尤其是寫得明白、寫得深刻的，則是〈韓同年新居戲贈〉一首：

籍籍征西萬戶侯，新緣貴婿起朱樓。
一名我漫居先甲，千騎君翻在上頭。
雲路招邀迴彩鳳，天河迢遞笑牽牛。
南朝禁臠無人近，瘦盡瓊枝詠四愁。

「籍籍征西」是指王茂元，茂元封濮陽郡侯，會昌中，遷河陽節度使，討劉稹亂，屯軍天井。義山古詩有：「尚書文與武，戰罷幕府開。」正與末句相合。「新緣貴婿」是指韓畏之。此詩原題云：「韓同年新居餞韓西迎家室戲贈」，新居當是茂元為畏之所設的甥館，故有第三、四句的豔羨。「一名先甲」是指義山自己，《唐書》：「進士試五策一經，經策全得者甲第。」明說我是進士前輩，而暗中便說我比你先為王氏的僚婿，下句便接「千騎上頭」是羨妒畏之的後來居上。第五句「彩鳳」之鳳，便是送宮人入道之鳳，而第六句「迢遞牽牛」，即是指說自己，和「更隔蓬山」的劉郎、「當時苦愛」的韓重，完全是一個人。他還覺得說得不夠，而又舉出了南朝的禁臠。

禁臠是女婿的別名，後人用錯了才把他當作孌童愛妾使用。按《晉書》：孝武帝為晉陵公主求婚，屬意謝混；袁崧不知，要想將女許與謝混，王珣戲云：「卿莫近禁臠。」原來花豬的項肉最佳，晉室南渡，公私交窘，只有帝王才有得吃這一臠項肉，故稱「禁臠」。

禁臠的意思既是指「欲近而不得」的女婿，今韓畏之既是千騎朱樓的貴婿，何必要使用「禁臠」這一個典故呢？原來這禁臠，他又是指的自己，因為畏之相攸的時候，義山已賦悼亡，若使茂元愛才，則「大姨夫作小姨夫」即是詞林佳話。無奈天帝無情，遂使牽牛迢遞，銀河永隔，看人高起朱樓，千騎得意，而自己只如南朝禁臠一般，無人敢近。望著隔雨的紅樓、香羅的鳳毛，託詠〈四愁〉而已。故結句云：「瘦盡瓊枝詠四愁。」這「瓊枝」，我很疑惑是隱射那位小姐的閨字。江淹詩云：「願一見顏色，不異瓊樹枝。」但又怕畏之識出，所以拉上張衡的〈四愁〉。

再看他「鳳尾香羅」二首〈無題〉，完全是遣嫁時光的清狂惆悵：

鳳尾香羅薄幾重，碧紋圓頂夜深縫。
扇裁月魄羞難掩，車走雷聲語未通。
曾是寂寥金燼暗，斷無消息石榴紅。
斑騅只繫垂楊岸，何處西南待好風？

這首詩是描寫小姑的上車將去，「羞難掩」是曾相識，「語未通」是無限離情，「曾是寂寥金燼暗」，一切往事的追憶，都已寫盡，「斷無消息石榴紅」，感傷嫁後的光景。而斑騅繫住垂楊，使我欲追難往。《西廂記》云：「馬兒慢慢行，車兒快快隨。」亦從此處悟得。

重幃深下莫愁堂，臥後清宵細細長。
神女生涯原是夢，小姑居處本無郎。
風波不信菱枝弱，月露誰教桂葉香。
直道相思了無益，未妨惆悵是清狂。

這第二首簡直是說得很明白了。史遷的形容〈離騷〉，以為憂憤呼天，疾病則呼父母；這一首詩，便有了〈離騷〉第二種神情。但他還以為不夠直情逕遂的訴說，於是又來了一首「昨日」：

昨日紫姑神去也！今朝青鳥使來賒。
未容言語還分散，少得團圓足怨嗟。
二八月輪蟾影破，十三絃柱雁行斜。
平明鐘後更何事？笑倚牆邊梅樹花。

這是一首寤寐思服、輾轉反側的詩。他假造了一個美滿的夢境，卻處處用離別的字眼，自己點醒。昨日紫姑分明已去，今日何能再有青鳥使來。故用「賒」字，「賒」就不是實事了。來的並不是「車走雷聲」匆匆別去的小姐，而是「書被催成」的青衣小使，可是未曾容得一句訴說，她匆匆地又走了。妳為什麼不再捧著小姐來呢？稍得團圓也償了今生宿債。但這是夢，夢也是暫時得很，枕上的清狂，不過添了幾許怨嗟。這窗外的月，明明是十六夜的圓月，而我看來，卻如破鏡。這箏上的柱，還像雁行地在飛，而她們姊妹卻不知哪裡去了。做夢吧，趕著這五更鐘定，再做個好夢吧。呵！來了！她正倚著牆邊的梅樹在笑呢！

這首詩，表面看非常直致，細細地味解，便覺迷離惝恍，又如一部《牡丹亭》，盡是杜麗娘尋夢的光景。

畏之娶後，義山便赴職四川梓潼，兩地相思，更無由遂。這些問題可以說都是「此情可待追憶」的會真詩，所以詩中多用蜀中故事。而可以證明義山悼亡、赴蜀的最明白的一首，則是〈赴職梓潼留別畏之員外同年〉詩：

佳兆聯翩遇鳳凰，雕文羽帳紫金床。
桂花香處同高第，柿葉翻時獨悼亡。
烏鵲失棲長不定，鴛鴦何事自相將。
京華庸蜀三千里，送到咸池見夕陽。

這首詩並無多大意義，但證明韓、李二人是同年，又是僚婿，和義山的悼亡、失戀赴蜀是很明白的。但他餘情難了，不久又作了「相見時難」的〈無題〉：

相見時難別亦難，東風無力百花殘。
春蠶到死絲方盡，蠟炬成灰淚始乾。

曉鏡但愁雲鬢改，夜吟應覺月光寒。
蓬山此去無多路，青鳥殷勤為探看。

人情易合者必易離，唯相見難，則別亦難，此情人之所以不同於薄倖。「東風」句極摹消魂之意，不但此際消魂，春蠶蠟炬，到死成灰，此情亦終不可斷。鏡中愁鬢，月下憐寒，又希望她善保容顏，不患無相逢之日。雖蓬山萬里，呼吸可通，但不知誰為青鳥，替我殷勤一探看耳。此等詩，直截是寫男女至情，亦即天地間至情。頭巾先生定要將它變成高頭講章，說是寄託忠愛；應知世間鍾情人，才有至情，若無此情，又哪裡來的君臣、父子、夫婦、朋友？史稱義山「詭薄無行」，正是誤解〈無題〉。而一般高頭講章，又硬要將它解作「每飯不忘君」也是誤解〈無題〉。我只覺得他是至情至性中人，他有海枯石爛的情致、春蠶蠟炬的勇氣，他是中國的大情人，他沒有元微之那樣薄倖，他沒有法國拜倫那樣的瘋狂。所以我願意不避「武斷」、「周內」的嫌疑，寫成此篇。現在我再舉出〈無題〉以外的一首，來做一個具體的證明，結束本文。〈楚宮〉七律云：

月姊曾逢下彩蟾，傾城消息隔重簾。
已聞珮響知腰細，更辨絃聲覺指纖。

暮雨自歸山峭峭，秋河不動夜厭厭。
王昌且在牆東住，未必金堂得免嫌。

曰「月姊」，詩中人為月姊之妹可知。傾城之美，當為義山素所傾倒，而今日始償見之願，所以一聽珮響，已知腰細，一辨琴聲，便識指纖。暮雨記相望之殷，秋河怨相隔之近，而我思伊人，伊人亦未嘗不在思我。王昌只在東牆，金堂咫尺，而月姊之嫌疑深矣。其他如「小姑漸長應防覺，潛勸郎收素女圖。」「青女素娥俱耐冷，月中霜裡鬥嬋娟。」都是此詩注腳，索解人自得。

蝶衣按：（編者案：蝶衣，指陳蝶衣，名作詞人。）讀定山居士〈錦瑟〉詩箋，指出李義山〈無題〉詩係為小姨而作，真可謂之獨具慧眼，一語道破矣！其實《義山集》中，類此可尋之跡尚多，如〈寄惱韓同年二首時韓住蕭洞〉之一曰：

簾外辛夷定已開，開時莫放豔陽回；
年華若到經風雨，便是胡僧話劫灰。

所謂「辛夷」，即「新姨」之諧音，馮浩箋釋亦已言之矣！又用「年華」二字，即後來之「一絃一柱思華年」也。之二曰：

龍山晴雪鳳樓霞，洞裡迷人有幾家？
我為傷春心自醉，不勞君勸石榴花。

所謂「洞裡迷人」，則引用《幽明錄》所記劉晨、阮肇入天臺山逢二女故事，正賴以影射王氏姊妹也。另有〈離思〉一首曰：

氣盡前溪舞，心酸子夜歌。
峽雲尋不得，溝水欲如何？
朔雁傳書絕，湘篁染淚多。
無由見顏色，還自託微波。

馮浩箋釋曰：

首歎氣竭心酸，次謂不能追尋，已相離絕，猶何能更涉瀧江之意也。五謂音書不至，六點明湘中，結言雖不得見，猶欲通詞，言情與命斷，湘南病渴人，同一意緒。

其實詩中言「湘篁」，又是以娥皇、女英為比，始終不能忘情於小姨也。

此外〈錦瑟〉一詩之前，尚有〈王十二兄與畏之員外相訪見招小飲時予以悼亡日近不去因寄〉七律一首，亦極堪玩味，詩曰：

謝傅門庭舊末行，今朝歌管屬檀郎。
更無人處簾垂地，欲拂塵時簟竟床。
嵇氏幼男猶可憫，左家嬌女豈能忘？
愁霖腹疾俱難遣，萬里西風夜正長。

按：左思〈嬌女〉詩有曰：

左家有嬌女，皎皎頗白皙；

小字為織素，口齒自清歷；
其娣字蕙芳，眉目燦如畫。

是又明指姊妹而言。妻舅、連襟招飲，義山託故不去，雖以悼亡日近為言，正恐別有避面之因；蓋左家女弟，見亦傷心，所謂「相見爭如不見」也。萬里西風，便有「咫尺天涯」之歎，「夜正長」則言寧願鰥鰥不寐耳！凡此種種，俱可以抉千古之疑，息眾喙之爭。定山居士首窺其祕，乃能使謎語盡解，實為一大快事。

杜甫與酒

嘗見樸人先生談「杜甫與酒」，以為詩人與酒，不可分離。李白、杜甫，一生與酒結不解緣，且皆以酒卒。

余讀杜公草堂詩，其及於酒者不下數百首，大可分之：數其早客東都，壯遊齊楚，豪情飲量，似頗受李白、鄭虔、蘇端諸人影響，每至大醉、爛醉。中值喪亂，自秦入蜀，則憂患經心，酒量漸減，買酒不過盡醉，甚至囊空羞澀，有時且無錢買酒。自梓州挈家再往閬中，屢遭人白眼，甚至看人飲酒而自己不飲，且視酒如仇矣。

來春再至成都，乃稍稍飲。然以貧賤奔波，汩汩避盜，都無好懷，又復斷酒不飲。下峽詩中，不復見其飲酒為樂。偶然與酒發生關係者，皆為賓宴不可迴避之舉杯而已，或只是看人飲酒。

自夔出峽，流離於衡湘公安間。老病淹留，幾乎與酒絕緣。至湘潭值亂，終日僵臥，與藥裹為伍，愁且不能禁得，安禁得酒乎？

聶耒陽書致酒肉，公詩所謂：「詩得代懷，興盡本韻，至縣呈聶令者。」又云：「陸路去方田驛四十里，舟行一日，時屬江漲。」公固未嘗自云有疾，且受其酒肉之後，固猶賦詩至縣自呈。而史稱公以飽食牛酒一夕而卒者，誠小說家言耳。謹採公集，一生及於酒者，擇要編年，列贅於後，以呈教於風人君子焉。

⑴天寶以來，去東都及長安之作

〈對雨春懷〉：座對賢人酒，門駐長者車。

〈夜宴左氏莊〉：檢書燒燭短，看劍引杯長。

〈春日懷李白〉：何時一樽酒，重與細論文。

〈題張氏隱者居〉：杜酒偏勞勸，快樂不外求。

〈鄭駙馬宴洞中〉：春酒杯濃琥珀薄。

按：以上諸作，對酒興趣頗濃，但未及於豪。〈飲中八仙歌〉作於此時，但亦只說他人豪飲，而未說及自己。

〈在位宅守歲〉：誰能更拘束？爛醉是生涯。

〈醉時歌贈鄭廣文〉：得錢即相覓，沽飲不復疑。忘形相爾汝，痛飲真吾師。

〈呈蘇司業〉：賴有蘇司業，時時與酒錢。
〈寄高適〉：定知相見日，爛縵倒芳樽。
〈官定後〉：躭酒須微祿，狂歌託聖朝。
〈醉歌行〉：酒盡何期雙玉瓶，眾賓皆醉我獨醒（醉人每自言獨醒，其實真大醉也）。
〈樂遊園歌〉：百罰深杯亦不辭。
〈夏日李公見訪〉：預恐杯中盡，更起為君謀。
〈城西陂（即渼陂）泛舟〉：百壺那送酒如泉。
〈宴渼陂得寒字〉：無計迴舟下，空愁避酒難（謂醉至棹船亦不穩也）。
〈陪李金吾花下飲〉：醉歸應犯夜，深怕李金吾（醉得無賴）。

按：是公開始狂飲時期，蓋唐代去六朝未遠，士大夫習於任誕，以酒為命，公亦習其風尚，於座中每至爛醉。

(2)至德元載自鄜州赴朝廷陷賊中二載，自賊中赴行在所，授官所作

〈簡薛華醉歌〉：百壺且試開懷抱，……如澠之酒常快意，亦知窮愁安在哉。
〈晦日尋崔戢李封〉：每過得酒喫，二宅可淹留。
〈述懷〉：漢運初中興，平生老躭酒。

〈留別賈嚴二閣老〉：去遠留詩別，愁多任清醺。

(3)至德二載八月還鄜州及扈從還京所作

〈獨酌成詩〉：燈花何太喜，酒綠正相親。醉意從為客，詩成覺有神。

〈羌村三首〉：手中各有攜，傾榼濁復清，苦辭酒味薄，黍地無人耕。

〈喜聞官軍已臨賊境〉：家家賣釵釧，祇待獻春醪。

〈臘日〉：縱酒欲謀良夜醉，還家初散紫宸朝。

按：公此時飲酒，已有斟酌，且有薄愁，不似東都時狂放矣。

(4)乾元元年春至夏五月在諫省所作

〈曲江〉：朝回日日典春衣，每日江頭盡醉歸。酒債尋常行處有，人生七十古來稀。

〈曲江對酒〉：暫醉佳人錦瑟傍。

（以上對酒，何等蘊藉）

〈鄭駙馬池臺〉：不謂生戎馬，如何共酒杯？

〈題鄭十八著作〉：酒酣嬾舞誰相識，詩罷長吟不復聽。

〈偪仄行〉：速宜相就飲一斗，恰有三百青銅錢。
〈酬孟雲卿〉：但恐天河落，何愁酒盞空。

(5)乾元元年六月出為華州司功，冬末以事之東都至乾元二月七月立秋後無官所作

〈冬末以事之東都〉：置酒張燈促華饌。
〈姜少府設鱠〉：清觴異味情屢極。
〈路逢楊少府〉：兼將老藤杖，扶汝醉初醒。
〈贈衛八處士〉：問答乃未已，驅兒羅酒漿。

按：以上自(2)至(5)四年間，及於飲酒者，唯陷賊中時，有「百壺且自開懷抱」、「每過得酒喫，二宅可淹留」、〈偪仄行〉之「速宜相就飲一斗，尚有三百青銅錢」，稍作粗豪語，其他及於酒者，皆一片謹醇蘊藉之風。而「兼將老藤杖，扶汝醉初醒」，不言獨醒而醒意瞭然，與前之「眾賓皆醉我獨醒」、「醉歸應犯夜，最怕李金吾」者已似換過一人。

(6)乾元三年秋棄官，居秦州以後作

〈有懷臺州鄭十八司戶〉：平生一杯酒，見我故人遲。
〈寄岳州賈司馬巴州嚴八使君五十韻〉：晚著華堂醉，寒重繡被眠。

〈遣興五首〉：回首載酒地，空無一日還。

〈病後過王倚飲〉：兼求畜豕且割鮮，密洽斗酒終諧宴。

〈空囊〉：囊空恐羞澀，留得一錢看。

按：以上五詩，唯〈過王倚〉是曾飲酒，前三首只是回憶，〈空囊〉一首，則並欲留此一錢而不肯貪醉，與「恰有三百青銅錢」對照，則公之景況日非，而至於止酒可見。

(7)乾元二月自秦州如同谷

紀行所作詩無一及「醉」字者。二年十二月自隴石赴劍南，紀行所作，亦無一及「酒」字。「賢有不黔突，聖有不暖席，況我飢愚人，焉能尚安宅？」席且不安，安得酒乎？

(8)上元元年在成都，二年卜居浣花溪，作草堂未成，暫如蜀之新津

〈所思〉：苦憶荊州醉司馬，謫官樽俎定常開。

〈江畔獨步尋花〉：應覓南鄰愛酒畔，經句出飲只空床。……

誰能載酒開金盞，喚取佳人舞繡筵。

〈寄李白〉：劇談憐野送，嗜酒見天真。

按：以上只是說別人飲，而提到自己者則為：「多病所須唯藥餌，微軀此外更何求。」「厚祿故人書斷絕，恆飢稚子色淒涼。」「多病獨愁常闃寂，故人相見未從容。」蓋貧病交迫不飲久矣。

(9)**廣德元年自梓往閬**

〈發閬中〉：女病妻憂歸意急，……別家三月得一書。

〈冬狩行〉：飄然時危一老翁。

〈將適吳楚〉：常恐性坦率，失身為杯酒。

按：公依章梓，為最不得意時期，「失身為杯酒」。此十年間，公蓋未嘗有東都之豪情，不但疏於旨酒，且視酒如仇敵矣。

(10)**廣德二年自梓州挈眷再往閬中**

〈泛江〉：長日容杯酒，深江淨綺羅，亂離還奏樂，孤泊且聽歌。

按：此詩稍及酒字，然一種厭倦之情如見。其〈傷春〉五首、〈登樓〉、〈釋悶〉，及〈江亭王閬州筵餞蕭遂州〉、〈送韋郎司直〉諸詩竟無一字及酒，而曰：「老畏歌聲斷，愁從舞帶長。」「別筵花欲暮，春日愛俱蒼。」其蕭瑟為如何耶？

(11)是年春末，自閬州領妻子赴蜀山

〈將赴成都〉：魚知丙穴由來美，酒憶郫筒不用沽。……

肯藉荒亭春草色，先判一飲醉如泥。

〈春歸〉：此身醒復醉，乘醉即為家。

〈歸來〉：洗杓開新醞，低頭拭小盤。

〈客至〉：盤飧市遠無兼味，村酒家貧只舊醅。

按：公既歸依嚴武，定巢草堂，復稍有杯酒之樂。然人猶輕之。「因知貧病人須棄，能使韋郎跡也疏。」「晚來末契託年少，當面輸心背面笑。」「已忍伶俜十年事，強移棲息一枝安。」公之困於嚴武，可以知矣。

(12)永泰元年，自成都挈家下忠渝州所作

〈寄漢中王〉三首：忍斷杯中物，眠看座右銘。

〈陪嚴鄭公泛舟〉：急湍風醒酒。

〈初冬〉：日暮習池醉（指嚴），愁來梁甫吟（自況）。[1]

〈宴戎州王使君東樓〉：座從歌伎密，樂任主人為。重碧拈春酒，輕紅劈荔枝。

按：右詩第一首，明言斷酒。後二首皆看飲酒，其曰「拈」，舉杯勉強之情如畫，下接輕紅劈荔枝則才一沾唇，便索鮮脆醒酒，益復不可耐矣。

(13)是年移家雲安。大曆元年春後遷夔州自亦用遷瀼西在夔州所作

〈撥悶〉：聞道雲安麴米春，纔傾一盞便醺人。

〈鄭十八攜酒陪諸公宴〉：輕香酒暫隨。

〈九日〉：重陽獨酌杯中酒，抱病獨登江上臺。……

舊日重陽日，傳杯不放杯。……

艱難苦恨繁霜鬢，潦倒新亭濁酒杯。

〈課伐木〉：執之以救寒，共給酒一斗。

〈垂白〉：甘從千日醉，未許七哀詩。

〈元日（大曆三年）〉：飄零還柏酒，衰病只藜床。

〈遠懷舍弟〉：對酒都疑夢，吟詩正憶渠。

1 編按：原句應為「日有習池醉，愁來梁甫吟。」

〈人日〉：罇前柏葉休隨酒，勝裡金花可奈看。2

〈江樓應宴〉：對月無那酒，高樓況有江。

按：凡此諸作，其對酒無那之情，溢於言表。元年重陽獨酌，三年人日則應令節而亦不飲矣。「甘從千日醉」蓋欲得山中千日酒，一醉而遺世也。

(14) 大曆三年春自白帝放船出峽，移居公安，下岳陽所作。四年泊潭州

〈津亭留宴〉：白髮須多酒，明星惜此筵。

〈醉歌行〉：酒酣耳熱忘頭白。

〈宴王使君宅〉：自吟詩送老，相對酒開顏，江湖墮清月，酩酊任扶還。

〈發潭州〉：夜醉潭州酒，曉行湘水春。

按：自是以後，旅泊衡湘，喪亂貧病，交瘁於心。「歲月不我與，蹉跎病於斯。……羸瘠且如何，魄奪針灸屢。」「藥裡關心詩總廢。」及臧玠作亂，公益困頓：「竟流帳下血，大降湖南殃。」「喪亂死多門，嗚呼淚如霰。」「吾家碑不昧，王氏井依然。」「篙師煩爾送，朱夏及寒泉。」竟以死自誓，更無一字及酒者。公歿年僅五十九，「人生七十古來稀」，蓋公早已自知年命之不永，而致其歎息於曲江獨坐之時。詩人之窮至於杜甫亦大可哀已，於酒云何哉。

2 編按：原句應為「尊前柏葉休隨酒，勝裡金花巧耐寒。」

關於鄭畋兩首不同的馬嵬詩

（甲）

肅宗迴馬楊妃死，雲雨雖亡日月新。
終是聖明天子事，景陽宮井又何人？（《全唐詩》）

（乙）

玄宗迴馬楊妃死，雲雨難忘日月新。
終是聖明天子事，景陽宮井又何人？（《唐詩三百首》）

右兩種詩刻，俱是清人所編。《全唐詩》是康熙年間曹寅奉旨領銜編輯的（曹字楝亭，即曹雪芹之父。作紅學考證者很多提到曹楝亭而絕少提到他編《全唐詩》，附記於此）。《唐詩三百首》是乾隆間蘅塘退士選輯的（作者姓氏不詳，一云孫洙），這兩種不同的詩句，都有它的來歷，這裡避免考據。但就詩的方面欣賞，甲詩比乙詩差多了。乙詩感歎纏綿，情致無盡；甲詩是官樣文章，斷爛朝報，讀來興致索然。我們先把第二首來談一談：

「玄宗迴馬楊妃死，雲雨難忘日月新。」朱自清的解釋：

唐明皇從四川騎了馬，回到京都時，而楊貴妃早已在馬嵬坡下自縊了。可是日月雖經改變，而明皇對於貴妃當年的雲雨歡情，始終不能忘記。

我以為解得非常對，此詩的傳講，也就是為了這兩句。

有人說，這是從〈長恨歌〉「天旋地轉迴龍馭……」四句套來的。也可以這樣說，因為〈長恨歌〉在貞元會昌年間已經很傳誦了。不過〈長恨歌〉的四句，是七古長篇裡的過渡橋樑，而鄭畋的詩，卻是七絕起句的一篇主幹，鄭詩今存雖只十六首，但他與溫飛卿、韓冬郎先後齊名，並不要抄白居易才能想到一個「迴」字。

結句「終是聖明天子事，景陽宮井又何人」則是歸美明皇，說他對楊貴妃雖未免絕恩，但比全無心肝、不顧宗廟的陳叔寶卻高明多了。貶中寓褒，切合風人之旨。

再把甲詩分析一下。據人說，此詩完全歸美肅宗，不失史筆。但「肅宗迴馬楊妃死，雲雨雖亡日月新」，玄宗換了肅宗，第一句只差一個字而詩意全非！按玄宗南奔，父老夾道，遮住肅宗，東留討賊，是一件事；六軍不發，貴妃被逼賜帛，是一件事。今將兩事併成一句，好像貴妃之死是肅宗逼出來的。子逼父妃，歸美云何？

次句「雲雨雖亡日月新」，「雖亡」兩字簡直不通，而把兒子的「新朝日月」與父親的「舊情雲雨」連在一起，尤覺不倫。還有人把「聖明」改作「聖朝」的，聖朝當然是指肅宗，景陽宮當然是指明皇，當著兒子罵父親，此詩還有什麼可取呢？所以詩人一字之差，往往關係全局，採詩者可不慎歟？

文人作文，嘗有一字數易的，古今筆記所載不勝枚舉。我們看到有兩本歧異者，要當細心尋味，擇其善者而從之，斯可矣。

蕭齋閒話

替杜工部算流水帳

「詩窮而後工」，這是歐陽修說梅聖俞的；並不詩人都窮。杜甫流離顛沛於兵荒馬亂中，好像是窮極了？可是他並不窮。唐宰相世系表有杜位和杜濟，杜位是杜甫的從兄弟，杜有〈杜位宅守歲〉詩。杜濟是杜甫的從姪，顏魯公撰〈杜濟神道碑〉，濟為征南將軍十四代孫。杜甫祭當陽君，稱征南「十三葉孫甫」；可知這位詩人，來頭不小。再說他本生統系；父閑，是朝議大夫；祖審言，修文館學士；曾祖依藝，監察御史，曾為河南鞏縣令，杜甫的家就在鞏縣。杜甫詩「便下襄陽向洛陽」，正因為襄陽是他的原籍，洛陽才是他的家；其他思念河南洛陽鞏縣的詩句不一而足。他的身如此高華，朋友也就都是了不起的：少年浪游齊、楚、燕、趙，前輩方面就有願卜鄰的王翰、求識面的李邕；相友的是鄭虔、高適（鄭虔雖是廣文冷官，其子潛曜卻是駙馬。高適後為東西兩川節度使）；結交的是房琯、嚴武（房琯為肅宗相，嚴武封鄭國公）；同僚則有賈至、王維（賈至是閣老，王維是右丞）；這一派聲華，也就夠瞧的了。可惜安史作亂，藩鎮相繼反覆，將他至從秦州遍到成都，在這一個時期裡他確是窮過一陣：「床前兩小女，補綻才過膝。」（〈北征〉）「幼子飢已卒，吾寧舍一哀。」（〈自京赴奉先〉）都是流離失所，慘絕塵寰的時候。但是到了成都他就優哉游哉了。

他到了成都，卻有力量造花園。名為「草堂」，其實很廣。送錢的有王錄事、嚴武、高適，送花木的有蕭八明府的桃栽、韋二明府的綿竹、何少府的榿木、韋少府的松樹子、徐卿的果子樹。這些都是當地的官紳，他卻以經營草堂而達到了交遊目的。說到房屋，他有「柴門不整逐江開」的「柴門」、「小徑升堂舊不斜」的「桃徑」、「背郭堂成蔭白茅」的「草堂」、「就堂添水檻」的「水閣」、「田舍清江曲」的「田舍」、「園收芋栗未全貧」的「栗園」、「舍北舍南皆春水」的「莊溝」、「坦腹江亭暖」的「江亭」。說到家具，他有「錦織成」的「被窩」、「畫引老妻」的「釣艇」、「花罌無謝」的「玉缸」、「稚子敲針」的「釣竿」、「老妻畫紙」的「棋局」、「江心蟠石」的「桃竹杖」、「思歸還在」的「烏皮几」。而草堂的點綴也有「苔徑臨江」的「竹」、「茅簷覆地」的「竹」、房公的「鵝群」、重來的「語燕」、洗杓的「新醅」、喜歸的「舊犬」、頓飯不缺的「黃魚」、納涼的「荷芰」、常苦沙崩的「藥欄」。而他也不是「狂夫」、「野老」的身分，感到「青袍白馬有何意」的公務員不可為，而由嚴武替他奏授而五品緋魚的工部員外郎了。

後人稱他為「杜工部」，也從這個出典，但在《杜甫全集》裡看來，他的工部雖由嚴武提奏，卻未及到實授，因為嚴武再鎮蜀是寶應二年秋冬間，明年永泰，嚴武薨，杜甫即離成都而下三川。唐制五品著緋，工部員外郎是五品，而杜詩裡只說「青袍白馬有何意」、「青袍在自公」，可知他的工部員外郎是沒有得到除授的。

嚴武故世，他從西川移到東川，正是高適做東川節度使的時期，他在瀼西重築草堂，比較成都更為富麗：「短短桃花臨岸水，輕輕柳絮點人衣」，那就是新草堂間適的自白；「層軒俯江壁，要路亦高深」，是他新草堂的形勢；「春深負為花」、「秋色風落果」，是他瀼西的果園；「天地一川穩，高山四面圍」，是他東屯每每的田原，不但小康而成了大地主了。也就是他「今雨來，舊雨不來」的時候，他來去於瀼西東屯，課隸人則有伯夷、辛秀、信行等，課僮豎則有阿段、阿稽、獠奴等。而「入谷斬陰木，人日四根，委積庭內，是缺是補」，「夔屋壁，樹白蔔，鏝牆，實竹」，他的大興土木，更是可觀。而柏公鎮夔，則遣人送瓜；高適在鎮，則園官送菜。信行遠修水筒，則往來四十里（這比北投接溫泉水管的寓公們還要偉大）；張望補稻畦，則青稻千畦；宗文樹雞柵，則隨母百翮。從大曆元年春，自赤甲遷瀼西，直到大曆四年出峽，確是他最閒美、最理想的生活時間，他自己也不再愁眉苦臉而說出「老病恐拘束，應接喪精神，江村意自放，林木心所欣」的話；這時代的詩，成就也最大。〈秋興〉、〈諸將〉並不是他的代表作，而代表他真正生活的是〈東屯〉、〈北崦〉、

〈刈稻〉、〈課豎子〉等等，才是他坦白的招供。

但他終至於捨棄這一個滿意的新田園，而流浪到湖南去，為什麼呢？原來他是生的思鄉病，自踰秦入嶺起，他是想假道於「即從三峽穿巫峽，便下襄陽向洛陽」，回到洛陽看一看鞏縣的老家，這叫做人思故土馬思鄉呀。但他真的出了峽，卻又不快活起來：「入舟翻不樂」，「湖南為客經春，燕子銜泥兩度，舊八故園嘗識主，如今社日遠看人。」他竟因為臧玠的作亂，達不到「便下陽襄向洛陽」的本志，而流浪到湖南來了。終至「我衰太平時，身病戎馬後」，而致蹭蹬多拙，客死異鄉，又豈是他初料所及的呢？

陳後山的家庭失意

詩人的家庭失意事，大概多知道陸放翁和唐蕙仙的仳離，而沒有注意到陳後山的顛沛。其實後山的慘痛，百倍於放翁。在他詩裡，尤其說得淋漓盡致，卻沒有人替他編過小說和劇本，所以知道的人就少了。現在我們把他的詩貫串起來，可以知道詩人的因為窮，而遭到家庭失意的，後山實是一個最不幸的。

後山的丈人峰——郭概，是一個喜功利、性情刻峭的人（史稱郭概好功名，二蘇劾之甚力）。他當然看不起以詩為命、窮而後工的真詩人。所以後山的妻子郭氏，一直被他丈人留在娘家，等到郭概去做西川提刑時，竟將他妻和子，一直帶到西川任上去了。

從〈送外舅〉的那首詩——「丈人東南來，復作西南去。連年萬里別，更覺貧賤苦」看來，他丈人竟不但將已出嫁的女兒，帶往西南去，就在東南做官的時候，也將女兒留在家中，在這夫妻生離時間，他妻還懷孕將產，所以又說：「畏與妻子別，已復迫燻暮。何者最可憐，生兒不知父。」任淵注：「後山以貧故，妻子常寄食概家。」其實非貧，竟是聞丈人奪了他的妻子去，但看他本詩結句：「嫁女不離家，生男已當戶，曲逆老不侯，知人公豈誤？」那一股怨，竟是直沖霄漢。如因貧故，寄食外家，後山如此說話，簡直不當人子矣。

再看他的第二首〈送內〉：「麀麌顧其子，燕雀各有隨。」第一句用《韓非子》「孟孫獵得麑……其母隨之而啼」，竟是郭概扶持著外孫，不放其母還來。第二句是責其妻，連燕雀也不如。以下「與子為夫婦，五年三別離，父子各從母，可喜亦可悲。」是說我的兒子跟了去，是從其母，則我亦有母放捨不下，所以只能讓兒女們跟著妳做母親的去，和我跟著我母親去一樣，故曰「父子各從母，可喜亦可悲」也。後來又說：「吾母亦念我，與與爾相望。」「三載不可道，白首以為期。」後山此時竟有與其妻訣絕的意思。推原其故，不過貧能殺人。故按〈別子〉三篇：「夫婦死同穴，父子貧賤離。天下安有此，昔聞今見之。」乃是因子以留母，不願子女為無母之兒，而自己寧可歸到同穴也。措詞酸痛，竟是號啕痛哭矣。哀痛椎心，父子分散，故云：「母前三子後，熟視不得追，嗟乎胡不仁，使我至於斯？」頗疑後山妻，亦無情涼薄人矣。及讀〈再寄外舅郭大夫〉五律云：「深知報消息，不忍問如何。身健何妨遠，情親未肯疏。」則是伉儷之情仍深，直因「功名欺老病，淚灑數行書。」詩作到如此慘痛地步，也就慘絕人寰了。

後山〈示三子〉詩：

去遠即相忘，歸近不可忍。兒女已在眼，眉目略不省。喜極不得語，淚盡方一哂。了知不是夢，忽忽心未穩。

按郭概出為西川提刑是元豐七年，此詩列次在〈巨野〉後，當是元祐二年得徐州教授還鄉時作。父子遠別，已經五年，今始送歸，而子之視父，都不省記，故云「兒女已在眼，眉目略不省」也。但三子雖還，婦終不返，故云：「了知不是夢，忽忽心未穩。」後山詩此後無及伉儷之言，似婦終不歸也。

但按《鶴林玉露》載〈志士死飢寒〉一則：

後山為膳職，當侍祠郊丘，非重裘不溫，其內子與趙挺之內親姊妹也。乃從趙假一裘。後山問所從來，內以實告，後山竟卻之，感寒疾而死。

是後山妻是回來的。趙挺之即趙明誠的父親，李易安的舅翁，當時士類多不以為齒，後山寧願寒死，不願衣其裘，雖略近拘泥，而骨氣是有的，清介高風，百世難及。《鶴林玉露》與元次山避水餓死同列，真有志士不忘在溝壑之義。而後山的不幸家庭也就於此結束。郭概好功名，二蘇劾之甚力，當然是和章惇、蔡攸一流人，他既有女兒嫁趙挺之，當然看不起陳後山，可歎近世翁婿郭概何多，後山何少，書至此，擲筆三歎。

釋龜

今俗諱龜，昔人不忌。唐人詩：「無端嫁得金龜婿」、李白〈賀監詩序〉「因解金龜換酒」，皆可證。其實佩龜並不始於唐代，而真正通行佩龜的卻遠在漢末：曹植文「金龜紫綬以彰勛」、應璩書「方化銀以為黃」，是金龜以下更有銀龜了。南北朝很少見佩龜的典。唐代佩龜，則始於武則天金輪時代；唐元宗開元間尚佩龜，天寶以後則改佩魚，故杜甫詩中多用「銀魚」、「緋魚」而無用「龜」的字樣。

宋人雖不佩龜，也不忌龜，且好用龜來做名字，如楊時號「龜山」、王十朋字「龜齡」、陸放翁號「龜堂」。《益州名畫記》：「杜齯龜專師常粲。」則唐人也用龜做名字了。前乎唐史的，則有北史「叱列伏龜」。

龜在漢代又當了貨幣的代用品，《後漢書．食貨志》有「公龜」、「侯龜」、「子龜」之稱，它說：「公龜九寸，直五百，為牡貝十朋。」按《易經》：「益之十朋之龜。」這就是《漢書．食貨志》所本，也就是宋儒王十朋號龜齡的取典了。

明清時代，很諱言龜，但清末潘伯寅尚書也自號「龜庵」，這和陸放翁的「龜堂」同取義於《莊子》：「楚有神龜已三千歲矣。」他們多是想龜活長命的意思。《五代史》的「叱列伏則」是取義於《史記．龜策傳》：「南方老人以龜搘床足，行二十年，移床，龜尚生。」因龜能行氣引導，故伏而不死。任昉《述異記》云：「吳王夫差射堂柱楚皆伏龜。」而此法直到唐代依然存在，〈張說傳〉：「女為舅求官，說指搘床龜示之，女賀曰：『舅得詹事矣。』」

臺灣有一種糖龜，每逢令節，必獻以供神，或相餽貽；或以為從日本風俗，其實非是，它還留著中國古有的遺風；而日本人好以龜為名，也是承襲中國的古風。〈竹枝詞〉考

汪一庵先生採臺灣風土以為韻言，成〈竹枝詞〉二百七十餘首，嘗攜以過舍，囑為一言。先生長於僕者幾二十年，又為鄉前輩，僕何敢言，唯於對茗清談間論竹枝源流甚久，故紀所討論如左：

一庵說：

竹枝原本是詞，體格有二：（一）有和聲的，如《尊前集》所收，檳榔花發（竹枝）、鷓鴣啼（女兒）等五首。（二）沒有和聲的，如唐劉禹錫「白帝城頭春草生」等十首、白居易「瞿塘峽口水煙低」等四首。《花間集》為後蜀趙崇祚所輯，《尊前集》編輯人不明，但據近代朱孝臧《彊村叢書》的跋語：「《尊前集》一卷，錢塘丁氏善本書室藏梅禹金鈔本，朱竹垞亦見吳匏庵手鈔顧本，取勘釐訂悉同，因定為宋初人編輯。」五代、宋初人輯集唐人五代的作品，既認為是詞，當然可信。不過劉、白，各詞既沒有和聲，形式上便容易把它當作七絕，而且詞自從拍唱失傳，便沒法依照原來長短去唱，同一只供吟詠，更不妨就原名上加一詞字，以明起源，用來作為專詠地方風土等等的七絕。

定山說：

唐人詩詞不分家，因為詩本來就是唱的。竹枝始於劉禹錫，〈自序〉說：「竹枝，巴歈也。其音協黃鐘羽。」樂府說：「竹枝本出巴歈，劉禹錫作〈竹枝詞〉九章。」「竹枝詞」三個字連著用，是從此發生。唐代詩詞並不分家，不但五、七絕是樂府，五、七古歌行也是樂府。這個問題太廣，現在且不去說它。再語劉、白唱和，〈竹枝詞〉原本是竹枝四句，採它的聲，而沒有採它的韻。到了皇甫子奇所作的竹枝，卻把原來的和聲（竹枝、女兒）又加入了，使歌時群相和倡，而自為叶。與〈採蓮子〉的別用（舉棹、年少）是一個例。但是皇甫子奇的竹枝，尚有兩句一組的，例如：

芙蓉並蒂（竹枝）一心連（女兒），花侵橘子（竹枝）眼應穿。

山頭桃花（竹枝）谷底杏（女兒），兩花窈窕（竹枝）遙相映（女兒）。

都只有十四字，那才和詩分家了。所以我說七言四句，就是唐代的竹枝。十四字兩句的才是五代的竹枝，原先都沒有加上詞字的。唐代的七絕到了詞的時代，隨在被詞家引用而成為詞，並不限於「竹枝」，我們現在舉得出的有：〈小秦王〉、〈採蓮子〉、〈楊柳枝〉、〈浪淘沙〉、〈八拍蠻〉、〈阿那曲〉、〈款乃曲〉、〈清平調〉、〈字字雙〉等，而〈八拍蠻〉、〈阿那曲〉卻屬於仄韻；他們有的先歌成七絕，再付樂工去填譜，如李白〈清平調〉是最明顯的；有的先有樂譜而後把七絕配上去的，如〈八拍蠻〉、〈阿那曲〉也很明顯，先有填詞而後填詩，就開了後來填詞的先例。這個討論也就很長，現在放過不說。

這一次座談，到此為止，家中無書可查，座談都憑臆說，師心自用，在所不臆。蕭齋很小，客來很多，朋友至樂莫如談，這種溫情，卻是值得一記的。

譚嗣同入獄詩

望門投宿思張儉，忍死須臾待杜根。
我自橫刀向天笑，去留肝膽兩崑崙。

這是戊戌政變，六君子就義時，譚嗣同先生題獄壁的詩，很多人說「崑崙」是指的大刀王五，是當時的京中大俠，故以崑崙奴比之。但既是指王五，王五只是一人，為什麼說「去留肝膽兩崑崙」呢？又有人解張儉、杜根是分指康南海、梁任公，則「待」字又作何解？近偶讀梁任公撰〈殉難六烈士傳〉，這首詩是為梁任公而發的。張儉、杜根，都是指康南海。兩崑崙則是比梁任公和王五；乃用的畢崑崙故事，而非崑崙奴故事。

按：「望門投宿」應作「望門投止」，《後漢書・黨錮傳》：「張儉為八及之首……亡命，困迫遁走，望門投止，莫不重其名行，破家相容。」時南海已聞風遠颺，故首句云「思」張儉，是作者思念南海有望門投止無家可歸之苦。

又《後漢書・杜根傳》：「時和熹鄧太后臨朝，權在外戚，根以安帝年長，宜親政事，乃與同時人上書直諫。太后大怒命收執根等……。執法者以根知名，以縑囊載之城外，因得逃竄，為宜城山中酒家保。及鄧氏誅，左右皆言根之忠，徵詣公車，拜侍御史。」以此比康，用事尤切。「忍死須臾待杜根」正是叫梁勿為無益之死，要忍死須臾以待南康之歸，如杜根者則後事尚可為爾。

按任公撰〈殉難六烈士．譚傳〉云：「君從容語予曰：昔願救皇上無可救，今願救先生亦無可救，吾已無事可辦，唯待死期耳……。是夕余宿於日本使館，君竟日不出門以待捕者，捕者不至，則於其明日入日本使館與余相見，且以所著書及詩文辭稿數冊，家書一篋託焉。曰：『不有行者無以託將來，不有死者無以酬聖主，今南海之生死未卜，程嬰杵臼月照西鄉，吾與足下分任之。』遂相與一抱而別。」觀此，任公當初亦有殉難之志，而譚勸之也。

「我自橫刀向天笑，去留肝膽兩崑崙。」表示自己從容就義，其義甚明。下句確有將未完大事寄託於大刀王五與任公之意，按梁撰〈譚傳〉又云：「初七、八、九，三日，君復與俠士謀救皇上，事卒不就。」則譚生前確曾謀之於王五矣。按《耳目記》，墨君和肌膚如鐵，趙王鎔一見以墨崑崙呼之，後趙王有難，有勇夫袒臂，負王踰垣以免，王問姓名，曰：「硯中之物。」蓋謂墨也。當時人生而墨者，輒云：「安知他日不如墨崑崙耶？」今任公遁去，而王五尚留京師，故曰：「去留肝膽兩崑崙」，義則曰君去，王留，肝膽相照，安知他日君不為墨崑崙耶。

余頗疑此詩當作在入獄以前，與任公訣別時，與梁撰〈譚傳〉參看自明，世以為題壁詩者則由誤引《南社詩話》。《詩話》云：「譚在獄中，意氣自若，終日繞行室中，拾地上煤屑，就粉堵作書。問：『何為？』曰：『作詩耳。』」又云：「惜劉姓獄卒不知字，否則當不止『去留肝膽兩崑崙』一首傳誦人間矣。」由於題獄壁的誤會，竟有把「待杜根」解作「等王五」的，小說家言附會其事，至描寫王五踰牆入獄，欲負譚嗣同出走。匣劍帷燈，若有其事，真齊東野人語矣。

樊樊山〈彩雲曲〉非詩史

賽金花以樊樊山〈彩雲〉一曲而得名，曾孟樸撰《孽海花》頗取材於詩史，賽金花的豔名俠事益以大噪。其實樊翁亦僅得之傳說，逞快一時，而〈彩雲〉實有前後兩曲。前〈彩雲曲〉作於光緒己亥，距離庚子尚有一年，正如吳梅村作〈圓圓曲〉，只見圓圓盛時事。後〈彩雲曲〉則專為庚子一役，描寫賽與德將瓦德西結合，儀鑾殿火災及賽乘馬男裝招搖過市而作；其詩猥媟，格律甚卑，其事亦得之道聽塗說，不能引與前〈彩雲曲〉並傳，以視吳梅村的〈圓圓曲〉、白居易的〈長恨歌〉，更不可以道里計了，但齊東野人反而津津樂道。現在我們把它的詩句和序，摘錄在下面，以備參考。

序

光緒己亥居京師，製〈彩雲曲〉，為時傳誦。癸卯入覲，適彩雲虐一婢死……事發至刑部，從輕遞籍而已。……頃居滬上，蓋不知偃蹇幾夫矣？

癸卯是庚子後四年，〈序〉云入覲，可知樊山並不身歷庚子之役，又云「頃居滬上，蓋不知偃蹇幾夫」，則此詩又經過賽遞籍回滬後，多少時候而才作的，詩中本事，全出於聽聞可知，但他的〈序〉裡，又若實有其事地說道：

因思庚子拳匪之亂，彩雲侍德帥瓦爾德西，居儀鸞殿……。儀鸞殿災，瓦抱之穿窗而出……。今老矣，仍與廁養同歸……，而瓦酋歸國，德皇察其穢行，卒被褫遣。

這一段摘記裡「因思」二字，是絕大漏洞，「因思」就是「想像」，並無真實的來歷，這其所記，便不能提出確鑿的證據。後段所說：「瓦酋歸國，卒被褫遣。」尤其說得模糊，出於此老嚮壁虛造可知。他的詩裡，也有同樣的不經事實，如：

聞道平康有麗人，能操德語工德文。……
柏林當日人爭看，依稀記得芙蓉面。
隔越蓬山二十年，瓊華島上邀相見。……
將軍七十虬髯白，四十秋娘盛釵澤。
普法戰罷又今年，枕蓆行師老無力。……
此時錦帳雙鴛鴦，皓軀涼起無襦褲。
小家女記入抱時，夜度娘尋鑿坯處。

其詩猥褻姑不具論，若言「將軍七十」、「四十秋娘」尤為不倫，縱令賽、瓦確曾在德京相識，相距至今亦不過十多年，則瓦之年齡不能遽至七十也。賽後來又以虐婢入獄，一時文士，如冒鶴亭、況蕙風、劉半農等俱嘗為之奔走，自命做護花使者，黃秋岳《聆風簃筆記》曾說：「冒鶴亭言況夔笙自命舊日與彩雲甚暱……，一夕具紙筆過裝閣，首詢身世，已是十問答二，叩以《孽海花》事，則色然報以白眼，曰：『瞎說八道。』夫欲從老妓口中徵其往事，而又期為信史，此誠天下之書癡。」又云：「比見南北報紙，數記賽金花事，大率拙滯可笑。……但樊翁後〈彩雲曲〉所述儀鑾殿火，余嘗叩之樊翁，翁云：『亦僅得之傳聞而已。』」

秋岳又云：「近人乃不信孟樸所述，而反欲徵諸〈彩雲〉，其癡與不曉事，正與前輩等耳。」此言蓋指劉半農的《賽金花本事》而言。賽暮年貧困，半農嘗周濟之，意狀親暱，並言：「賽頸上確有紅絲痕一縷，但輒以紅線加其上以掩護之，不肯輕易為人所見。」則此所謂紅絲痕者亦出自小說家言，賽特取以自為標榜耳。《賽金花本事》，係由半農弟子商鴻逵執筆，所記拳亂與瓦德西結識事特詳，為賽自己稱述，有意誇誕，實非信史。賽後病故舊京，好事者葬之城南鸚鵡冢畔，又摭拾其事，為《靈飛集》，因為賽晚年又自改名為趙靈飛了。

江東才子楊雲史曾有一信致張次溪，商量賽墓書碑事：「彩雲、金花，皆為其化名偽姓，不可稱，今既為存其人，則不當稱洪稱魏，而稱趙靈飛墓，既雅馴，而存其真面目也。」又云：「至若近年青年文士，不書事實，為求刊物利市，聳動耳目，至謂其有功國家，信口雌黃矣。且謂李文忠求賽緩頰於瓦德西，……至謂屬請不至，乃徒步造膝真令人作惡而髮指。……且文忠自入都後，即未出門一次，庚子之夏，家嚴由文忠奏調議和，余隨侍居賢良寺一年餘，與于晦若、楊達甫、徐次舟朝夕晤聚，一切深悉，安有此稱影響？此等記載，可謂無聊之極，倘聽其以訛傳訛，則他日將誤及史乘。……前歲李氏即欲與劉半農法律解決，因劉死作罷。……嗣欲登報辯白，為余所阻。」觀此，可知劉半農的《賽金花本事》與樊樊山的前後〈彩雲曲〉，或出於本人的誇誕口述，再加渲染工作，以期利市。或出於道聽塗說，信口雌黃，以博詞林傳誦，其非信史，概可得而知也。

而黃秋岳尚欲據曾孟樸《孽海花》以為信史，《孽海花》只是前〈彩雲曲〉的作傳，沒有談到庚子以後，所以比較雅馴。但孟樸為雲史表兄，「雲史嘗問：『賽與瓦帥在柏林私通，兄何得知之？』孟云：『彼二人實不相識，余因不知其此番在北京相遇之由，因其在柏林確有碧眼情人，故借來張冠李戴耳。』言已大笑，此辛丑事，余年二十七，曾三十」。此文亦見《靈飛集》楊雲史致張次溪函。讀者將毋爽然若失？

張文襄〈讀史四首〉釋隱

讀史四首

散序霓裳出月宮，重逢歧薛按秋風。
漢宮不獨威儀在，猶有集團舊樂工。　李龜年

緇衣堂上籌甌香，父子同朝荷寵光。
盜起盟寒都不問，護持學究祀舒王。　蔡攸

元祐多賢號泰交，不應黨論自紛淆。
無心佛祖從呵罵，只為遮頭一把茅。　張天覺

射策高科命意差，金杯勸酒顫宮花。
斜陽煙柳傷心後，僅得詞場作一家。　張孝祥

右〈讀史四首〉，是文襄癸卯入都，議學堂章程時所作，時距庚子僅四年，瘡痍未復，內廷已是笙歌沸天。所以，第一首李龜年，正諷大內不時演戲，全無戒懼的意思；第二首蔡攸、第四首張孝祥，則全為譏諷科舉而作。文襄入都，議訂學堂章程，力主廢科舉，仁和相國（王文韶）極反對，慶邸主持尤力。蔡攸一首，即是指斥慶邸。按蔡京當國與其子蔡攸狼狽為奸，「盜起盟寒」是指庚子權亂和八國聯軍。按宋政和三年追封王安石的舒王，從祀孔子廟。制義始於安石，安石嘗云：「本欲變學究為秀才，不意變秀才為學究。」詩言「護持學究」正是指仁和的頭腦冬烘，卻將慶邸捧成舒王。安石子王雲封臨川伯，政和三年同祀學宮，尤與「父子同朝」暗合。而王雲實有心疾，癡愚特甚，嘗取草稻製婦人冠，戴出見客，亦與慶子的不慧相暗合。第四首張孝祥，則為深鄙當時，科舉所得士類的輕浮。按史：張孝祥，狀元及第，後知潭州。宴客，妓女有歌陳濟翁〈驀溪山〉詞的，歌至「金杯酒，君王

勸，頭上宮花顫」，孝祥得意忘形，不覺搖頭簸腦，坐客忍笑指目，張竟不覺。文襄入都，原意在廢科舉，卻被派為癸卯特科閱卷大臣，照博學鴻詞科故事，在太和殿考試。文襄以外臣領首，為前例未有的曠典，閱卷之日，慶邸特謂閱卷各大臣，說：「香翁是老前輩，諸公一切請教可也。」閱卷完畢，孝欽后特賜乘轎頤和園遊山。文襄僅賞太監二十兩銀子，太監大為愕然，但以文襄恩眷方隆亦敢怒而不敢言也。初試揭曉，甲乙多為文襄所定，第一名梁士詒，第二名楊度。於是人言嘖嘖，彈章紛起，指梁士詒是新會人，間有梁頭康尾之謠（康有為）。樊樊山適亦入都，召對時力詆保舉之濫，孝欽為所動，至覆試時，遂改命榮中堂（祿）為閱卷領銜大臣。榮相極賞識雲南袁嘉穀卷，竟置第一，楊、梁俱被黜落，初試所取一百十餘卷，僅存二十七卷而已。文襄憤懣之餘，故作此詩，後又作〈紀恩詩〉云：

國勢須憑傑士扶，大科非比選鴻儒。
阮文兆武吾何敢，忠孝專求鄭毅夫。

阮元、兆惠，是乾隆年特科所取文武二元，鄭毅夫則用宋神宗祝告天地，願天降忠孝狀元事。用事精切，老臣憂國之心亦昭然若揭矣。

諸葛成何事

唐薛能詩：

山屐經過滿徑蹤，隔溪遙見夕陽春。
當時諸葛成何事？只合終身作臥龍。

王荊公晚年喜誦之，因為新法失敗，閒居半山，故以諸葛自比。羅大經《鶴林玉露》說：「孔明雖不能掃清中原，伸討賊之義，但自古隱士出山，第一個是伊尹，第二是傅說，第三是呂望，第四便是孔明，替世間做了很大的事業。荊公焉能比得？」又說：「唐人作詩喜翻案，不知諸葛武侯卻翻不得。」不知孔明的心事，在晉魏隋唐直到北宋，一向是被人藐視的，司馬光編《資治通鑑》，尚稱孔明為寇。要到南宋朱熹的《綱目》出，才以正統許劉備，而以曹操為漢賊。不是溫公見識不及朱子，正是二子所處的時代不同，所以論斷各異。自魏晉六朝以至五代北宋，全以篡弒而得天下，正是傳授曹氏父子衣鉢，如果將魏認為漢賊，豈不自罵自己？故以司馬光之賢，亦不能不屈蜀漢為寇。而南宋的局面是偏安，正雖蜀漢情形相同，故朱子《綱目》便一反歷代史家的眼光，而許劉備為正統，為蜀漢，正所以尊南宋耳。

唐得天下，雖略異於魏晉六朝，但李淵亦為隋臣，雖不取於孤兒寡婦之手，但終沒有漢高、明太祖那樣來得光明正大，所以唐代的歷史眼光，也沒有比六朝人高得多少。史家如此，詩人也是如此，除了少陵的「伯仲伊呂，指揮蕭曹」之外，其他詩人的集裡是很少推崇的。就是杜陵詩的「三分割據紆籌策，志決身殲軍務勞」，也不無微詞。既稱之為「割據」，則少陵也並不以正統許之蜀漢可知矣。李義山的「管樂有才終不忝，關張無命欲何如？」完全根據史家的孔明論斷，所謂「政事有餘，用兵不足」，而加以詠歎的。薛能在唐末，更是人云亦云，不是翻案。其實孔明的政治，也尚嚴峻，劉阿斗四十二年偏安蜀中，孔明輔政不過短短數年。所幸，繼政的蔣琬、費禕等全是孔明的信徒，能夠蕭規曹隨，奉行不悖，能使後主拱手無為而治蜀中，蔣、費之功誠不可沒，故杜詩亦云「指揮若定失蕭曹」也。

其實，荊公的新法，也是尚嚴峻的一路，無奈元祐諸君，守舊固執，不肯和他合作，以致荊公不得不別用新人。而呂惠卿等趁隙而進，專一地擠正人君子，迨其結果，連荊公自己也被排出政府。司馬溫公再執政，對於荊公所立之法，如引子錢、兵役、保甲、厘金，也不能盡廢。荊公晚年，好誦薛能詩，以諸葛自負者，其用意正復在此。可惜元祐諸公，意氣用事者多，一味修身行己，讓小人排擠自己。章惇、蔡攸相繼執政，而清流之禍始成。蔡京再相，引荊公以為標榜，不但元祐名臣，列為黨碑，即章惇亦另列一黨，永不敘用。而宋遂有建炎之禍，後人以此一切歸罪荊公，又豈荊公始料之所及哉？

後山詩補注

《山谷》、《後山》兩集，都出任淵注，後山詩僅六卷，五百有六首，但淵所注，殊不能盡愜人意。暇日瀏覽，輒用朱墨札記於次，敢謹獻之博雅君子，賜以研討則幸甚焉。

〈妾薄命〉：死者如有知，殺身以相從。

按：殺身實用《左傳》三良事，謂士為知己者死耳。淵注引《南史》范縝語：「王子知其祖先神靈所在，而不能殺身以從之。」令人不解。

〈送外舅郭大夫〉：盜賊非人情，蠻夷正狼顧。功名何用多，莫作分外慮。

按：觀後山另篇云：「丈人魯諸生，明刑如皋陶。」郭概之為人，蓋張湯、郅都之流，峭刻寡恩者，故後山以功名戒之。淵注云：「盜賊本非人所樂為，必在位者有以致之。蠻夷之方懷二，而不以無事鎮撫，則邊釁開矣。」全出周內，以人入罪，後山本意決不為此，失注詩之例。

〈贈二蘇公〉：度越周漢登虞唐

按：唐虞倒用，三臣表云，本退之。不知退之實本《楚辭》：「下合矩矱於虞唐。」又《晉書・禮樂志》：「至哉道隆虞與唐。」淵注僅云：「選詩亦曰：仁國開周，義高登漢。」虞唐失注。

〈曾南豐先生挽詞〉：衣冠出廣庭

按：《史記・張釋之傳》：「月出游衣冠道也」詩本此，淵注僅謂：「喪事陳衣也」失典。

〈晁無咎張文潛見過〉：排門銜鳥雀

按：正用門可羅雀事，淵注引樊噲排闥事，牽強之甚。

〈次韻邢居實二首〉：昔日老人今則少

按：後山此詩兩用「少」字，「漢庭用少公何在」，「少」字應讀去聲，用顏駟對漢文帝語。「昔日老人今則少」，「少」字應作上聲，乃多少之少，老成凋謝之義，淵注兩「少」字，均讀去聲，並引樂天詩：「猶有誇張少年處」，非。

〈丞相溫公挽詞〉：時方隨日化，身已要人扶。

按：《宋書・樂志》云：「化日初長，時當暮春。」後山正用此義，謂溫公政如暖日，民以向化也。淵注引《漢書・許后傳》：「世俗歲殊，時變日化。」全失詩意。按原注云：「黃魯直見此句，歎曰陳三真不可及，蓋天不憖遺一老之悲，盡於此矣。」按溫公再執政府，凡九越月，皆在病中，詔以肩輿至東內門，子康扶入，對於小殿。九月薨。銘云：「為政一年，疾病半之，功則多矣，百年之思。」此詩以十字盡之，杜詩曰「老病人扶再拜難」，陳三用事遣詞，其切要如此，故山谷以為不可及也。

〈送蘇公知杭州〉：平生羊荊州，追送不作遠。

按：《晉書》：「郭弈為野王令，羊祜嘗過之，遂送祜出界數百里，坐此免官。」後山亦以出境送東坡被劾落職，此篇當是被劾後追憶前遊補作，觀其末句云：「風帆目力短，江空年歲晚。」乃望而不見，江邊惘憶情境。淵注以為起句是詩讖，是未嘗深思耳。

〈次韻春懷〉：日下烏聲樂，塵生鳥跡多。

按：余疑「烏」字乃「馬」字之誤，《莊子》：「野馬也，塵埃也。」淵注引梁簡文床上塵不掃，見鼠跡字。若是，則「烏」字當改「鼠」字；若存「烏」字，則與上句「烏」字為合掌。以字狀測之，則「馬」字為近。

〈別叔父錄曹〉：三年如昨日，一笑更何言。

按：用《墨子》一笑而別故事。淵注引《列子》，老商始解顏而笑事；與送別無涉，且以叔父為弟子矣，非是。

〈杜侍郎挽詞〉：絲竹中年好

按：《世說》：謝太傅不蓄聲伎，曰：「不解，故不蓄。」今人多稱東山絲竹，乃王羲之之誤耳。〈王羲之傳〉：謝安謂：「中年以來，傷於哀樂。」羲之曰：「頃正賴絲竹陶寫。」淵注是也。

〈次韻李節推九日登南山〉：山寺鳴鐘報夕陽

按：後山此詩作於徐州，正用清流關事，宋藝祖敗南唐姚鳳、皇甫暉於此，後人紀念暉、鳳，每夕則山寺鳴鐘報之。淵注：「老杜詩：人扶報夕陽。」疏矣。

〈送趙教授〉：可堪親老須三釜，又著儒冠忍一羞。

按：此言因奉親而仕，暫忍冷宦於一時也。淵注引杜詩：「儒冠多誤身。」又《左氏》：「一慚之不忍，而終身慚乎。」全未搔著癢處。

〈奉陪趙大夫〉：有底樽前著葛強

按：只是用杜詩：「舉鞭問葛強，何如并州兒。」淵注：「強，山簡愛將也，後山以自比。」按趙大夫即趙挺之，與後山為僚婿，與章惇、蔡京前後同惡相濟，後山嘗從郊祀，以不肯著趙挺之衣，至於寒死。豈肯自比於葛強，淵注失言甚矣。

〈嗟哉行〉：韓子作志還自屠。

按：淵注云：「退之作李千墓志，敘以藥敗者數人，然躬自蹈之，故樂天詩曰：『退之服硫磺，一病訖不痊。』」按白詩注：「退之另有一人。」但無考，似為賢者辯也。但韓、白有隙，白詩中往往見之，如：「黃紙除書無我名。」色然且見於言表。其八司馬敗，柳宗元、劉禹錫皆白之故人，而亦曰：「知君白首同歸日，是我青山獨往時。」白於此等處，其失詩人溫厚之旨，則「退之服硫磺」，或竟為昌黎而發，所未可知，後人嘗以梅聖、俞碧雲騢視之，不必深辯也。

〈次韻黃生〉：三更爽氣侵危坐，萬里風雷通發生。

按：「危坐」用《史記・日者傳》。「發生」見〈潛夫論〉。淵注皆引杜詩，數典忘祖。淵注此例甚多，特舉一隅耳。

〈寄亳州何郎中〉：已度城陰先得句，不應從俗未忘葷。

按：二句皆用何典，而後山借以自況。「城陰度塹黑，昏鴉接翅歸」，何水部句也，杜甫屢用之；「釣艇收緡盡，昏鴉接翅歸」且全用之矣。故後山云然，謂我好君詩，亦且至抄襲不惜也。又《晉書》，何淯好肉，而後山好佛，寒蘊紙被，茹素時多，今亦不妨為君破葷一從俗也。淵注僅舉「遜詩」、「淯聞」未竟後山本意。

〈敬酬妙智〉：只有青樓與白門

按：後山自注：「青樓，燕子樓也。」故起句云：「龍爭虎鬥竟成塵，只有青樓與白門。」「白門」是用李義山詩，皆徐州事。與杜牧之無預，淵注可删。

杜子美妻

《雲仙雜記》云：「杜甫每朋友至，引見妻子。韋侍御見而退，使其婦送夜飛蟬以助妝。」又《妝樓記》云：「子美妻與韋侍御妻兄弟也，有殊色，韋氏嘗獻夜飛蟬以助妝。」按杜詩〈元日寄韋氏妹〉云：

> 近聞韋氏妹，迎在漢鍾離。
> 郎伯殊方鎮，京城舊國移。……

郎伯當指韋氏妹之伯氏，即韋侍御，其云「迎在漢鍾離」，則因其夫早歿，而夫之兄迎也。故〈同谷七歌〉云：

> 有妹在鍾離，良人早歿諸孤癡。
> 長淮浪高蛟龍怒，十年不見來何時。

曰「近聞」，曰「不見」，皆道遠疑似之詞，「飛蟬助妝不見」於杜集，其出於傅會可知。但杜詩憶內諸作，輒致其纏綿，如云：「香霧雲鬟濕，清輝玉臂寒。」「天寒翠袖薄，日暮倚修竹。」其所描寫，直是傾國佳人。要之詩人富於情感，故於閨房之樂，自有其情深婉轉之致。葛常之《韻語陽秋》云：

〈北征〉詩：

經年至茅屋，妻子衣百結。……

平生所嬌兒，……垢膩足不襪。

是時甫方脫身於萬死一生之地，得見妻兒，其情如是。洎至秦中，則有「曬藥能無婦，應門亦有兒」之句。至成都則有：「老妻憂肺病，幼女問頭風。」觀其情悰，已非〈北征〉時比也。及觀〈進艇〉，則曰：「晝引老妻垂小艇，閒觀稚子浴清江。」〈江村〉則曰：「老妻畫紙為棋局，稚子敲針作釣鈎。」其優游愉悅之情，見於嬉戲之間，則又異於秦益時矣。

讀之，殊有伉儷情深之致，老杜直是離亂間幸人，我曹望之不能及。

杜茶村〈今日貧〉[1]

杜于皇詩在清初是禁版，很難得到原本；同光以後，才有刻本行世，但亦不全。蕭齋藏有鄧石如手抄杜于皇詩一卷，用小行楷書，密若蟻陣，書法灑逸，一片天真，不似平常的圭角；吾友吳湖帆為補詩目，時壬戌七月燈下也。中有〈今日貧〉二十五首，近偶出以示棄子，棄子竟能背誦如流，其博聞強記，令人驚佩。詩人之窮，殆無過於茶村者矣，凡吾友中懷才不遇，其有貧如茶村者，輒請其題於卷尾，自吳湖帆、錢叔厓、江小鶼以來至周棄子適得二十五人，其遇、其才，與其磊落不群之氣，而自樂於貧，皆與茶村有暗合者，故錄茶村詩〈今日貧〉二十五首於此，以見千古才人，曲肱飲水之樂。

舉子未及三朝，而撤賣其床。載寢以門扇，鄰母見之而笑。

呱呱聲裡賣兒床，赤地無門豈弄璋。
縱使他年飛食肉，也愁鄰母話爺娘。

親家故人子汪茀厥至，以《葉水心集》質錢飯之。

飢來嚙盡子卿氈，豈料鄉親遠惠然。
一飯相留難忍笑，看君咀嚼葉龍泉。

絕糧之日，家人胥譏。而幼女慧黠，獨無一語。

炎威無計出蓬門，那得朝饔與夕飧。
稚子默然吾獨愧，始知交謫反為恩。

差役紛然，惴惴恐及，而總甲牛姓者，獨過門不入。或詰之，牛君曰：「此家既無五尺之童，終日見他兒子上街，賣書賣傢伙度日，且聞其人不會生發，只曉得看看書，尋他作業，我是以不往。」

不知鮑叔在比鄰，數語多無便寫真。
翻是褒揚成毒罵，此時喚我讀書人。

1 編按：明・杜濬，字于皇，號茶村。本篇因原稿闕漏之字甚多，今依《變雅堂文集》（光緒甲午年刊沈氏藏本）補上，以便閱讀。但原稿與《文集》不同之處，為保留原稿樣貌，不予以改動，亦不註出。

有持五百文請予文者，自矜曰：「我爐黃錢也。」余笑之；因記昔年，楊龍友請予為作其季子傳，肅衣冠以五十金潤筆；而茅生來，索觀予文，獨嗤曰：「龍友小樣，不知文章痛癢。」以今論之，知痛癢者，莫如此五百文者矣！何則？當厄故！

囊無餘粟竈無煙，天下文章絕可憐。
若問此時知痛癢，惟有五百青銅錢。

元亮先生，歸來屢空，而杜子當飢熱無告時，猶不免厚顏，噫！

亂世金蘭結苦因，俱貧不是一般貧。
憑誰寄與陶元亮，更有門前乞食人。

無所不典矣！僅絺帳颿蕭，有離別可憐之色，吾何計以留之哉？

罡風橫掃北山薇，典盡衣裳到㡡幃。
不獨腐儒朝得飽，也教白鳥夜無飢。（按白鳥，蚊也。）

離念、問旭二僧，攜杖頭錢過草堂云：「欲觀先生一飽。」

窮名赫赫流方外，開士雙雙到竹邊。

解下杖頭無一事，觀余醉飽當參禪。

施愚山自山左以一繭贈余，前後兩書一詩，極贊其妙，且囑余製一袍。余自入手啟封，即付質庫。今夏，竟從質庫，轉付債主矣；蓋未及穿也。

千里交情寄繭絲，殷勤押字復題詩。
忙投質庫旋償債，不及匆匆過眼時。

鄰友入幕驟富，因嘆吾友紀百柴，以百倍之才，十年之工，而不如也；僕之窮宜哉！

敢道蒼天理不通，張郎豪富李郎窮。
主人自愛真魚目，莫把玭珠誤惱公。

以書干鄧太史，為覓一館穀地，太史覽書畢，笑曰：「有此大饅頭，無此大蒸格。」噫！事不諧矣。

舟楫鹽梅事可歎，匏瓜何幸比蒸饅。
弟嫌格裡規模大，何不將伊破格看？

聞知己龔先生丁內艱（按：龔芝麓）。南歸有日矣，乃復不果來，嗚呼！我則使然歟？

悲君不克見星行，如滌山川共此情。
雲勢南來應得雨，為誰散作北風聲。

柴門

遠遊十日但飢寒，何事柴門片片殘？
白粲烏薪收拾好，明朝再說不相干。

客有誦孝升〈飲菊谿紫苔軒歌〉，中句云：「于皇詩是飛仙人，海月江煙供咳唾。」歎息不已。

海月江煙豈療飢，飛仙何日不攢眉。
一時輸與村郎俏，積穀稱金便是詩。

朝不食，夕不食，此何時也？或過而有所爭論，不知余尚不辨東西南北，遑知所謂壇坫者哉？笑而謝之。

萬古聲華劫一灰，班揚屈宋總堪哀。
先生盛氣爭何事？待我明朝飽飯來。

中元祭先慈，竭奔走之力，才得蔬素四簋而已。自傷無狀至此，猶吾大夫崔子也。

節序驚秋月又圓，傷心卻不為三餐。
黃塵白髮他鄉夢，血淚青蔬慈母看。

煙爨不興，然王臯青貽嶺南黃熟香，胡靜夫貽天安梅花片，皆絕品也。又先是紀伯紫貽湖毫一管。身在三物間，強坐繙書，不覺失笑。

飢來但吃梅花片，寒至惟燒黃熟香。
彩筆一枝書數卷，何人信道是空場。

濟叔濟余一金，而索一金之逋者至。

分金寧與索逋期？接踵隨肩事亦奇。
賴是故人情意到，不曾軒輊一毫氂。

逢胡元　讀次書感。

馬通堆裡豈梁園，白首傷君不憚煩。
苦硬故人教餓殺，黃金只用買腴言。

中秋日一粥，閉門睡矣，忽聞呼門聲，乃柳叟敬亭，走力送酒，並青蚨一千，感而有紀。

中秋無食戶雙扃，叩戶為誰柳敬亭。
亟送酒錢仍送酒，直教明夜也休醒。

中秋明日，几上再見敬亭來札，封函下方，有八字云：「來人受賞，我受天誅。」始悟昨者平頭逃去之故。不覺大笑，又成一絕。

封題凜凜太周詳，醉後重看笑一場。
多少同人稱厚道，來伻未免罵商鞅。

姜真源自江右陞任山左，冀得過秣陵，則一救也；而不至。因憶曩與真源論太岳相業，真源以經世許余，今何如哉？

滕閣風高望又孤，應逢相識問窮途。
江陵老子今如在，只是臺城一餓夫。

山谷詩話

山谷和東坡是在元豐元年，開始通信認識的。是年壬午，山谷年三十七；時東坡守徐州，山谷為北京教授。宋朝的北京，乃是開封。山谷的信說：「今日竊食於魏闕，足下開幕府於彭門。」又云；「作〈古風〉詩二章，賦諸從者。」山谷外甥洪玉文編《山谷詩集》，獨取「江梅有佳實，託根桃李場」弁首，即山谷信裡所說「古風詩二章」，以見蘇黃交情之始。後來，魏衍編《陳後山詩集》，亦取後山〈妾薄命〉二首弁首，以見曾、陳之交誼。後山嘗云：「平生一瓣香，敬為曾南豐。」此詩自注「為曾南豐作」，二集編制，正同一義。

元豐三年，山谷外任吉州，得邑太和，從汴京回到江南，經過舒州三祖山，山有山谷寺、石牛洞、灊峰閣。他愛那山谷寺、石牛洞，作了一首六言詩：

司命無心播物，祖師有記傳衣。
白雲橫而不度，高鳥倦而猶飛。

這便是說他自己從京師裡出來，現宰身，司命播物，初展抱負的意思。因此自己取了一個外號：「山谷道人」。

他在太和做宰很久，元豐六年才移監德州，德平鎮，官倒做小了。這年蘇子由也謫監筠州鹽酒稅務。筠州、德州，俱在江西。他有〈寄子由〉「黃落山川知晚秋」的詩。直到元豐八年，神宗逝世，荊公去位，山谷才由德州召回，子由也由績溪被召。《山谷詩集》裡，「種萱盈九畹，蘇子憂國病」，便是這個時候作的。蘇子由《欒城集》也有「五年竄南荒，頑質不伏病」的詩。所以山谷與蘇氏兄弟的交情，是很早、很久、很厚的。尤其山谷的推崇東坡，不遺餘力，服膺終身，如云：「子瞻詩句妙一世，乃云效庭堅體。」又跋東坡〈黃州寒食詩帖〉云：「東坡他日見之，乃謂我無佛處稱尊也。」固不獨形諸詩句，且掛諸口齒矣。當東坡因忤時相，謫居黃州，子由、山谷、後山，皆因東坡而羈遲謫宦。荊公去位，溫公當國，諸君子始連纍登朝。從元祐元年到四年，諸賢皆在京師，東坡以玉堂知貢舉，山谷在史館，二公此時，倡和最多。四年夏，東坡出知杭州，遂無詩伴。元祐六年山谷丁內艱，護喪還家，從六年到八年，這三年中山谷遂無詩。現在集子裡所收〈范蜀公挽詞〉、〈送秦少章從翰林蘇公餘杭〉多是元祐四年作的。〈挽叔父給事〉十首則是免喪以後所作，山谷〈與洪駒父書〉「比經祥練又聞給事叔父之訃」可證。

哲宗元祐八年四月，改元紹聖，朝廷欲差前實錄院檢討官黃庭堅充神宗正史編修官，山谷辭謝，乞宮觀。不許，與宣、鄂兩郡，多沒有去。乃改授亳州明道宮，就近報國史院取報文字，山谷就在太平州的蕪湖居住。和他的兄長畿伯俱來陳留，居東寺的淨土院，舟行江中，與東坡相遇江上，與子由相遇貴池。其時章惇為相，元祐君子，重遭斥逐。蔡卞修國史，檢查前史官所修《神宗實錄》，簽出詆毀神考，事無佐證之罪，一千餘條。山谷謫涪州別駕，黔州安置。

山谷從蕪湖到黔州，僅與他的兄長畿伯同行。下處在黔州的開元寺摩圍閣。第二年的秋天，他的兄弟知命才自蕪湖登舟，帶著山谷的兒子「相」（小名四十），和他的生母來到黔南。這兩年中，山谷的詩境，就如杜甫的秦中，嘗摘白樂天的詩句為〈謫居黔南十首〉。那時的詩境是很苦的，如：

> 老色日上面，歡悰日去心。
> 今既不如昔，後當不如今。

又如〈次韻楊明叔並引〉云：

庭堅老懶衰墮，多年不作詩，已忘其體律。

蓋東坡以詩獄受譴，九死一生，時相雖一時怒解，但批根引繩，正在株求無已。所以像山谷這樣歡喜作詩的人，也再三顧慮，不敢暢詞了。「命輕人鮓甕頭船，日瘦鬼門關外天。北人墮淚南人笑，青壁無梯聞杜鵑。」「萬里相看忘逆旅，三聲清淚落離腸。」那一種「路轉羊腸心似鹿，魂飛湯火命如雞」的驚魂未定，岐路憂讒的心理，也就和東坡一樣盡情流露了。元符元年，又以外兄張問之嫌累，從黔州改移戎州安置。

山谷在戎州，最交好的是黃斌老，斌老善畫墨竹，山谷為他作的詩不少。元符三年，徽宗即位，山谷復官吏部員外郎，山谷辭免，又改宣德郎，監鄂州在城鹽稅。因江漲不能下峽，遣弟知命先解舟，省姑母於眉州，等到山谷南下，知命已旅死荊州。這一次放還，是山谷平生唯一的喜訊，這一年的詩也作得最多，到了江安，卻被石信道留住了。信道是山谷的親家，四十的岳丈人。

建中靖國元年，山谷到了荊州，泊州沙市。但是，東坡在這一年的七月裡已道卒常州。山谷卻沒有知道。他的〈病起荊江亭即事十首〉，有詠秦少游的「西風吹淚古藤州」，而未言及東坡之死，想是江南消息來得遲緩，他還沒有知道的緣故。但他不該作了一句「近人積水無鷗鷺，時有歸牛浮鼻過」的譏諷句子，復為時人所讒，不久再貶回宜州去了。

這年山谷是五十七歲，〈即事〉第一首說：

維摩老子五十七，大聖天子初元年。
傳聞有召用幽仄，病著不能朝日邊。

是說自己因病稽留，不能馬上到京師入朝。第十首：

死者已死黃霧中，三事不數兩蘇公。
豈謂高才難駕御，空歸萬里白頭翁。

死者是指劉、呂、梁、范諸公。兩蘇指東坡、子由，可見他只知兩蘇被召還朝，對於東坡噩耗是完全不知道的。

宋人筆記說：「山谷在戎州，聞坡公噩耗，色然而喜。因為從此詩名，無人再會益過他的了。」不知蘇、黃交情如此之厚，推重如此之盛。這種以小人之心，度君子之腹的傳說，也正是章惇、蔡京一般徒黨造出來的謠言，用以誣毀前賢的了。十首裡還有一首也是推崇東坡的：

文章李杜無遺憾，草詔陸贄傾諸公。
玉堂端要直學士，須得儋州禿鬢翁。

直到崇寧元年，山谷到了武昌松風閣作詩，才有「東坡道人已沉泉，張侯何時到眼前」之句，在戎州連噩耗都未接到，怎會「色然而喜」呢？

杜甫晚年由東川下峽，來到荊南，留下了王四娘家「江上被花惱不徹，無處告訴只顛狂」幾首風懷絕句，使人遐想。山谷在荊州，也留下「坐對真成被花惱，出門一笑大江橫」的水仙影事。從來注家都把山谷在荊州與李端叔的帖：「數日來驟暖，瑞香、水仙、紅梅皆開，明窗靜室，花氣撩人，似少年都下夢也。」一來做這首詩的注腳。但山谷在荊州對於水仙花好像有特別的愛好，同時見於詩集的，有：〈次韻中玉水仙花〉二首、〈王光道送水仙花五十枝〉律句、〈吳君送水仙花〉一絕句、〈劉邦直送早梅、水仙〉四首，尤其是〈次韻中玉〉的第二首：

淤泥解作白蓮藕，糞壤能開黃玉花。
可惜國香天不管，隨緣流落小民家。

這首詩分明是借水仙來寓一個小家碧玉。「坐久真成被花惱」則鍾情流露於不自覺，與老杜的「留連蝶戲時時舞，自在嬌鶯恰恰啼」同一顛狂矣。

高子勉〈國香詩序〉云：「黄太史召為吏部副郎，留荊州乞守當塗待報。所居即此女子鄰也。太史偶見之，以謂幽嫻嬌美，目所未睹，後其家以嫁下俚貧民，因賦此詩以寓意。俾予和之。後數年，太史卒於嶺表。當時賓客雲散，此女既生二子矣，會荊南歲荒，其夫鬻之田氏家。田氏一日置酒出之，掩抑困悴，無復故態。坐閒話當時事，相與感歎。予請田氏名曰『國香』，以成太史之志。」序所說的田氏，田氏名子平。山谷在荊州，過從最密的，便是朱公武、馬中玉、劉邦直、田子平，高氏所謂賓客雲散，也就是指他四人。當時名彥和者甚多，詩長不備錄。子勉，名荷，荊州人。

山谷在荊南為什麼住這樣久，照〈國香詩序〉裡看，他是「乞守待報」；但他還有一樁私事，便是為他的兒子「四十」完婚，他是石信道親家招待他的。明年（崇寧元年）山谷歸洪州分寧，還至江州，與家族相會，有與洪龜父的書帖：「四十及新婦在荊南，已遺十六節推。」是年六月，得領當塗太平州事，九日便報罷，管句洪州玉隆觀；九月，至鄂，寓居餘年。所以他有：「投荒萬死鬢毛斑，生出瞿塘灩澦關。未到江南先一笑，岳陽樓上望君山。」此詩一片忠愛，何減東坡「只恐瓊樓玉宇，高處不勝寒」之意。可惜山谷的遭遇，上頭一個昏庸的徽宗。不說話，已經容易得禍了，何況他在這兩年間，又作了許多憤世嫉俗，〈離騷〉、〈天問〉一般的古近體詩，果然觸惱了執政。轉運判官陳舉為他罵了他「時有溪牛浮鼻過」，也含恨在心，秉承當道的意旨，摘發山谷文字，以為幸災謗國，遂除名編管宜州。崇寧三年，山谷再經潭、衡、永、桂等州，去了五六個月，把家眷留在永州。才到宜州貶州，初住城中，又被官司逐出，說他罪人，不當居關城中，只得抱被入宿子城（大城外的小城圈裡）。到了崇寧四年的九月三十日，他就在宜州城樓上患風濕病逝世了。

宜州有個三遊洞，說是蘇、黃曾同遊於此。按之事蹟，東坡貶逐，事在紹聖元年，山谷謫居蕪湖，曾在江上一遇。山谷〈東坡真贊〉云：「紹聖之元，吾見東坡於彭蠡之上，其貌不爾。」自此之後，蘇、黃就沒有再見一面的機會。元符三年，徽廟即位，蘇、黃均從謫所被召還朝，山谷至戎州，即被石信道留住江安，作歲於此。次年，改元為建中靖國元年，是歲七月，東坡卒於常州，是二人更無見面的機會。山谷貶宜州，則東坡歿亦四歲矣。所以我的〈三遊洞〉詩：「唐宋以來無劇跡，蘇黃前此不同遊。」風景名勝，往往被託名賢，以留劇跡，多有不可信者。但世人對於蘇、黃二公的崇拜，千載如生。二公固不獨以文章名世，蓋其出處大節，臨危不懼，臨難不悔。九死窮荒，既無可以挽回，則託之騷詠以求君之一悟。這一種詩，才是真真的忠愛，真真的詩人。梁任公以愛國詩人專歸山陰放翁，不知是真詩人，沒有一個不愛國的。奈世人藐藐，讀者不得其情何？不禁擲筆，為之三歎。

站在詩的立場論文言白話的演變

白話文並不創始於五四運動，遠一點說，凡有人類的時候，就有語言，語言就是白話，由白話而組成文字，則經過一個相當時期。因為言語不能「傳遠」、「傳久」的緣故，先民總想法子將象形的字，刻在一種物質上，這種物質，是經過石、陶土、甲骨而後移到銅器的。但是我們看見殷墟甲骨上的文字尚是那麼簡單，商代銅器的文字組織也並不完善，這不是先民故為高深，而造成今人所稱為古文的「古文」。其實：乃是詞不達意！

文字既為表達人類意旨和情感的一種工具，則人類的情感愈豐富，環境愈複雜，文字的演變和應用方式，當然亦愈趨複雜。討探源流，則不外二大詞類：

（一）詩：在野的、情感的、民間文學。

（二）書：在朝的、公式的、貴族文學。

這兩大源流在才有文明的時候，早已分了野，我們可以拿古書來證明的，便是《詩經》和《書經》。

《詩經》是一部經過孔子刪定的古代民間詩歌的總集，其中作品，一部分成於西周，大部分成於平王東遷以後的東周，其間雖不乏士大夫的作品，但全以抒情為旨，道言疾苦，寄託委婉，它沒有公文式的貴族氣氛，所以它是屬於民間文學的古代源流代表作品。

《書經》相傳出於《三墳》、《五典》，以上代最古的遺書，開卷列著〈堯典〉、〈舜典〉，以下亦是夏、商、周三代帝王所作的訓誓謨誥，近代的疑古家，對於這部書，已有了重加考訂，認為不全是上古文字，多少出於偽託。但我們離了考訂家目光來說，這部書裡的文字還是很古的，所載籍全是上古帝王的一些公文告示，它沒有民間的情感氣氛，而是一種官中應用的公文程式，貴族文字。

這兩大源流，正和黃河與長江一樣，一開始就並發交流，而造成了中國文學上非常偉大的兩大流域，應先列成統系表，然後再慢慢地把它說明詩的統系及演變：

表一

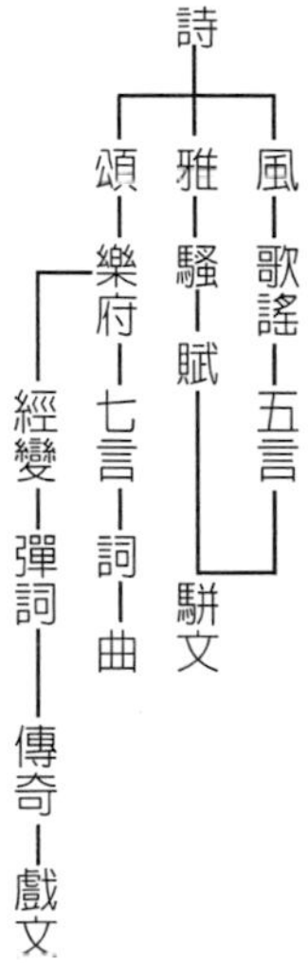

現在先說《詩》的分類：風、雅、頌。

《詩》最早見於《周禮》，它分詩的體裁為風、雅、頌三類。「風」就是採自民間的歌謠，人類自有語言，即有音韻、歌唱、舞蹈，《呂氏春秋》紀：「葛天氏之樂，三人操氂（牛尾）投足以歌八闋。」葛天是個極古的民族，那時大概還沒有文字，而他們已有了歌唱和舞蹈。「歌唱」就是風謠，古之為政者採民間的歌謠，以知民間的風俗和疾苦，這便是「風」的定義了。

雅——詩分大雅、小雅，《詩集傳》說：「述大政為大雅之體，述小政為小雅之體。」述政，便是採風的一種作用，將所採的民間歌謠，播以雅樂，故名。可以說風是沒有音樂的民間山歌，雅是登之廟堂，配以音樂的一種唱詩，在春秋時代朝廷宴會，必唱詩相酬，所唱的就是「雅」，《左傳》載得很多。

頌——原始於巫卜的祝辭，《周禮》「其頌千有二百」，皆指占卜。巫家占卜必唱而起舞；巫，也可以說是原始時代的醫家。後來凡歌而兼舞的歌謠，皆謂之頌。以別於風、雅的徒歌不舞。葛天氏的八闋就是極古的頌。

現在再把風、雅、頌三種源流的演變分別於左：

表二

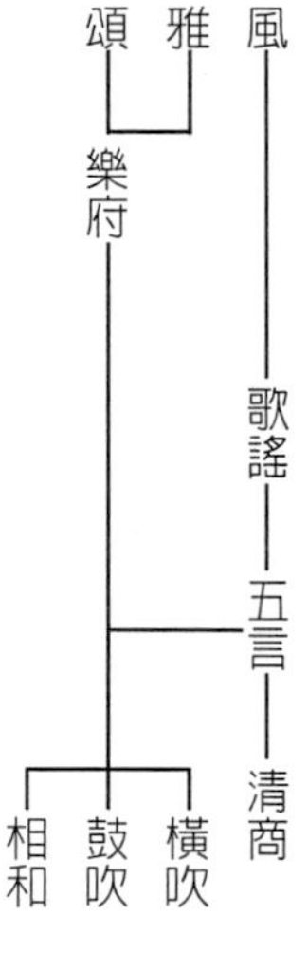

風、頌既同始源於民間，所以風的第二代歌謠不久就併入於頌，很難分家，例如堯時的〈華封老人三祝〉當然是頌，而〈擊壤歌〉，便屬於歌謠。馮煖的「長鋏歸來乎」、漢文帝時的「一尺布尚可縫」，是屬歌謠，而項羽的「力拔山兮氣蓋世」、漢高帝的〈大風歌〉、武帝的「秋風起兮白雲飛」，已合雅、頌，而成為樂府，因為它已合歌唱、音樂、舞蹈為一了。

但由頌而演為樂府，它的作用都是頌揚一代制作和功德的，黃帝作樂名〈咸池〉，帝堯作樂名〈六英〉，舜作〈韶〉，周公作〈武〉，漢唐山夫人作〈房中曲〉。凡是頌揚一代功德，用於宴會的稱做「廟歌」，用於祭祠的叫做「郊歌」。此種樂府已成為政府專用品，所以民間文學不得不再從別的途徑去求發展，於是從樂府下面又產生了鼓吹、橫吹、相和三種樂曲。鼓吹曲是從西方國家傳入中國的軍樂，有簫、笳兩種。另有一種用鼓角的則名「橫吹曲」，橫吹久已失傳。用簫笳的鼓吹曲其詞傳入中國，原有二十二曲，今存〈思悲敬〉等十八曲，其詞皆採自民間，曾經漢協律郎李延年所手訂，上從宮廟帝室，下至曠女怨卒，凡秦楚代趙的里巷歌謠，無不搜羅殆盡。那一首長至一千七百六十五字的大悲劇〈孔雀東南飛〉，就是當時最著名的樂府。

六朝上承漢魏，樂府特別發展，郊廟歌、鼓吹曲均為北朝文士所包辦，而成為歌功頌德的應用文字。南朝則又別創新聲，傳出一種清商曲，它是以吳音合樂，歌唱兒女抒情的大寶庫，內中包含如〈團扇郎歌〉、〈華山畿〉、〈桃葉歌〉、〈青溪小姑曲〉、〈碧玉歌〉、〈子夜歌〉等；〈華山畿〉便是後來梁山伯與祝英台的本事詩，而〈子夜歌〉的流行性更特別發達。今存〈子夜歌〉四十二首，〈子夜四時歌〉七十五首，〈大子夜歌〉二首，〈子夜警歌〉二首，〈子夜變歌〉三首，〈子夜續曲〉八十九首。此外，還有〈懊儂曲〉、〈西曲歌〉、〈石城樂〉、〈烏夜啼〉、〈尋陽樂〉，此等樂府句法皆屬五言，與北方樂曲句法長短不齊者不同。風、頌的源流既在如此演變擴大，同時雅的方面，也有驚人的表現，它的統系如左：

表三

雅——騷——駢文
頌——┴——樂府

孔子說：「小雅怨而不誹。」我們既然已知道「述小政用小雅」的道理，就可以知道雅是一種士大夫代表民間的作品，所以它的文理就不能像風那樣地樸直，而多少披上了一層文采的表皮。後世文網日密，雅的組織內容也日就文飾、隱諱，而字句表層的美麗裝飾也日在邁進，到了戰國時代便產生了騷。

騷原出於楚，最著名的是屈原的〈離騷〉、〈九歌〉，後來宋玉、唐勒、景差，漢初的劉友、朱建、陸賈，以至淮南王劉安，都是作騷的好手，因為他們都是楚人，故總名之曰楚騷。司馬遷說騷：「怨慕呼天，疾病則呼父母。」又說：「騷之為體反覆紊亂。」這便是把騷體最能形容盡致的知言。

漢時，賦體最盛，賈誼懷才不遇，因他的境遇極似屈原，寫成的賦，他的作風仍屬楚辭。而真正的漢賦當以枚乘所作的〈七發〉為早，他的結構，雖模仿屈原的〈招魂〉，但鋪張揚厲、藻飾浮華已經全是西京氣象；而司馬相如的〈子虛賦〉、〈上林賦〉、〈大人賦〉更有後來居上之象，同時賦家，東方朔、莊助、朱買臣、吾丘壽王，都不能和司馬相如、枚乘爭席：西漢末年揚雄的賦名不減相如，最著名的〈甘泉賦〉、〈羽獵賦〉、〈長揚賦〉、〈反離騷〉等，其前後有劉向、王褒，但並不專以賦家著名了。

漢賦到了東漢初期，漸起沒落，唯有班固的〈兩都賦〉、班昭的〈東征賦〉較為傑出；中期作家有張衡、馬融；漢末以蔡邕為首，徐幹、王粲、曹植，亦皆著名。但張衡著〈二京賦〉，完全模仿班固〈兩都賦〉，十年才完成。那時候的賦，已經不是「小雅怨誹而不亂」的體裁，而是一種辭源字彙之類的最初類書了。到了漢末建安，王粲的〈登樓賦〉、曹植的〈洛神賦〉又轉到抒寫個人的情感，寄託騷雅，但體氣已弱，不能再像西京作家那樣長江大河，氣派雄偉。到了魏晉六朝，更有江河日下之勢，如嵇康的〈琴賦〉，陸機的〈歎逝賦〉，潘岳的〈閒居賦〉、〈秋興賦〉等，都是因自己的幽怨孤獨，寄託到魚蟲草木而成為離人寡婦之詞。他如左思的〈三都賦〉，近踵〈兩都〉、〈二京〉，郭璞的〈江賦〉、孫綽的〈天臺賦〉，都離不了班固的規範。陶淵明的〈歸去來辭〉、〈閒情賦〉，卻又別樹一幟；前者開發了蘇軾〈前後赤壁〉，以散文作賦的源流，後者則導引了六朝駢體側豔，例如蕭繹的〈蕩婦秋思賦〉、王筠的〈芍藥賦〉、徐陵〈鴛鴦賦〉的先河，而六朝的駢文也就於此造成了體格。

六朝以後，駢文完全脫離了賦體，自成一種對偶式的無韻文字，在唐宋期間，被採用為章、奏、謨、誥文字，例如陸贄的奏議、李商隱的奏議，以及翰林院的詔勅、軍中的檄令、朋友的書札，無不以四六見長，中間雖經韓愈以文起八代之衰的萬鈞力量，也只能自成一個古文集團，仍敵不過四六駢文的風尚。即以唐宋古文八大家而論，以散文著名的歐陽修、蘇軾、王安石等，他們所作奏議，也仍免不了四六。這一風氣直到南宋，才稍稍衰歇，但駢文這一名詞，卻是從韓愈、柳宗元提倡古文時代已發生了。柳宗元說：「駢四儷六。錦心繡口。」這便是駢文的定義。初與四六，無甚大區別；到了清初，駢文又與四六分道揚鑣。拿賦來作譬，則「四六」有如漢賦，「駢文」則如六朝賦。清代駢文已經到了鏤肝捏腎，工無可再工、精無可再精的地步；著名的以陳其年、洪亮吉、袁枚等八家最為著名；中間頗遭古文家打擊，勢力依然存在，姚梅伯、李兆洛，均為同光間後起之勁。直到白話文崛起，駢文才自然地歸於淘汰，因為它在應用方面，實在太不合時代了。

賦到了唐，名雖為賦，已經是有韻的四六，到了宋卻又變了有韻的散文；前者如王勃的〈滕王閣賦〉，後者為蘇軾的〈赤壁賦〉、歐陽修的〈秋聲賦〉，都是代表作品。

從風、雅、頌而演變到樂府、駢文，時代方面也向三代周秦漢魏而進入初唐。這時七言詩尚未產生，而五言詩則自蘇（武）、李（陵）倡和以後，漢末曹操父子加以極力地提倡，建安七子的發揚凌厲，晉宋間江左名流嵇康、阮籍、謝靈運、鮑照、庾信諸大名手皆高步闊視，陸機、潘岳、謝朓、何遜諸家的競妍摘腴，與北方的鼓吹、相和諸曲互相發揚，而五言的精華，也就盡於此矣。

初唐文風靡弱，詩的方面卻產生新的作品，那就是奠定了中國詩壇一直流傳到現在的七言詩包含：七古、七絕、七律三種，這三種七言詩的源流並不出於一脈，現在先把它列表如左：

表四

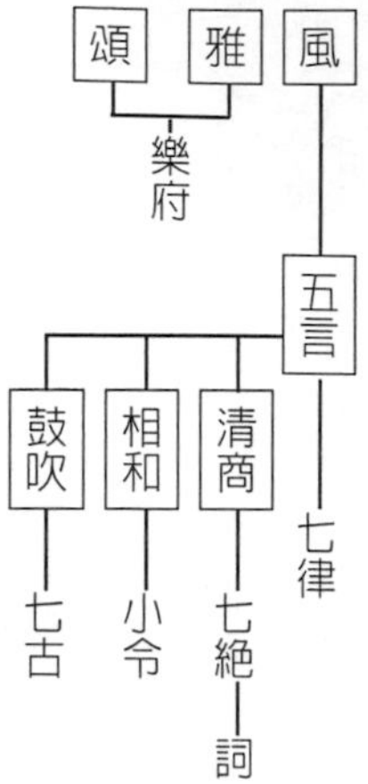

五言詩發源於風，既如上述，但在六朝朝代，五言古詩因受駢文的影響而漸漸發生對偶作用，到了初唐感覺五言的繁縟，減成五律。五律的定義，是五言八句，起首兩句可以不對，中間四句名為項聯、腹聯，則一定要對偶工整，初唐時期四傑中的王勃、駱賓王都擅長此體，孟浩然、王維尤為五律中代表作家，杜甫詩：「王楊盧駱當時體，不廢江河萬古流。」「吾愛孟夫子，風流天下聞。」——就是推崇他們幾個人的；但一方面五律還是在變，比杜甫前期的著名作家則有沈佺期、宋之問，稱為「沈宋體」。杜審言、崔顥、李白、王維，皆是七律高手。但沈宋體不脫六朝氣息，崔顥詩極少見，王維工力在五言，李白雖偶有所作，不能與他的樂府古詩等量齊觀，於是有杜甫者出而兼收並蓄，包羅漢魏六朝一切詩的體勢，擷取眾長，而造成了他詩聖的地位。他不但是七律詩的革命者，也是樂府的革命者，他所作的〈石壕吏〉、〈新婚別〉、〈垂老別〉等篇，都是打破了以前樂府的體裁，而自立新聲，七律的變化更多。他自己稱讚「詩成泣鬼神」、「老去漸於詩律細」、「語不驚人死不休」，都是可以當之無愧的。但他的七絕雖是別具一格，卻不能出色當行。七絕源出於清商曲，與五律、七律屬於風謠，雖可以唱並無和樂者不同。七絕則出樂府，可以唱而兼有和樂。唐代旗亭賭唱，都有笛伴奏，李白、王昌齡、杜牧、李商隱都是七絕的代表作家，而白居易、元稹更以巴渝激楚之音，別創竹枝而成為七絕的變體。

七古在初唐還是以寫邊塞情調為主，岑參、高適、李頎都善寫此體，源流來自樂府的鼓吹曲；中間經過鮑照等的陶鎔，所以初唐的七古，也並不全是鼓吹的氣氛；等到杜甫再變為新樂府，加入了作文章的方法與字面，唱的可能性大為減少；到了李賀、李商隱、溫庭筠時代，他們的七古又趨向到樂府的復古，他們的七古都是有「歌」、有「樂」、有「舞」，回復到六朝；杜甫的七言則流傳於白居易、韓愈、元稹、李商隱，各得杜甫的一體，而自立成家；北宋的歐陽修、梅聖俞、王安石、黃庭堅、陳師道，先後崛起於熙寧、元祐之間，一以老杜為宗，後人蚡響其體製精嚴，專加仿摹，號為「江西詩派」。元白詩以明白曉暢見長，號為「長慶體」。李商隱，工豔隱晦見長，楊億、劉筠輩宗之，號為「西崑體」。韓愈以倔強艱澀見長，號為「昌黎體」。後世詩家無能出此數種範圍。

詩的源流既如上述，而七絕的演變，卻逐漸而產生了詞。李白〈清平調〉，王之渙等〈陽關三疊曲〉，皇甫松〈採蓮子〉、〈浪淘沙〉，原本都是七絕二十八字，逐漸增字、偷聲，於是產生了韓翃二十七字的〈章臺柳〉、歐陽子的〈南鄉子〉等；同時更取回紇，羌番的胡樂而配以文字和歌舞，發生了〈舞馬〉、〈回波〉、〈塞姑〉、〈搗練子〉、〈甘州子〉等詞的小令，而七絕唱和的風氣到了宋初也就無復存在了。

對於文言文的源流，談得已經很多，現在我們再把白話文的發源和演進再來介紹一下。簡單地說，由宋詞而進為元曲，多少與白話文有點關係；因為在北宋黃庭堅、柳永、周清真的詞已經參加了白話，而趙長卿的詞更以白話為主體；此體到了南宋，在詞中反而找不到了，而北方的曲，卻已發生——在《林下詞選》裡曾發現過一首鄭意孃的〈勝州令〉，她不但採用白話很多，而且上去入三聲通叶。試把她最注目的白話文摘錄如左：

「到今似海角天涯，無由得見則個……」

「卻是俺咱錯，被他閒言伏語啜做……」

「問伊怎下得，憐新棄舊，頓乖盟約……」

「可憐命掩黃泉……都為他一個，你忒虧殺我。」

鄭意孃是北宋宣政間人，被金兵擄到北方去，途中作詞寄與他的丈夫楊思厚；她的詞，白話和用韻，卻完全是元曲的先河，造成了白話的風氣。遠一點說，白話文應該起於六朝佛教的經變，然後與詞曲、唐宋人筆記、明小品文合流，而造成白話的基本。再遠一點說，凡人初有文字的時代，文字就是白話。我們前面已經說過，殷墟的甲骨文是白話，移到西周的銅器上則成為文言；《詩經》的風是白話，移到雅則成為文言；頌原先是白話，經過御用（如黃帝作〈咸池〉，舜作〈韶〉）則成為文言；樂府本來是白話（如漢橫吹、鼓角、相和等曲），到了士大夫手裡，則成為文言（如清商曲）。白話的存在性，詩歌裡面比較悠久於文章的原理，就是一部分民謠在替它們保存著，而文章久為士大夫所專用，不許民間參加的了。現在再列一表，加以說明。

表五　白話文

風—歌謠
頌—樂府—詞—曲
　　└經變—彈詞—傳奇—戲文—┐
書—禮記—漢魏雜誌神話—唐宋人筆記—元明人評話—小說
　　　　　　　　　　└語錄

在右表裡最主要點，當推經變。經變是佛教傳入中國所帶來的文學產物，佛教在東漢期間已開始，而經變的盛行，則在六朝；其時北魏、西魏、北齊、北周無不崇奉佛教，敦煌的壁畫就在其時盛行。變文是敦煌石室裡所發現的經卷，卷上的白話文是「經」，文中的插畫是「變」，故謂之「經變」；一般不喜歡文言文的才子，便採取它的文體來寫成可以唱的故事，史稱：「北齊陽俊之好作俗本唱本，名為陽五伴侶，寫而賣之。」這當是變文流入彈詞的始源；這種文字有用六言、七言，間用三、五、七言的不同。而南朝梁武帝信奉佛教，也陸續創始了變文的第二代產兒——寶卷與諸宮調、陶真，彈詞與《大目犍連變文》則是這個時代最偉大的產物，一切傳奇、戲文，皆由此發生；到了清代昇平署所載的《大目蓮變戲文》，共有一百多折，如現在所盛演的《打漁殺家》以至《王婆罵雞》、《三上弔》文武各齣多在其內。可見變文的源遠流長，和民間勢力的偉大了。

白話文不但發源於經變，它又發源於漢魏以來的《山海經》、《西京雜記》、《搜神記》、《幽怪錄》等雜志神話，和唐宋人的筆記小說。這批書在現在看來，已經多是文言，但在艱深古奧的文言文時代看來則它是白話；這和在民初看梁啟超、蔡元培新聞體的文字是白話，現在站在白話文立場上看來，它又是半文言的一樣。這些書到了宋末元初便隨著時代潮流而進化到純白話的評話和小說。

評話和傳奇雖在同時代發生，但評話發源於「書」，所以只說不唱，傳奇發源於「詩」，所以有說有唱，故傳奇流而為戲文，評話流而為小說。

在這「佛經」與「詩」、「書」各種交流的當兒，自命正宗古文家在採取了禪宗語錄的方式而做起語錄來了；顯著的應該推南宋理學家的《朱子語錄》，他就是用白話文學摘記的第一個人。而元代的告示、文牘也都用白話，至今昆明尚存有元代白話文的碑；明清帝皇批青奏牘，和答覆臣子的手諭，也常用白話。而唐宋古文家的歸有光、袁宏道、陳繼儒之流也不得不改變方針，於正襟危坐之中，參加抒情風趣，產生了小品文，不惜做韓愈文以載道的叛徒；而近代白話文作家如朱自清、徐志摩、許贊堃、林語堂、謝冰心一般的白話文作家就摘取了他們的菁華，再加以傳奇、戲文、評話、小說的合流交織而開創了現代白話文的作風。梁啟超、胡適則一脈相承，別宗孟子。在我的看法，《論語》、《孟子》也是當時的白話文而不是文言文，所以他比《老子》、《莊子》等諸子百家皆明白曉暢容易瞭解得多，正因為他是語錄而不是作文。現在我再取一節《孟子》和〈堯典〉來比較：

《孟子》

放勳曰：「勞之來之，匡之直之，輔之翼之，使自得之，又從而振德之。」

〈堯典〉

「天敘有典，勅我五典，五惇哉。」

放勳是孟子稱堯的號，以下是孟子述堯之言，五個「之」字斷句，正是〈堯典〉的五典五惇。我們再把《孟子》談得明白一點兒說：「勞者來之，邪者正之，枉者直之，輔以立之，翼以行之」，這便是堯所說的五典；又從而提撕警覺，加以振作，勿使怠惰放逸，則便是堯所說的五惇。此篇是堯命契之辭，但〈堯典〉卻很艱晦，孟子比較明白，這便是文言白話的分別，而現在則一例看成文言了。

所以我說白話文並不始於五四運動，任何時代均有白話，過了一個時代，由於人類環境的演變，情感的繁複，文字應用的增加，「後之視今，亦猶今之視昔」，而白話文言的互相因果，是沒有止境的。

《宋詩別裁》評介

兩宋（南、北）詩人之盛，頡頏三唐（盛、中、晚），茲編所載凡一百三十餘家，殊為未備，而命之曰「別裁」，要其旨歸，豈不抉自杜詩「雖裁偽體親風雅，轉益多師是我師」之義乎。

則此百三十家者亦足為一代之綱目，惜其為篇幅所限，人取不過一二首，至若歐、王、蘇、陸所取較多亦不過一二十首，使讀者有嘗鼎一臠未辨滋味之感；又其年代，前後參差，作者僅列其姓氏，略無評介，亦使讀者有無處摸索之感。

趙君豪先生將以茲書編為《自由談》雜誌第五十三年新年讀者贈品，屬為評介，輒就作者風格並分別其時代於後。

詩之源流始於《三百》，其後經千數百年之變遷，各因時會之不同，或治或亂，或晦或顯——亦如黃河九曲，出崑崙，導積石，因地而變；至於唐宋，則河之龍門砥柱也。河水分流，包山而過，山見水中，有如柱然；故宋之不為唐，亦猶唐之不得為宋。茲編作者，闚其用心，則似欲甌唐宋於一家；於所取裁，均以近乎唐者入選，冶歐、王、蘇、陸、尤、楊、蕭、范於一爐，不但唐詩之面目不可得見，即江西、四靈之奇軍特幟亦不可見矣。

所以然者，蓋時會為之也。編者生於清之中葉，承乾嘉之緒餘，而同光詩派猶未樹立，故皆推唐邁宋。茲編之作，推其用心，豈不曰「類我，類我」？欲揭宋詩之面目而舉以為唐也，苟起兩宋諸公而問之，恐未必帖然自承。然則以「別裁」之選，為唐乎？為宋乎？豈不又甚惑乎？故就本編作者，略微評介，並釐其時代先後，亦足見宋詩之支流曼衍。因時會而成文，非一江西所能域之，則病宋詩之不為唐者亦可以休矣。

(1)宋承五代之弊，太祖開國伊始，唯陶（穀）、竇（儀）為之冠冕，《別裁》捨去未選，所列則有：沈遘，按沈為後周人未嘗入宋；李昉、徐鉉，一則北漢降臣，一為江南羈旅，著述雖富，名節多虧。

(2)太宗太平興國以來，詩人氣象漸加闊大，然錢惟演以吳越王裔，附庸權相；丁謂之佞，同於欽若，皆所不齒。《別裁》未汰，殊玷青蠅。其足稱詩人，而無愧者王元之一人而已。

(3)真宗值遼侵亂，澶淵一役，社稷砥定，有宋詩人，當以萊公、永叔為冠冕；其後則有林逋、魏野，林泉高致，羽翼文明。可為宋詩一代開國氣象。

(4)夏英公歷仕太、真、仁宗三朝，文章典雅，多識古文；蔡君謨儒林重望，草書出群；

石曼卿不愧酒狂，蘇舜卿端稱雅士；梅都官精深淡遠，別創一格；邵康節、周元公以理學入詩，時時見道。皆一時之選也。

(5)韓魏公歷事仁、英兩朝，與范希文夾輔宋室，功名顯奕，而文章之偉，亦詩國之周召也；司馬溫公，居洛十五年，一旦再相，悉去新法之不便者。三君實有宋人傑，詩特其為餘事，然已籠罩一代矣。

(6)神宗勵精圖治，熙寧間勵行新法。王荊公不但政治特出，詩亦特出，遂為江西不祧之祖；其詩之成就，蓋尤勝於政治。而宋之發旺，名家迭出，亦以此時為極盛，且各具面目，各溯流源，各創新意，有若春華競發，夏木群蔭，詩有盛唐，則此時當為盛宋。其與王氏抗衡，鏖旗鑿戰者，則以眉山蘇軾為勁敵。王詩刮垢磨光，不著煙火；蘇詩則長江大河，不擇細流，挾泥沙而俱下，皆成文章。其為蘇氏羽翼者，則有黃庭堅、秦觀、晁補之、張耒，號之「蘇門四學士」；而黃詩之境界淵深，筆力破餘地，又駸駸陵駕蘇氏。東坡稱黃為魯仲連，後人並稱蘇黃；而黃為江西一派之祖，誠無愧色。新法失敗，王氏學幾無人誦；蘇黃兩派則源遠流長，歷南宋、元、明；迨及遜清中葉，王氏學說盛行，而荊公詩亦如河源復出，匯合三流，蔚成巨觀，為近代治詩者所必習。

(7)哲宗元祐蘇學盛行，降及紹聖而黨禍遽起，家藏東坡一集者幾於獲罪。理學詩起而代之，二程（程頤、程顥）親炙濂溪，周元公以光風霽月之懷，作推理格物之什，傳之南宋，厥為朱子。陳後山瓣香曾南豐而詩學黃庭堅，精深雅奧，又於荊公之外，別開門徑。蘇子由繼續乃兄，重興蘇氏。賀方回高隱慶湖，晁沖之創分詩派，蘇門之盛，又復蔚然。

(8)徽宗初立，頗勤政事，辨賢愚，召蘇軾於南海，解元祐之黨錮。顧不旋踵，為蔡京父子所魅，而國事不可問矣；一時以忤觸時相，而加斥逐之詩人，不可枚舉。獨米海嶽從容談笑其間，佯狂玩世，詩書畫，為一時之絕。韓子蒼刻意為詩，一字不得當，千里追取。汪彥章少與王黻同舍，及黻得倖，絕意仕進，堅臥三十年，無一廛之舍，有足多矣。

(9)欽宗靖康初，有曹勛者，從徽、欽北狩，遁歸建康，擬募死士劫還二聖。執政難之，出勛於外，九年不遷。蘇過，事父孝，東坡在海外，屢遭遷逐，過無不從，既葬父於汝，遂家穎昌，曰小斜川，一為通判，終身不仕。之二人者，其詩可為忠孝之表率。

(10)宋末南渡，高宗駐蹕揚州，葉夢得首請南巡，極論因江阻險之便，南宋肇基因於此，而少蘊實詩人也。陳簡齋，正色立朝於建炎、靖康間，務遵王威而振紀綱，而其詩為江西派之柱石，與陳後山先後彪炳。劉子翬，以理學名家，暢於詩說，朱松死以子朱熹為託。范成大，奉使入金，陳詞慷慨，而其詩清麗綿邈，不媿正則。王十朋，歷知潁郡，所至有恩，民間繪像祀之；嘗注蘇集，詩亦逼肖。呂居仁，初與秦檜同為郎，甚相得，及檜相，呂為中書舍人，輒封還除目，守正不阿；主元祐學，為江西詩派中堅。此又南渡詩流之新氣象，張為江西詩派主客圖，要非無為而作。

(11)孝宗之世，陸游以詩執江南牛耳，自乾道以至開禧（寧宗），享名六十餘年；壽至八秩，詩逾萬首，積稿之富，超出唐白居易。於是，詩壇以蘇陸並為圭臬，而後之學詩者不替焉。楊萬里，與游同時，年亦八十三，以忤韓侂冑不為作南園記，棄職家居；聞侂冑僭妄日甚，呼紙書其罪狀，擲筆而逝；其詩務闢新意，作未經人道語，視陸游詩法尤新。朱文公以理學歷事高、孝、光、寧四朝，寶慶中致仕，猶享大年；其詩以知致格物為宗而不泥於跡，亦為後學闢一門徑；至於明末，有「太極圈兒大，乾坤帽子高」者不亦厚誣之甚耶？至若謝無逸以蝴蝶而得名，呂東萊以博議而馳譽，致之堂奧，似難確定。

(12)光宗紹熙間，詞宗蔚起，姜堯章自言學詩於蕭千巖，千巖則得之於仙；言雖誇誕，要其詩清絕奇絕，實為不易之論。而同時並起者則有四靈：趙師秀號靈秀，翁卷字靈舒，徐照字靈暉，徐璣字靈淵；其詩崇尚性靈，力矯江西之失。四靈皆布衣，唯師秀乃太祖八世孫，一為推官，終身不仕，而當代詩人翕然歸之，為南宋詩，另一新面目。

(13)寧宗開禧間，韓侂冑當國。華子西（岳）獨上書詆侂冑，下理獄，杖幾死，出獄登武科第一；史彌遠當國，又謀去史，遂被杖死。敖陶孫，嘗以朱熹外貶，首賦詩送行，被罪；及趙汝愚死貶所，又往哭之，侂胄怒，下令捕陶孫，變姓名得免。之二人者，皆詩中之奇人也，可以傳矣。

(14)理宗寶慶以後，賈似道用事，天下事無可為矣，詩與氣節亦無可為矣。然猶有方岳（字巨山）知南康，以杖賈似道舟卒而謫袁州，又忤丁大全而罷歸；其詩亦不用古律，如李廣野戰。而文天祥、謝枋得，應命而生，為南宋一百五十年結束一段乾坤正氣，其人與詩，彪炳史冊，婦孺皆知，可不具論矣。

(15)度宗咸淳以後，復有奇人奇事，足以大書特書者：謝皋羽，聞文丞相殉國柴市，與其門生故吏，上嚴陵西臺慟哭，雖驚元人守卒而不顧。林景熙，見楊璉僧珈盜宋七陵，親負布囊，渡錢塘，拾帝后骨殖而葬之柯亭。謝詩瑰麗，極似長吉；林詩深峭，與汪水雲、鄭所南等駸駸齊驅。

又陳道人雕《江湖集》野老殘僧都有傳者，茲編所載，如：陳鑑之、王琮、劉仙倫、葉茵、利登、朱繼芳、黃大綬、武衍，皆南宋人，《人名大字典》不載，略附於此。

右列評介，僅以《別裁》本編所選者為限，編外遺珠尚多，概不攔入；而本編所選，亦並不盡錄，讀者可於《中國人名大字典》中求之，得矣。民國五十二年十二月定山記。

讀《人間詞話》

王靜安先生《人間詞話》，創境界之說，論隔與不隔，為世傳誦，僕未之讀也。長夏無俚於坊間得王國維先生三種，因得細讀其詞及詞話。其說精透處殊多前人所未發，然亦間有矛盾處，因為摘論，非敢妄下雌黃，亦欲與學者共討探耳。

「詞以境界為最上」，自是「名句」。又謂：

有造境，有寫境，為理想與寫實兩派所由分；然二者頗難分別。（《人間詞話》）

入後便無將「造境」、「寫境」二派，實地分別指出，但云：「因大詩人所造之境，必合乎自然；所寫之境，亦必鄰於理想故也。」說得殊未明白。

今試以李白「床前明月光」全首解之。謂之一種境界，是矣。謂之不隔尤是。但第一句是寫境，第二即理想，第三句是動作，第四句是感懷。感懷可屬之於理想，動作可屬之於寫實，則一詩之內，即有兩派，不能說「造境」、「寫境」為兩派之所由分。一詩之中，寫實與理想，當為兩紐而不可分。一詩之中必具有此條件而後始成為好詩，不得謂人間竟有此兩大派也。故作者亦自圓其說曰：「然二者頗難分別。」

進而言之，句之高妙者，一句之中，一字之內即可有造境、有寫境，例如：「西風殘照，漢家陵闕。」是造境乎？是寫境乎？以言字面，全是寫實；而其高妙空闊，全為詞人自造之境。蓋此一境界，凡人得之為寫景，大詞人得之即為造景，然不得謂之理想。故以「理想」二字詮造境，亦未全妥。

故僕以為《人間詞話》第二條，其說頗隔，當作：「有造景，有寫境，此理想與寫實之所由分。然下筆之際，二者頗難分別，因大詩人……」云云，則不隔矣。

> 有有我之境：「淚眼問花花不語，亂紅飛過秋千去。」有無我之境：「採菊東籬下，悠然見南山。」……古人為詞，寫有我之境者為多，然未始不能寫無我之境。（《人間詞話》）

本書為詞話，前條已言「大詩人」，本條於無我之境，亦舉陶詩，似詞人無能作無我之境者。然「平林漠漠煙如織，寒山一帶傷心碧」，有我之境耶？無我之境耶？「菡萏香銷翠葉殘，西風愁起綠波間」，有我之境耶？無我之境耶？有我，無我，只在作者心子裡體會，不只在字面根求。千古談詩者，於無我之境，何以舉「採菊東籬」一句？未免拾人牙慧。

今解之曰：詩有全首入於無我之境界者，詞不能全入無我之境。唯李白〈菩薩蠻〉一首可以當之。

無我之境，人唯於靜中得之。（《人間詞話》）

誠然，此境在詩亦唯五言絕句可以全首得之，其他不能。王維：「獨坐幽篁裡，彈琴復長嘯。深林人不知，明月來相照。」全首空靈幽渺，真入無我之境。

有我之境，由於動之靜時得之。（《人間詞話》）

信矣。但其續云：

故一俊美，一宏壯也。

則遁矣。「明月松間照，清泉石上流」，無我之境也。「松風吹解帶，山月照彈琴」，有我之境也。其不隔同，幽深遠趣同。且山月句，何嘗不優美，而「宏壯」二字不足以方之。「大江流日夜」、「明月照積雪」皆無我之境也，而宏壯麗闊，不可方物。故宏壯亦不得專指「有我」。

故雖寫實家亦理想家也。又雖如何虛構之境，其材料必求之於自然，……故雖理想家亦寫實家也。（《人間詞話》）

二派由分之說，已自攻破。其云：「雖虛構之境，必求之於自然。」斯言得之。《人間詞話》首倡境界之說，確乎發前人所未發，但舉乎境之說，而忽乎界之說，其言曰：

境非獨景物也，喜怒哀樂亦人心中一境界。故能寫真景物真感情者，謂之有境界，否則無境界。

其推言「界」字，殊隔。今解之曰：境是眼中所見，界是自己的喜怒哀樂，二者交融乃為境界。故寫境先由造境，而後玄理乃得。「寶簾閒掛小銀鉤」，是有境無界；「雲破月來花弄影」，則境界全出矣。

客觀之詩人不可不多閱世……《水滸傳》、《紅樓夢》之作者是也。主觀之詩人不必多閱世……李後主是也。（《人間詞話》）

《人間詞話》此條最為可議，所謂擬於不倫：《紅樓》、《水滸》作者根本不是詩人，李重光則詞祖也。當曰：「詩人多閱世，閱世多則材料愈豐富，愈變化」，李、杜是也；「詞人不必多閱世，閱世愈淺則情愈真」，李後主是也。

馮正中詞、中後二主詞，皆在《花間》範圍之外，宜《花間》不登其隻字也。（《人間詞話》）

此條推重馮、李，洞具灼見。唯歐陽舍人《花間集》飛卿而下所取皆蜀國名家，不採江南，非因其堂廡特大而為《花間》所不容也。

《人間詞話》極貶白石、夢窗，但其矛盾處亦多。如云：

「詞義晦遠嵯峨蕭瑟，真不可言。」（王無功稱薛收語）詞中惜少此境，唯白石略得一二耳。

其後又云：

白石寫景之作，格韻絕，但如：「二十四橋仍在，波心盪、冷月無聲。」「數峰清苦，商略黃昏。」「高樹晚蟬，說西風消息。」如霧裡看花，終隔一層。北宋風流，度江遂絕。

其意殆以「無聲」、「商略」、「說」為隔耶，然則「細雨濕流光」亦隔矣，「蠟燭有心還惜別，替人垂淚到天明」亦隔矣。蓋北宋人詞正如盛唐詩，事事物物，可說者甚多，不必窮思冥搜，故自然闊大。南宋人詞如晚唐人詩，非入嵯峨蕭瑟一路，便為北宋人籠罩，其所商量清苦者，正是要不拾前人牙慧耳。

陶謝之詩不隔，延年則稍隔矣。東坡之詩不隔，山谷則稍隔矣。（《人間詞話》）

《人間》之所謂不隔者乃達也，非境界之隔。亦可謂不隔之義，即是要人看得懂；隔之義，便是要人看不懂。但「池塘生春草」五字不隔，「園柳變鳴禽」則隔矣。靈運五言，隔者不知凡幾；東坡詩不但有隔，甚至有不到者；山谷固稍晦，若「未到江南先一笑，岳陽樓上望君山」，得謂之隔耶？「繁華事散逐香塵」隔矣；陶詩「刑天舞干戚」，何嘗不隔？

境界之中自有一層「隔」的好處。「獨坐幽篁裡，彈琴復長嘯，深林人不知，明月來相照」，以言境界中間正有十數重「隔」，遂覺窈窕無窮。「流水落花春去也，天上人間」，其境界中亦有十數重「隔」，始成為絕妙的好詞。言之不足，故長言之。一首好詞，中間正有千百重悱惻怨慕，故詞體近於賦，賦者小雅之遺，嵯峨蕭瑟不害其晦。

僕以為：以白石當嵯峨蕭瑟，白石亦不足以當之；南唐二李、北宋美成，其庶幾乎。

我所謂「隔」，亦即《人間詞話》所謂境界之「界」。界是全境之中層層分界處。「昨夜西風凋碧樹，獨上高樓，望盡天涯路」，天涯路是一境，而在高樓上望之，是隔著一層境界矣。此天涯之路，平日每為碧樹遮蔽，是隔；而今天碧樹凋盡，可以一望無際，是不隔矣。然而，詞人唯恐其不隔也，乃不望之於今日，而望之於昨夜。夜色之中，豈能望盡天涯，於是全篇雲霧，嵯峨籠罩。董思白畫禪曰：「一樹有千百轉身。」此所謂曲盡其隔之能事，而辭意不隔。故《人間》之所謂隔者，乃「辭不達」之謂；不隔，非直截了當之謂。每見學者誤會此義，故特標而出之。

《人間詞話》又以用典為隔，如云：「謝安池上，江淹浦外」則隔；又以鑄句為隔，如云：「酒祓清愁，花銷英氣」則隔矣。其實，謝池、江浦，乃為陳言濫調，非隔之謂。《人間》嘗舉一條：

沈伯時《樂府指迷》一條云：「說桃不可直說破桃，須用紅雨劉郎等字……。」果以是為工，則古今類書具在，又安用詞為？

謝池、江浦即屬此類。至於「酒祓清愁，花銷英氣」已開清人駢體，鍊字處固以隔為工，不得謂之不佳。《人間》特有激而言耳。

又云：「古今詞人格調之高，無如白石，惜不於意境上用力，故覺無言外之味。」此言較為持平。

稼軒詞自是不可一世，蔣鹿潭分詞為四大派，置東坡於稼軒一系之下，可謂張湯斷獄，東坡復生，自己亦不得翻案。《詞話》云：

東坡之詞曠，稼軒之詞豪。

竊謂，「豪、曠」二字，殊不足以盡辛、蘇。又世言東坡不知音律，故有銅琶鐵板之譏。然讀其〈醉翁操〉，「琅然，清圓，響空山，無言」，琴音自然，溢絃而出。〈戚氏〉長調本有聲無字，東坡屬一伎倚聲，聲畢，坡詞亦就，今所傳者是也。故謂東坡不解音律者亦齊東野人語耳。至如〈洞仙歌〉之綺麗，其他小令之佚秀，亦豈一「曠」字所得盡之。稼軒詞，視坡又進，用律尤精。《人間》尊蘇辛而抑梅溪、玉田、草窗、中麓，謂之鄉愿似矣；並夢窗而抑之謂，未免失之過激。

雍乾間人論詞推崇蘇、辛，作者述之；嘉道間人重二張，故作者抑之；同光間人重推崇夢窗，上及美成，故作者亦從而抑之。抑二張足矣，然夢窗可抑，美周不可抑也。故其所論，間亦矛盾而不自覺。

其云：

余覺夢窗甲、乙、丙、丁稿中……其惟「隔江人在雨聲中，晚風菰葉生秋怨」二語乎。

又云：

夢窗之詞，余得取其詞中之一語以評之曰：「映夢窗，凌亂碧。」

是直俳語矣，靜安學人，似不作如許輕薄。今夢窗全稿具在，信此六字，可以盡之乎？「池塘春草謝家春，萬古千秋五字新，傳語閉門陳正字，可憐無補費精神。」遺山論詩於此並未得灼見。《人間詞話》取之以譏：「夢窗、玉田輩，當不樂聞此語。」玉田之病，病在筆滑，容易成篇，與後山詩用水磨功夫者正背道而馳。夢窗詞經百煉，然後山功夫亦非夢窗所能瞭解，以此喻吳、張，正謂作者於後山作詩功夫未嘗三折肱耳。

北宋之詞有句，南宋以後便無句，如玉田、草窗之詞，一日作一百首也得。（《人間詞話》）

玉田、草窗雖不得上方秦、柳，中比周、吳，若謂為作百首也得，未免言之太率。

梅聖俞詩不是平淡乃是枯槁，夢窗、玉田之詞亦然。（《人間詞話》）

梅都官詩極不容易領會，亦如唐之孟郊，連蘇長公也領會他不得。若夢窗、玉田，則詞家之曹鄶、滕薛，前比後山，此比都官，皆為失喻。

夢窗原不與玉田、草窗同伍，而《人間》一例以膚淺視之者，正以作者與疆村、蕙風同時，朱、況推崇周、吳，《人間》乃極力貶抑之。故《詞話》云：

> 近人棄周鼎而寶康瓠，實難索解。

紘外之音，固有舞劍欲擊之勢。若云蕙風勝於疆村，則實為知言，兩字優劣亦以此定論。唯云：

> 蕙風長調在清真、梅溪之間，而沉痛過之。

又覺不倫。梅溪者，誠《人間》之所謂鄉愿也。若清真，豈易及哉？豈易及哉。《人間》頗貶美成，亦以寶鼎康瓠之憾耳，故不免言之過實；及舉美成詞，每不啻若似其口出。文章乃天下之公器，又豈一手所得掩哉。東坡百代文豪，而譏齊梁為小兒語，孟郊為秋蟲鳴，終為百世口實。一字之評豈易妄下可不慎哉！

乙未端午定山記於臺北之蕭齋

草堂詞憶

（一）種菊

這是一個春天，勝利已是第二年了，有一個將近五十，相當健碩的老人，他負卻鴉嘴鋤，和他的朋友在西湖寶石山下種菊。這是一個小山，高不過五六十級，夾路修竹，蔭得茂密。石級盡處，一個月洞門的粉牆，靠著一架開滿了花的紫藤，一陣風，滿徑全是紫花瓣。走進月門，一抹走廊，帶著五間正屋。寬闊的走廊，擺滿了建蘭，卻還沒有花呢。湘簾牽地隱綽綽對著瘦削而又勁秀的寶俶塔，這兩個老人，正在簾外庭院裡刨地呢。那主人，不是誰，正自我描寫的一幅攝影。那朋友是餘杭的詩人周之盛。我這定山草堂，已經是經過八年抗戰，兵後重建的了。草堂，本來是在青波門學士橋的，本來相當寬廣，就論菊畦，也有五六畝寬，一向僱著人種，主人，不過春菊花開時清賞清賞罷了；可是經過兵燹，不要說花草無存，就連數人合抱的大樹、朱紅雕漆的遊廊，也多析而為薪，鋸的鋸了，燒的燒了。這寶石山下的草堂，還是勝利以後重建的，地不過三畝，屋不過五楹，相當地精小，可是主人貧了，更用不起種花人，只得和他的朋友躬耕自樂，灌之溉之，非其苗者，拔而去之。

菊籽在籽春，不過是插秧，在去年的餘菊叢青中，摘下嫩頭，合著山泥，將菊苗插在中間，早晚灑著水，便看它油油向榮，日夜長大；到四月中，就有五七寸高了，我們就得施肥分盆。盆是兩張瓦片合起來的，用稻灰拌著老泥，將成種的苗菊插上，你要它高呢，可以將兩邊的葉子剪去；要它矮呢，可將苗頭的芽剪去，再用噴壺每日清晨和傍晚，都替它澆著水，我們的收穫就漸漸地成熟了。

周先生他的雅號叫拜花，他一生是花癖，在二三十歲時是我父親的朋友，在五六十歲時是我的朋友。我這定山草堂，唯一的客，就是他。他對於我的所作為，無論怎麼做也佩服，於是我們又設計遷盆了。

我不歡喜將花在盆裡種；在盆裡開，又不願將它沿著階砌，奴隸似地，排成隊伍，或插成某種圖案。於是我們商量著，將要有惢的菊仔，按著山根石隙，以至桃柳樹下、山坡上、屋角、牆陰，或一叢，或數枝，相度形勢，分散著種。拜花他又能在菊花的葉子上，看得出某種葉筋是某色的菊，於是我們更商量著：石洞陰暗處是該種白的或黃的，粉牆根、竹林裡最好是紫的和紅的。我不歡喜蟹爪，但他偏沿石磴種上一園，說是最宜於持螯賞菊時的欣賞。於是種菊的工程將盡完畢，靜待看開花了。

賞菊都在重陽，但我們偏賞菊蕊，七、八月之交，早晨的太陽，還是烈烈的，鳥聲一鳴我先推開我的「望山樓」，那樓是向西道的。西湖多半是泥山，唯有寶石山是石山，尤其是巒頭嶸峋，極有廬山氣象。初陽正射寶俶塔尖，像美人春起，已經點好了胭脂。小眉起得更早，她已折著將枯的松枝，在廚下煎茶水了。拜花赤腳趿著鞋，短褐，在菊叢中數新蕊。我們沒有菊畦，散漫地種，數新蕊就是一種清晨散步的消遣。我們仔細地審度花勢，商量著的菊蕊該留的留，不該留的摘去。這摘蕊之役，拜花比我能，他能肯定某一朵開出來比較地大，比較地有姿勢。我歡喜欣賞菊蕊上包含著薄薄的一層玻璃質的護膜，在菊蕊初生，鵝眼大小的時候，已經看得出這層玻璃膜了；它映著初陽，發亮得射眼，它薄，薄得像水，卻又凝結像透明的磁。我看過古月軒磁上工細的堆花，更沒有比這菊蕊，堆得更細薄的。在小小的時候，我確不是專家，已分得出那玻璃護膜包含的是一種什麼顏色，和什麼組織。我們教小眉用細綢子做成各種顏色的小幅繫在莖上，花開時，誰猜中，誰就能夠贏到一隻蟹——那就是叢菊盛開，滿園秋色的時候了。「叢菊兩開他日淚，扁舟一繫故園心」，伏竄東來，我無法排除這「兩開」、「一繫」的孱僽，且寫一首詞來寄懷：

新雁過妝樓，去秋草堂，栽菊殆遍，伏竄海東，時有噩耗，階前殘英數株，恍如隔世，賦拈此闋。

夢續雙林。華嚴劫，故園一片秋砧。
暗隨恨水，繞砌更數蛩吟。
池影浮金無數畝，摘來應是少人簪。
歲寒侵。天邊暮色，夜占風禽。
東籬近誰換主？看巾獨步，寸碧邊遙。
滿頭自笑，鏡裡即事非今。
謀身老來逾拙，憑空許，江樽千里深。
中山酒，對殘英遍地，泣下霑襟。

（二）泛棹

草堂在清波門學士橋時，本是明末李流芳墊巾樓遺址，全園廣十五畝，以水勝，我用「畫中九友」的別號，來做軒館的題名，也就用他本人的款字放大，來做榜書。荷花最深處，是王廉州的染香庵，三字雙鈎最精。自遷寶石山，地繞三畝，且以山勝，九友軒亭，舊榜全不合用。但望山樓形如旱船，樓下空堂五間，臨高據檻全湖在目。尤其是裡湖的荷花，一望數里，貼翠搖紅，近出腳下；清風明月間，山雨欲坐時，竟似行船香海中，荷氣滿門。

「染香」二字，比在學士橋南，更為貼切，堂額依舊用了班廉州染香庵。草堂結構魘本二層，我將朝南的一面更起三樓，形勢更好。泛棹三潭、六橋，隨處可以看見這翼然的樓。我請湖帆替我鈎他所藏的米襄陽「多景樓」幾字，他卻鈎了「湖山第一樓」五字來，拜花說：「定山翁要開茶飯店了。」我笑著，填過一闋〈夏初臨〉：

第一湖山，銷魂南浦，年年草綠裙腰。
湖寺西南，杏花村酒帘抬。
東風醉軟前朝。岸漸移，柳映官橋。
草堂曾此，墊巾長嘯，門對寒潮。
染香庵在，雲水光中，藕花無際，畫艇攜簫。
可人月色，分攜涼透冰消。
絲管初調。更停舟駐拍蘭橈。
玉騮驕。遠嘶花去，曉色迢遙。

這首詞，雖不似張玉田所描寫的南宋銷金，西湖歌舞，那樣全盛，但在勝利以後，渡江以前，這短短的三年，西湖確有個全盛的勝概。我更愛的是六月裡荷花盛時，自棹小艇，在斷橋的「雲水光中」下船，沿著白堤，一路緩棹穿荷，讓夜蓮清露滴滿了艇頭，鳳林鐘聲，隨著月色，接引我們穿出西泠橋。那時萬柳垂堤，明湖三十里，早是一片清光，溶銀流玉，遠山都被夜靄籠罩了，好似美人睡在青紗裡。湖市繁燈，一直接上吳山，沿過南屏，就漸漸稀散，三潭印月更是淡得像一籠煙。那一邊，雖有數隻扁舟，垂流泛月，而急管繁聲，都聚在平湖秋月一帶。因為市府規定，晚間歌唱的船懸綠燈，賣酒和水果的船懸黃燈，遊客的懸紅燈。因此，五色船燈，滿湖地鑠，從斷橋起，樓外樓止，它已成了水鄉歌市，微風吹過來，滿是人氣。從前每年六月十八才有此熱鬧，勝利以還，竟成了金吾不夜。那船排得也好，一隻歌艇，便隨著兩三條賣酒果的船，遊客聽歌、買酒，它隨意地停歇，可不擠緊，自然留出一條水路，容舟去來。聽歌的人，一杯在手，仰臥船頭，遙看明月，讓風和著歌聲，一陣陣送到耳來。高興時，賞他們一些錢；不高興，悄然地掉舟他去，他也不向你索取。酒錢呢，你住在哪一旅館，搖船的自然知道，披褐催扇赤足上船，誰又帶得錢呢，那他們就依著船上號碼替你了記帳，明天不記呢，後天也許會來向你旅館裡收取。杜甫詩：「酒債尋常行處有，人生七十古來稀。」我們雖沒有活到七十，卻也欠下尋常酒債。

我們並不歡喜在這滿湖繁絃急管，自會引舟穿出錦帶橋，再向孤山一路行來。這時候的孤山，卻並不孤呀，明月光中，這一帶西湖的學府，藝專、文專、師範、蠶校，它們都是相當精雅的黌宮，含蓄著無數青年學子。男的和女的，情感連著學問交流，長日間在花木扶疏的教室上課，一到暑假，他們就留校過暑，回去很少；白蘇二堤，成了他們的樂園，如芳茵草，成了他們的溫床。蘇堤的步花亭、山伴亭，白堤的雲水光中，都是我題的匾額，也就替他們對景掛畫：這一雙一雙的情侶，分散各處，他們自己找尋幽靜的所在，幾乎幽靜得連蟲聲也聽不見了，但花和草，都能聽到亞當和夏娃竊竊地私語。也有將頭置在女伴的膝上，曬著月光，而吹奏著口琴的，那就有一縷醉人心魄的情歌，沁入你的耳際。古人詠僧詩，說最好也林間月下點綴點綴，這一群有情蟲，也就點滿了湖堤，而容我們泛舟欣賞了。如今，樓外青山，或然依舊，這西湖滿歌舞就不堪回首了。張瑞京有一首〈瑞鶴仙〉，他寫得好。

認平池似玉。
疏樹繞，是處闌回屧曲。新的深在修竹。
喜煙茶驅懶，相尋棋局。
年光箭促。記舊遊，青甕乍熟。
有桃英佈檻，魚逝碧漣，駭避春服。
一自文期散後，勝賞唯看，敗紅衰綠。
西風未足。解樑去，燕飛速。
嘆長前夕照，昏籠倦柳，黃塵迷望遠軸。

料舟橫渚北，還見晚洲落木。

（三）追別

掃花遊

畫樓曙色。儘一夜無眠，曉還輕別。
去程太急。準擬寄相思，關山飛越。
誰料都來，鴻雁舟車斷絕。
夢還隔。從夢到天涯，怎生尋覓。
往事真怕說。記漸慣新來，小名呼密。
朱唇秀靨。向花間引手，暗憐輕惜。
事黯銷魂，付與而今淚滴。
硬一霎，不思量，也怎拋撇。

在我離開草堂，確在算得輕別，我一點沒留戀地拋棄了這許多花木，和有情的生物。但是到了臺灣，我總忘不了他和她，五十歲的人了，這溫情，更不容易尋找。我知道這一切亭臺如舊，花草依然，一定終日地盼我回去，我待化身做一個輕蝶兒，讓罡風一陣吹過海去，進了杭州灣，認清了寶俶塔的目標，讓我看一看我的家。我又願在夢裡，找到這一切回憶。但夢兒是會作怪的，這到臺灣一年半，竟沒有一個湖山的回夢。

最近有一位飛行朋友，飛過杭州灣，他知道我是想家，回來說，「我替你特意地在西湖上打轉，我望見了你的家。」我一驚，說：「西湖上船多嗎？」他說：「可憐得緊，湖上不過有二三隻船，憑是怎麼地春天。」我又問：「湖樓無恙？」他點點頭。我說：「你看見裡面有人憑著欄杆望嗎？」他嗤的一笑。「憑我在八千尺以上的目力，我怎地看得見你樓上的人呀？」我惘然若失了許久，他去後，我又填了一首詞。

齊天樂

岸雲收淨湖天曉，扁舟兩三如葉。
淺渚萍開，藕香猶在，往日車塵頓寂。
垂楊巷陌。問何處重逢油碧。
南渡風流，幾時曾許寄消息。
分明顣頳錦帳，任樓空燕鎖，伴人唯有明月。
悶拾楊花，穿苔度水，心事暗隨蝴蝶。

薔薇露約，被鬥草年光，流梭鶯擲。
一笑凝妝，淚珠和紛滴。

張宗子至寫《陶庵夢憶》，他說：「持向佛前，一一懺悔。」少年的綺事回想最易傷感，何況我一生在紈綺中過活，臨老艱危，比到入蜀而又出蜀的杜甫，更覺老境拂逆。為什麼呢？杜甫四十九歲遭逢天寶之亂，麻鞋布袜，奔向成都；但他還在浣花溪上經營草堂，他有逐江不整「柴門」、五株桃樹的「小徑」、乘興的藥欄、釣竿的水檻，在在怡情；雖住不到三年，又奔向東川，而東屯有田，瀼西有宅，下田的有豎奴阿段，服侍有蠻女阿肯，飲酒有東鄰的朱老，彈棋有西鄰的阿生，在他的危難中也算是享受的了。但他的一顆歸心，卻永遠在他的家鄉鞏洛飛馳，一聞收京，便披衣狂喜，檢點琴書，要想從巫峽順流，下襄陽，入洛陽。可憐天不做美，在公安、零陵，又遇到了亂兵，使他不得不折向湘潭，終至客死。但他的詩，在唐宋年間，卻還存一千四百多首。杜甫雖一生在兵慌馬亂之間，而他草堂詩的成就，也就不負他的一生了。

至於我呢，我也有個草堂，在西湖，卻是「棄去不復顧」了，連這臺北陋巷中的三間野屋，也將棄去，別為賃廡的梁鴻。詩呢，一生心血，鎖在上海四行儲蓄庫的保險箱裡，馬卿別無長物，僅此數十卷詩，藏在保管箱裡，那鑰匙是二二三六，世有杜收之願為浣花編詩作傳者，可以憑著這首〈詞憶〉替我取將出來，編成一集，流傳於後世，這篇〈詞憶〉便不為虛作。

卅九年五月定山記於雙雲別墅

泰遊小紀

泰京小遊二十八日，得詩百餘首，今錄共二十一，並加詮次。

武里雄風古廢墟，於今萬戶樂康衢，
湄南河下長橋水，直放樓橋入帝都。（一世王橋）

曼谷與吞武里一河之隔，其初戶籍不繁，近年建設大新京，築一世王橋，環跨兩岸，建築之雄偉富麗甲東南亞，巨艘出入，貨舶流通，武里遂為大新京之一環，而湄河之水上市場轉趨落寂。

佛統莊嚴七寶層，塗天金塔曜觚稜。
心香膜拜皈依地，隊隊黃衣祝髮僧。（佛統禮塔）

暹羅古佛國，塗金巨塔處處湧現，而佛統古塔尤偉大莊嚴，塔高七十餘層，有鐵梯可上，凡七百餘級，登者未及其半已凌風膽落。繞塔一周需一小時，佛像之莊嚴，石雕之精妙，歎為觀止。

玫瑰花園絕市囂，行人指點說前朝。
水亭花榭離宮在，金鑠幽房碧夢簫。（玫瑰花園）

園距市區，車馳約一小時始達。水木之勝頗似吾故鄉之西湖，週末假日遊人甚盛。其外有前王離宮多處，皆以戍衛守之，據云其中尚有老宮人在焉。

長劍豐衣鎮四方，雄姿匹馬似還鄉。
誰言列國無文史，兒女千秋拜鄭王。（鄭王銅像）

暹羅本由漢人鄭王統治，暹人襲之，鄭亡，暹人繼位今九世矣，然猶鑄鄭王銅像祀之，香火不絕。

幽嫻清邁似蘇州，水紫山明月滿樓。
織得迴文心字錦，小桃花底學梳頭。（清邁訪美）

泰國沃野千里，而少峰巒之美，唯清邁鄰近滇界，山水清幽，仕女秀美，言語頗近雲南。遊人至此，彷彿回到大陸故鄉，留戀而不能去。產桃花，多美女，工織錦製傘，有大美人窩、小美人窩之目。

十二層樓峻極天，泰妃歌舞泰皇前。
尋常只道阿房好，陵谷山丘易變遷。（玫瑰泰妃）

玫瑰泰妃為泰京最大酒店，與一世王橋並為新泰京之最大建築，其中市廛林立，十步五步皆為樓閣，虹霓燒天，錦氈佈地，歌舞徹夜，世界遊客之最高貴者，叢集於此，經理為一中國女子名王金櫻，與吾國歌仔皇后同名，亦巧合也。

玉佛膚圓緻緻光，令人遙想翠雲裳。

三千殿腳如花女，赤足塗金拜下方。（玉佛展拜）

玉佛寺座像全身為翡翠所琢，以琉璃龕霓虹燈高懸殿樑正棟，約計之長丈餘，巨可十圍，翡翠寶光，不可仰視，唯星期六日開放，參拜者必著紗籠，赤足上殿，肅靜膜拜，旗袍短褲皆不得入。

海容尋珠選醉眠，海宮漁網幕青天。
願教千日公婆宴，紫蟹龍蝦不論錢。（曼盛海濱）

泰國盛產海鮮，泰語譯音：蝦為「貢」，蟹為「蒲」，每宴必設，余戲稱為「公婆宴」，聞者大笑。曼盛海濱有張大漁網為酒店者，人入其間，如魚游網中，侍女莫不笑靨迎人，風趣特絕。

海面朝陽纈鏡光，紺珠山色滿檳榔。
馴猿個個知人意，牽引兒孫列道旁。（三木呼猿）

三木，山名，乃梵語「紺珠」之譯音，地處曼盛海濱，一山眠翠，似美人浴罷小臥沙蹟，山不高而多猿，牽兒引婦，見人不避。

擬從客地賦梁園，面目蒼涼異五官。
一樣炎黃分彼此，廿銖買劵鱷魚圈。（鱷魚湖）

北攬鱷魚湖，蓄鱷萬頭，參觀者必先市劵，泰人六銖，外國人二十銖，余以面目相同，請享優待，司閽者云：「你是外國人。」遂以二十銖市劵。

折戟沉沙跡未消，此間猶有桂河橋。
東西蠻觸爭何事，落日瀟瀟早晚潮。

桂河橋為日本南侵，俘擄英國駐軍所建，當年英俘死亡相藉，今為陳跡矣。美國好萊塢攝有《桂河橋》影片，強調英軍，失之誇大，非紀實也。

螺旋足趾列星辰，十丈金身臥佛尊。

仰首萬人齊破膽，偶然咳唾似雷門。（大臥佛寺）

曼京佛國萬計，以大臥佛寺最為偉大，佛身側臥，廣殿十間，僅充頭足，足底長二丈有奇，十趾螺旋，文皆繪星辰。一指支頤，長亦逾尋，參拜者屏息不敢仰視，我國奉化阿育王亦有臥佛，蓋不能抵一臂云。

西海群峰迤邐回，打蕣倉圃正花開。
仙桃似為東皇壽，多少麻姑結隊來。（打蕣倉圃）

曼谷沃野千里，西海始多山，過桂河橋，迴望群峰連結，如巨桃纍纍然，滿山紅紫花開，土名打蕣倉圃。

佛塔傾斜赭蔦蘿，緬人於此弄兵戈。
離宮卅六何王殿，畫壁摩娑感慨多。（大城懷古）

去曼谷約一百里，曰大城，本鄭王故都，暹緬之戰，都市盡毀，唯佛塔數百，傾斜於赭火之中，望之如赤林。

蓋世盤龍一擲豪，離宮重建贈王朝。
玉姬身世斜陽外，文物中華跡未消。

相傳某世王朝有賭徒張某者，坐法當刑，某請輸家財為王建離宮三十六處，皆仿中華制度，又畫暹緬戰跡於內宮四壁，令後王思焉。

二子同舟沼上遊，玉妃偕嬉美無儔。
鯉魚風起蘋花綠，白石雕魂恨水頭。（玉妃雕像）

相傳某妃攜二子覆舟沼上，王法：賤人手不得近貴，否則當刖。兩岸列衛士數十，皆畏法不敢援，妃及二子遂溺死，王傷之刻白石為像，像美甚，後人過者皆徘徊不忍去云。

浴室連衡接四鄰，寰球月窟款嘉賓。
唐宮鏡殿烏孫女，隔著玻璃盡美人。（浴室風光）

泰僑返國，有問津理療者，歸而著文譏焉。然泰國浩寶規模之宏偉，蓋十倍於中華、寰球月宮，尤其著者，但多款接外賓，泰人保守者不入。

小船來往趁人忙，水上觀光趕市場。
載得朝陽人已散，風吹一路稻花香。（水上市場）

水上市場夙為曼谷觀光勝地，必破曉而往，遲則散矣，蓋公路四達，趕集者皆捨舟而就車，故盛況亦不復如前。

每聞破產食榴蓮，搬到新京一試鮮。
一尺冰盤辜負甚，垂涎相對要明年。

榴蓮結實大如瓢，而多刺，剖之成漿，多小核。友人知我來，亟求諸市，僅得一枚，奇貴，食之奇臭不可當，蓋過市已久，須明年三四月乃佳耳，姑誌之，以留重來之約。

暹羅寶石號天星，灼灼明於黑女睛。
一粒千金求未得，卻來床角論筐傾。

天星石為泰國特產，其佳者，萬銖尚不可得，然砆碱之餘，亦不甚貴，西商遠道來求，斗量而去，往往論筐，然於千萬粒中選得一粒，即致鉅富。

座中婉孌對清揚，玄髮曾無一點霜。
今日漢庭方用少，休將垂老譽馮唐。

將別泰京，董敏莉小姐餞余於漢宮樓，食大陸毛蟹九枚，座中皆謂定公不老，而余七十六矣。

說掌故

臺灣第一文獻——記沈光文遺詩

沈光文，字開文，號斯庵，他是到臺灣來的第一位詩人，也是臺灣詩社發起的第一人。他在永曆五年，先鄭成功而到臺灣，從荷蘭人求一席之地，一椽之寄，相當地艱危辛難，他以詩道自任。永曆十五年，鄭氏有國，對沈先生相當地敬重。鄭克塽降於施琅，滿洲人得了臺灣，他才逃入諸羅山中；他不肯消滅他那一股民族正氣，又在諸羅，結起詩社。那時和沈光文在一起的社友，共是十五人，現在還可以記得姓名的，有宛陵韓又琦、關中趙行可、無錫華袞、鄭廷桂、榕城林奕、丹霞、吳渠、輪山楊宗城、螺陽王際慧，他們的倡酬詩，稱為《福臺新詠》。

光文寄寓臺灣三十餘年，自荷蘭以至鄭氏盛衰，莫不目擊其事，可惜《福臺新詠》，已佚於兵火。他本人的詩，也存留無多。原來鄭延平到臺灣，訪知光文尚在，非常欣幸，他尊以師禮，同致餼稟，贍以田宅。惜不到一年，成功逝世，鄭經繼位，對於臺灣確也勵精勞治，只是苛稅重重，嚴刑峻法，使人民感覺得難受。光文看不過，就做了一首關於臺灣的賦，想用古人諷諫的方法，而感悟後主。可是「今日愛才非昔日」，光文反而得罪，幾遭不測，後來逃在「目加溜灣」的番社，教徒為生。他也懂一點「儒門事親」的醫道，補給生活。有人勸他到羅漢門山中去做和尚的，他歎云：「吾二十載飄零絕島，棄墳墓不顧者，不過欲完髮以見先皇帝於地下耳。」後來鄭克臧代父監國，復將他從山中接出來。可惜鄭經不壽，中途夭殂，諸鄭專權，將鄭克臧活活縊死，擁立十二歲的嗣子克塽，使滿清唾手得了臺灣。

當時渡海遺臣，大都物故，獨光文像魯靈光殿，巍然獨存，清廷對他相當尊敬。第一個是閩督姚聖啟，貽書問候「管寧無恙」，想送他回寧波去。他卻不睬，走入諸羅山中。這時候吳鳳事件尚未發生，高山族出草馘首之風，極為盛熾，但對於光文，並不加害。第二個是諸羅知縣季麒光，每十日親到沈氏草屋去，饋送肉米，他對光文的詩，相當地推崇，他〈題沈斯庵雜詩記〉一文：「從來臺灣無人也，斯庵來而始有人矣，臺灣無文也，斯庵來而始有文矣。」此言並非過譽。因為斯庵比鄭成功到臺灣，還要早十五年。卒年雖不可考，但季麒光是康熙二十二年到臺灣，做諸羅知縣的，他至少要卒在二十二年以後，所以全謝山的《甬上耆英集》，和《續選甬耆舊詩集》，對沈光文都相當推崇。他替沈先生作傳，復論之曰：「嗚呼！公自以為不幸，不得早死，復見滄海之為桑田，而余則以為不幸中之有幸者，咸淳人物，蓋天將留之以啟窮徼之文明，故為強藩悍帥所不能害。」又云：「公之巋然不死，得以其集見重於世，為臺人破荒，其足以稍慰虞淵之憾矣。」謝山雖為清代人物，但他確具種族思想，所以眷懷勝國遺賢，不覺流露其景仰如此。謝山又云：「訪公集，竟得十卷以歸。」可惜《甬上耆英集》，久已不可求得，續選詩集，僅載六首，那就是臺灣各志書所常常引用的了。

張默君先生，近來訪求沈斯庵的遺詩甚力，但聞所得亦然無幾。連雅堂先生編《臺灣詩薈》時，他也說：「唯《續選甬上耆舊詩集》有詩六首，合余所搜者計六十有九首，編於《臺灣詩存》。」我想這部書，在臺灣通志館，或者連震東的私人藏書室裡，是會有的。現在我只記得有關於文獻的若干首，用將紀念這位臺灣開荒的大詩人。

夕飧不給戲成

難道夷齊餓一家，蕭然群坐看晴霞。
煉成五色奚堪煮，醉羨中山不易賒。
秋到加餐憑素字，更深吸露飽空華。
明朝待汲溪頭水，掃葉烹來且吃茶。

右詩作於永曆三年，初到臺灣，你看他窮到煮石代飯，掃葉煎茶，但他一點不覺得委屈和潦倒。古人讀書養氣之功，都要從此等處悟出。今人略經患難，便發呻吟，於實際一毫何補。

己亥除夕

年年送窮窮愈留，今年不送窮且羞。
窮亦知羞客自去，明朝恰與新年遇。
贈我椒尊屬故交，頻頻推解為同胞。
窮路相依十四載，明年此日知何在。
修門遙遙路難通，古來挈檝更誰同。
也憐窶空嗟無告，猶欲堅持冰雪操。
爆竹聲喧似故鄉，繁華滿目總堪傷。
起去看天天未曉，雞聲一唱殘年了。

按己亥為永曆十三年，臺灣尚為荷蘭人占據，詩云「客路相依十四載」，正自甲申烈皇殉國，弘光失政，丙戌飄流算起。其後五年，鄭氏始至臺灣，而詩有「爆竹聲喧似故鄉」之句。按鄭芝龍與顏思齊亡命入臺灣，遷閩南健兒三千人，以之成市，故鄭成功入臺灣，「有還故先人之故土」的豪語。以沈詩證之，可云不差。

癸卯端午

年年此日有新詩，總屬傷心羈旅時。
卻恨餓來還不死，欲添長命縷何為。
海天多雨濕重陽，閉戶脩然一枕涼。
不是好高併絕俗，并州今且作商量。

按癸卯為永曆十七年，延平郡王經嗣立的第二年，正是他作賦逃亡的時候，卻恨餓來還不死，也就是全謝山所說的，天留此老，為臺灣開荒的大責任，他自己確也以此自任，所以說：「不是好高還絕俗，并州今且作商量」，接著他又寫了感懷七首：

感懷七首錄三

採薇思往事，千古仰高蹤。放棄成吾逸，逢迎自昔慵。
花枯邀雨潤，山險倩雲封。即此煙霞外，心清聽晚鐘。

蓬蒿長仲蔚，卜亦賣成都。獨釣月千尺，分耕雲半區。
樂歸水有泌，行乞市非吳。但是棲依者，相從莫問途。

朋來積歲月，又看荔將花。志欲希前輩，時方重北衙。
隱心隨倦羽，寒夢繞歸槎。忽覺疑仙去，新嘗蒙頂茶。

在這幾首裡，憂讒畏忌，是寫得很明顯的，無煩詮釋。按〈感懷〉七首應該是八首。還有一首佚的，亦題作〈感懷〉，今錄於此，以待採詩者編錄。

感懷

往事平生恨，株牽且俟河。觸藩誰遣此，磨蝎命先磨。
海嶼薇原少，天南雁不過。支扉當夜靜，霜月影婆娑。

照這首詩看起來，那錦舍（鄭經小字）對他的誅求，當時是很急的了。所以八首〈感懷〉，刪去這一首而剩了七首。

盧司馬惠朱薯賦謝

隔城遙望處，秋水正依依。煮石煙猶冷，乘槎人未歸。
調饑思飽德，同餓喜分薇。舊事蒙懷抱，于今更不違。

按盧若騰字閑之，號牧州，福建金門人，唐王立福京召授浙東巡撫，溫州督師，糧絕，率民兵夜戰，身中三矢，歸里後，依鄭成功。將渡臺，至澎湖疾作，遂寓大武山下，臨終命題其墓曰「有明自許先生之墓」。沈詩自注云：「盧昔為我郡兵憲，正指浙東巡撫事，而光文避鄭經之誅，亦在大武山麓。」故其詩又云：「敝廬依大武，遙接數峰青。」見〈感懷〉七首中。

往寧靖園修謁

暘谷生輝尚未炎，滕王亭子緣新添。
雨餘折角誠堪異，海外依人半受嫌。
尋路入來皆茂草，隔溪望處映珠簾。
主翁有恙因辭客，名紙須通屬典籤。

按寧靖王朱術桂，他是太祖十四世孫，從福王於南京弘光失國，與魯王後先依鄭氏。餘姚黃宗羲撰《賜姓始末》結句云：「獨怪吾君之子匿於其家，而不能奉之以申大義於天下。」梨州之論，是為魯王世子而發。今沈詩亦有「海外依人半受嫌」之句，可知當時寧靖王雖與鄭經同入臺灣，但鄭經對於吾君之子是很招忌的。連雅堂說宗室諸王，流離海上，莫不待以王禮，未聞有菲薄之言，是三百年後，而為賢者諱，並非當年的信史。

吳正甫忽欲為僧以柬寄答

常祝為僧好，君今欲了緣。果然撇得下，祇使悟當前。
但使身無界，毋令世有權。釋名余早定，不是愛虛圓。

自注云：余釋名超光，按此，則斯庵在羅漢門山中出家是有過這一回事的，但沒有披薙罷了。

再按，斯庵己亥詩自言飄流十四載，在《續選甬上耆舊詩集》裡，有一首〈寄跡效人吟〉，自序云：「憶自丙戌乘桴，南來閩海。戊子入粵，辛卯以來，借居海島。」辛卯是永曆五年，他早已到了臺灣，比鄭氏入臺，要早十年，但鄭氏治臺，是仍然使他失望的，所以他的詩又說：

寄跡效人吟

不道十餘載，猶然如故時。因人做事緩，連我信天疑。
燕雁春秋易，滄桑日月遲。為與靡騁感，且滯水之湄。
煙寒島上滿，落日兔豪侵。支命全虧骨，包藏總在心。
徑荒陶興淺，袍吝范寒深。起舞徒虛事，頻年聽翰音。

你將張煌言的「中原方逐鹿，何暇問梁虹」參看，便要知道一般的遺臣耆老，對於鄭氏的偷安海島，是怎麼地歎息而失望的了。

庚寅立夏日寫於臺北

閩明一代孤臣——黃石齋先生殉國始末

《閩海紀要》云：「隆武元年夏閏六月，明立唐王聿鍵，稱帝於福州。」又云：「封南安伯鄭芝龍為平國公」，「召芝龍子賜姓朱，封忠孝伯」。明年九月又書：「明主出奔，殂於將樂。」這短短的一年中，就是閩明的春秋了。對於臺灣的記載，夏元斌這本《閩海紀要》，比黃宗義的《賜姓始末》、夢弇氏的《海上見聞錄》都寫得好；但我有一感覺，覺得這一項記載，多單獨地強調了鄭成功，而遺漏了一切。商務書館出版的《鄭成功》，對於張煌言還有一部分詳細的記載，而對於黃石齋先生殉國的偉蹟，在臺灣書籍裡，幾乎隻字找尋不出。我曾問過許多漳莆人，他們也只知道有一位黃石齋先生，對於他的事蹟就模糊了。我以為石齋先生精忠大義，與鄭延平後先彪炳，實臺灣史的首頁，不可忽略。所以我節略這一段於鄭氏歷史有關的，記錄如後。

黃道周先生字幼平，一字石齋，福建漳浦縣銅山人，登壬戌進士，任四川上南川副使。甲申變後，先生到南京，目見馬阮專權，心中氣憤，自請出居浙東，守禹陵，自製一衣，刺

「大明孤臣黃道周」七字，告諸弟子云：「吾觀南都必敗，我無隻手可以回天，到時唯有一死，諸君可以此衣，尋識吾屍。」

其時有一門生，獨不為然，正色諫云：「先生要做忠臣耶？門生獨聞魏徵寧作良臣，莫作忠臣之語。倘立志作忠，當甲申之變，先生何不麻衣痛哭於四鎮之庭？弘光昏庸，先生何不直諫，誓清君側？今乃以雜沓無可共事，自請出居浙東，苟全亂世，自命清高，況東南半壁，忠義尚眾，先生何以識其必敗，明係袖手旁觀，徒竊文人筆舌後世之名。門人不才，請從此辭。」道周醒悟，自是以道統自任，尋乾坤死地。不久，清兵南下，弘光君臣束手就縛。道周獨與大學士曾櫻閣部路振飛等入閩，要想激動鄭芝龍，旋乾轉坤，重興漢族。時唐王聿鍵，也從南都逃至嘉興，正遇鴻逵，語及國難，涕泣沾襟。鴻逵奇之，令副將鄭陞送入閩。巡撫張肯堂、巡按御史吳春枝、禮部尚書黃道周、南安伯鄭芝龍，議立監國，一致推崇唐藩。黃道周執筆為諭，有：「孤即漢室再墜，大統猶繫人心。唐宗三失，長安不改舊觀。」又云：「誠得少康一旅之師，周平晉鄭之功，躬率天下，以受彤弓，豈板蕩哉？」登壇宣誓，感動路人。唐藩既就監國，正議出師，唯鄭芝龍、鴻逵兄弟，心下不滿，覺得唐藩不即帝位，顯不出自己翊戴之功。因此挑動群小，懇請正位，夏閏六月十五日，唐藩監國遂即皇帝位於福州，改元隆武。改福州為天興府，黃道周、何楷、路振飛、曾櫻等十一人皆為大學士，入閣辦事。封鄭芝龍為平國公，鄭鴻逵為定國公。其餘鄭彩、鄭陞諸人，各封侯伯有差。芝龍大悅。

隆武性剛直、好學，日與道周等共議戰守，定兵二十萬，自仙霞關起，宜守者一百七十處。其時魯王在浙，自稱監國。道周議遣兵科給事中劉中藻赴浙，中藻曰：「吾知奉君而已，不奉詔。」道周云：「不然；同是高皇帝子孫，要當和衷共濟，當此之際，豈可一手兩岐，坐視前龍後虎之過乎。」其時，鄭芝龍、芝虎已漸跋扈，魯、閩又兄弟仇視，道周深以為憂。八月加鄭芝龍太師，諸將有功者皆為侯伯，文武入朝，會議戰守之策。照大明律例，武職應站西班，芝龍自以太師，先站東班。大學士何楷不服，奏曰：「文東武西，太祖定制，今鄭芝龍妄自尊大，不但欺凌臣等，實是目無陛下。」芝龍亦怒，說：「你等文官，哪知大事？太祖定制以來，中山王徐達即站東班。」道周正色云：「中山王乃開國元勳，平國公如何比得？」芝龍云：「我今從福建統兵，直搗北京成功之後，功豈在徐達之下？」道周引芝龍袖云：「俟太師兵到北京，那時再站東班也還不遲。」文武遂互爭殿下，隆武無奈，兩解慰之，自此文武不睦。

隆武聞聽魯王自立，心總不歡，命張國維出兵克了富陽、於潛；便拜鄭鴻逵為帥，領兵五萬，偷出仙霞關，恢復浙東。又拜鄭彩為副元帥，領兵五萬，道出五福彬關，與何騰蛟會師。九月，清貝子兵沿錢塘江，與張國維相拒，未有勝敗。魯王膽怯，乃命都督陳謙入閩，啟稱皇叔父，不稱陛下。隆武大怒，立下陳謙於獄，殺之。芝龍趕救不及，遂枕謙屍大哭：

「我不殺伯仁，伯仁由我而死。」自此鄭芝龍與隆武結下深仇，密令鴻逵、鄭彩，提師閩邊，逗留勿進，一面上疏請餉，迫於星火。大學士何楷自與芝龍爭班不睦，請罷官告老，隆武准之；船過烏龍江，被芝龍伏著一哨人馬，搶得片玷不留，並截其一耳而去。道周歎曰：「與其坐而待亡，不如死在前敵，臣門生故吏多在兩江，必有效死力者。」奏請親自出關募兵江西，隆武允之。道周率門人中書蔡春溶、賴繼謹、陳駿音、兵部主事趙士超、毛至潔等可千人，至延平乏糧，上書乞餉，隆武命芝龍助之。龍曰：「現今兩師動行十萬人，餉俱不足，焉有餘糧應此烏合之眾乎？」竟不與一粟。隆武無奈，唯給空札數百道，道周亦只得以空札鼓勵義士。至建寧又得數百人，與江撫楊廷麟、楚撫何騰蛟漸合聲勢。芝龍惡之，嗾言官飛章交劾，日數十奏，隆武盡封以示道周。秋七月，道師到廣信府，聞徽州破，遣人守馬金嶺；集紳衿父老得萬人，分道進兵。出婺源，參將王加封失防中伏死，遊擊李忠被擒，道周馳疏請援，隆武束手無策。道周集諸門人議曰：「敵眾我寡，坐守為難，與其半途潰散，廢盡前功，不如趁此決一死戰，以報國家。」眾皆泣下。遂次明堂裡，檢點殘卒已僅三百人，馬十四，糧三日糧。天將曉，報清提督張天祿率兵四至。道周策馬指揮賴繼謹等鏖戰。參將高萬請道周登丘，憑高可恃，道周從之。正移師間，一騎隊從間道突出如箭，軍遂亂，道周被執。與至婺源，提督張天祿親至勸降，道周罵之。既而蔡春溶、賴繼謹、趙士超、毛至潔、相繼被擒至。左右進茶一杯，道周接杯在手，躊躇未應，左右跪請：「求相國用清茶一杯。」道周聞說「清茶」二字，遂將杯擲於地。

隆武二年正月，貝子檄弔道周赴江南。道周遂絕食，日僅飲水一杯，臨發婺源，作詩三章，示賴繼謹、蔡春溶。途至新安，正值上燈，又作三章，自是並水不飲，凡十八日，神氣轉清。過新嶺，作詩四章弔金正希，是時隆武已被芝龍所賺，出駐延平矣。道周至金陵，諸監司當道，與道周故舊，多受貝子諭意，前來勸降。道周曰：「吾既至此，手無寸鐵，何必勸降。」勸者都道：「欲降必請薙髮。」道周失驚，張目直視道：「噫，果然君等已薙了髮，幸是薙髮國打來，若是穿心國打來，諸君也穿心請降耶？」勸者滿面羞慚而去。

道周初到金陵，繫尚膳監。洪承疇勸他進食，道周喝道：「青天白日，何見鬼耶？先帝曾設御祭十五壇，祭文哭汝，大明何負於子，子乃白日見鬼。」自是遂閉目不視。時有人回閩，蔡、賴等各有家報，請命道周。道周取筆題蔡信封皮云：「蹈仁不死，履險若夷。」又題賴信封皮云：「綱常萬古，性命千秋。」二人皆慚，竟不寄信，絕食十四日，復進水漿，夜聞鐘聲，作詩十二章。

貝子諸王見道周始終抗節不屈，益加起敬，再命洪承疇勸降。道周提筆先書一聯黏於門首：

「史筆流芳，未能平虜忠可法；」

「洪恩浩蕩，不思報國反承仇。」

承疇見之，笑曰：「庸儒不識時務。」遂啟貝子，出道周於曹街就刑。道周從容南謝，坐於舊紅氈上，引頸就戮，乃隆武二月壬子日也。同時遇難者漳州蔡溶春、賴繼謹、侯官趙士超、六合毛至潔。按江日昇《臺灣外記》云：

先生至明堂裡，知事不可為，志決來朝，恐一生事業泯滅，遂將所有稟疏詩文書札，悉交韓江陳駿音，令連夜從間道還家。夫人偵知往索，詭應無有。辛卯夏，攜出姑蘇，欲付梓行世，不意至杭之江干，是夜鄰家失火，駿音愴惶逸出，行李灰燼。今所傳《石齋先生全集》，並什不得三四耳。駿音八十餘，流落兩粵間，每流涕告人：「我先生之罪人也，既不得同時受難，又不能闡揚師德，遺梓後世。」語畢輒哭。余書至此，不禁廢筆惻然，惜先生之一腔真血，不盡傳也。

回首西泠風雨亭

民國前五年的六月五日，有一位巾幗英雄，為革命而流血，她大踏步走向紹興軒亭口，她留下一句七字的絕句：「秋雨秋風愁煞人。」她是這樣地慨然就義，成仁而死。她是鑑湖女俠秋瑾，字璿卿，又號競雄。她就義的時日，距離徐錫麟烈士在安徽刺恩銘，僅相差十日，而徐烈士在安徽就義，是七月十六日，比女俠還後死一個多月。

按徐寄塵女士〈返釧記〉說：

丁未夏至，予居父憂，忽璿卿自杭州來，云：「將返越舉義矣。顧餉絀，將奈何？」予雖心以為危，然義不能沮其行，乃悉傾篋中物納之。君赧然曰：「感姊厚貽，何以為報？」遽脫雙翠釧示予，曰：「事之成敗不可知，此區區物畀姊紀念，何如？」予為悚然，顧弗得卻，因相與涕泣，以「埋骨西泠」舊約相囑而別。……

這一段記載，可以看出秋瑾起義的胸有成竹和視死如歸。上文所說「丁未」即前清光緒三十三年。夏至，在舊曆的五月中旬，正是徐烈士安慶起事的前夕。按中央黨史史料〈徐錫麟傳〉：

五月初旬，陳伯平和馬宗漢到安慶，他（徐錫麟）就告二人事機已迫，立派赴滬印起事文告。……恰巧秋瑾亦因經營浙事已妥，定五月二十六日起事，親由紹抵滬，囑伯平轉告錫麟，請踐約同舉。

可見秋、徐的浙皖舉事，確是謀定而後動的，可惜事機迫促，秋瑾方面由於湖南劉貫一的失敗，而需要延期，改為六月初十。徐錫烈所經營的皖局，卻被人挾持，不能改期，迫不及待，竟在五月二十六日爆發，皖撫恩銘，雖經被刺，而浙皖革命遂告同時失敗。秋瑾的故人，也只踐了她「埋骨西泠」的舊約諾言，使這座「秋雨秋風愁煞人」的風雨亭，與湖山共垂不朽，永受中華兒女憑弔了。

風雨亭至今迄立在杭州西湖的西泠橋畔，但她一生革命事蹟，倒好像被一般人所遺忘，這是非常不幸的。其實中華有史以來，以女子獨當一面，從事革命，不屈不撓，至死靡已，遠可以媲美張煌言，近可以媲美林意洞，使一般鬚眉男子同時失色的，也只有鑑湖女俠秋瑾一人！所以我在女俠就義的紀念，想寫一點關於她的革命事蹟。

我曾經見過女俠秋瑾，那時我才十一歲，也正是光緒丁未，距離她的就義還不到一個月了。因為我的四嬸母汪詠霞女士，是和桐城吳芝瑛夫人、秀水徐自華女士都是文字契友，和秋瑾女俠當然也是至交。但是我們都只知道她是一位女教育家，紹興大通學校的校長，她還辦著什麼天足會呢！因此我祖母聽說她來，就很不高興，特意地叫了我四叔，到佛堂裡去，低聲地告誡他說：「蓉，聽說你媳婦要請一位姓秋的女俠，到我們園子裡來？」

「是的，還有吳芝瑛夫人。」四叔垂著手回祖母的話。

祖母躊躇了一下，又說：「芝瑛夫人當然要招待的，只是這位女士，在紹興聲名很大，她的大通學堂，還得了貴知府的保護，她正鬧著什麼天足會，要叫女孩一齊放纏足呢。她又時常乘馬男裝出入官府，據說她要組織一隊女學生軍。這是多危險的新智識份子啊！我們『書香門第』，還是和她少接近些！」

原來祖母只知道她是新智識份子，而並不知道她是革命黨人。其實除了四嬸，可以說我們一家子沒一個人是知道的。我由於小孩子的好奇心，一早就站在儀門去，和老沈保伴在一塊兒，希望第一個看見女俠。在我的心目中，這女俠又和我祖母所想像的不同，我以為她一定帶著刀劍，細長挑的身材，高高的眉毛，甚至鬢角上還插著一枝海棠花。晌午時，她們來了，四嬸和四叔都去接著，一陣風走向一粟園的「一房山」去待茶。這使我很失望，原來女俠也不過和平常人一樣，她一樣穿著裙子，並沒有男裝。她也是坐轎來的，並沒有騎馬，但我確是看見她行步矯健，確是一雙天足。她橢圓形的臉兒，安著一雙智慧的眼，射人有光。她有堅定的嘴唇，並不像我們想像一樣，隨便說話。他們關在五色玻璃窗的小亭子裡說話很祕密，後來連四叔都支出來了。可是她們坐得也不久，一會兒她們告辭。臨走時，四叔正匆匆從上房裡出來，手裡捧著一個玳瑁匳盒兒交給四嬸，四嬸便交給秋瑾女俠，女俠只微微地笑了笑，用白繡花的手絹子，將它包起。我趕過去給廉伯母（吳芝瑛夫人）請安，也跟女俠請了一個安，她笑著撫摸我新剃的頭說：「孩子，往後你見人，不要行這個禮了。你只和我鞠躬。」果然我又向她鞠了一個躬。她很歡喜地向我笑笑，便在轎廳上和芝瑛夫人坐著兩乘轎子去了。

她走後，我很神經，因為我在錢塘小學讀書，我常常聽到我老師汪曼鋒先生提到她，說她是運動女權、創辦女學、解放女子奴隸的唯一個實行家，她的口號是：「女學不興，種族不強。女權不振，國勢必弱。」又認為纏足是束縛女子的鎖鍊，所以她又到處演說：「欲興女學，振女權，必先自解放天足始。」——其他的我不懂，這解放天足運動，我同情。我只看了祖母每天給大姊姊裹足的哭勁兒，我當時真恨不得追上女俠，請她將我的堂房大姊姊帶去，讓她到大通學校去練女子兵或體操。

纏足，在今天已經是過去陳跡了。誰也不會想到當年的人類痛苦，千餘年來給女子戴下鎖鍊，跟著使人種一天一天地削弱下去。沒有女俠的天足解放運動，就沒有強壯的母親，更沒有強壯的小國民。她的言論，在專制時代是駭人的，但收效在數十年之後，誰也想不起這是秋瑾女俠造福於人類的唯一偉大事業！

女俠離杭回紹，不久就發生了軒亭口的慘變。女俠暗中雖與湘皖革命都有聯絡，她更是浙江革命運動的負責人，但她做得比各省都機密。她雖受到查抄，並在山陰縣遭受酷刑拷問。但她絕對沒有露出一個同黨的姓名，和接濟的來源。山陰縣屢次逼她招供，她熬刑不過，提起筆來，只寫了一個「秋」字，再逼她時，她便寫了「秋雨秋風愁煞人」七個大字。山陰縣因無口供，無法株連，大通學校雖經幾度查抄，也抄不出一點兒革命的形跡，所以只能造成冤獄，說她「攜帶手槍，意圖不軌」「乘馬男妝，招搖過市」。其實她在山陰縣署被擒，身邊兩支手槍，還是衛兵給栽的贓，女俠的行事機密，也就值得可驚佩了。

在女俠被害消息傳到杭州，我四叔和四嬸都有一點驚慌，而廉南湖、吳芝瑛夫婦卻根據著「秋雨秋風愁煞人」七字口供，說是冤獄，在京裡做揭帖，又和徐自華親赴紹興見知府貴福領屍，實踐了故人的諾言：「埋骨西泠」，建造了一座風雨亭。事隔五年，革命軍起義武昌，湖山光復，葉小鳳等發起創建秋社，我們方始知道秋瑾女俠的革命工作，她是有超出一切的成就的。她開始革命工作，遠在庚子八國聯軍進入北京的時候，她編〈黃帝紀元大事表〉，把這一年稱為「漢族將受制於西歐」的年代。她東渡日本，入青山實踐館，正式肄業，一方面便結交革命黨人，和湖南同志劉道一組織「十人會」又和馮自由等在橫濱組織三合會分部。其時陶成章正和徐錫麟在日，因為營救章炳麟出獄，而得到革命同志的重視。她便加入了徐錫麟所組織的光復會，成章也盡將浙江方面運動會黨、籌備抗清革命的情形相告，並介紹她回國去見光復會的會長蔡元培。民國紀元前七年（光緒三十一年）國父由歐洲到日本，聯合十七省留學同志，組織中國同盟會，秋瑾首先加入。浙江同志加入同盟會的，除了蔣百器，就以她為最早，因此被推為浙江省的主盟人。而徐錫麟卻始終為光復會的中堅人物，沒有加入中國同盟會。

紀元前六年（光緒三十二年）的冬天，湖南同志劉貫一等密謀回省起事，各省同志齊集上海，策劃響應，秋瑾擔任浙江方面。恰好徐錫麟因赴安徽謀官（他要進身軍界，掌握軍權，從中舉事），將在紹興創辦的大通學校，交給秋瑾。這大通學校暗中是黨人機關，表面恰與官府交通名氣，作為護膜。秋瑾被舉為督辦，就任之日，紹興知府貴福，和山陰、會稽兩縣，都親來賀喜。貴福親書賀聯：「競爭世界，雄冠全球。」將秋瑾的字冠在聯首，以此大通學校一發成為浙東學校的權威。校中本有兵式體操專科，並在杭州學務處轉達三司備案，廣招各府縣有志之士來學。秋瑾更擴充體育會，招納女生，預備編練女國民軍；可惜當時風氣未開，終受舊勢力的反對，不能澈底實現。但她身作男裝，親率學生到野外去操演，暗中卻仗各黨會的首領，進行聯絡工作，非常順利。她頒發號令，組織嚴密，用一首七絕詩來做編制的記號，詩云：

　　黃河源溯浙江潮，為我中原漢族豪；
　　莫使滿胡留片甲，軒轅神冑是大驕。

從「黃」字到「使」字，凡分十六級。「黃」字領首五人，推徐錫麟、陶成章等擔任；「河」字為協領，員額不定，她自居其一；「源」字為分統，由洪門首領擔任，中堅份子有義烏吳琳謙、金華徐買兒、武義周華昌、嵊縣王金發等；「溯」字為參謀，由洪門紅旗擔任；「浙」字以下分編各部部長、主任、員職。她又鑄成各種金戒指，上面各部職司，用ABCD等英文字母來替代中文。她又將洪門各山人馬，重新用「光復漢族，大振國權」編為八軍，每軍設大將、副將、行軍、正副參謀、中左右軍、中左右尉等職。大將三佐尉都穿對襟短褂，白布纏膺，加胸帶，分黃、白、紅、淺藍四色。士兵於起事時則用白布包頭，用月白布條書明所隸軍番，旗幟用白，中間書一「漢」字。其他文書、勅令鈐記、符號都有定制。她的原計劃是湖南、安徽、浙江三省同時並舉。不料劉道一回鄉，萍瀏革命不久就失敗了。但她並不灰心，再接再厲，一志與皖徐合作。她預備在金華發難，處州響應，等清兵開出杭州，去援金、處，紹興黨軍立即渡江，與城中軍學界內外應合；萬一攻城不克，則返紹興，轉攻金華，取道江西，以通安徽。她確是謀定而後動的。部署完備，她才親去上海，晤陳伯平，約定五月二十六日，與徐錫麟的安徽革命，同時並舉。可惜五月中旬，臺州黨軍向東陽移動，啟了清軍疑慮，並在溫、處一帶大搜黨人。秋瑾感覺事尚棘手，擬將舉義時日，改遲到六月十日；但錫麟所經營的皖局，又因消息走漏，迫不及待，就在五月二十六日倉猝起事，刺殺皖撫恩銘，而浙皖兩局，同時歸於泡影了。

錫麟，字伯蓀，紹興東浦人。他是一個革命實行家，大通學校成立後，他仍不以為滿足，他謀進身軍界，握取軍權，實行中央革命。因去說許仲卿出資，給他捐官。仲卿本是大通學校的獨力出資人，立刻給他五萬銀兩，叫他去運動捐官，錫麟因此得到「發赴皖省，候補道員」的官階。剛巧皖撫恩銘是一個有點新頭腦的滿員，錫麟憑著懸河之口，雄辯滔滔，竟將恩銘說得非常動聽，立刻委他做安徽武備學堂的副辦。他暗地又運動恩銘的座師俞廉三，保薦他「才堪大用」，因此又擢升做巡警處會辦，兼巡警學堂堂長。其時秋瑾就派了中國公學教員陳伯平偕同馬宗漢到安徽來和他取得聯絡，二人就在錫麟手下任職；他們非常謹慎地服公辦事，取得恩銘信任，不久又叫他兼任陸軍小學監督，奏賞二品銜，一時權位顯赫，交遊廣闊。光復會的同志，不明真相，多有對他懷疑的，唯秋瑾和錫麟，由陳伯平往來其間，密謀起事。那年四月，兩江總督端方拿住了一個黨人叫葉仰高，供出同黨數人，並說：「其人大都在皖，且有入官的。」並供首領名字叫「光漢子」。端方密電巡撫嚴密偵緝。這光漢子原是錫麟的別號，恩銘不知，忙召錫麟計議，並將電文給他看。他第一名看見就是自己的別號，不覺大驚，仍作鎮靜，說：「黨人的事，職道定當查拿到案。」恩銘絲毫不疑，錫麟退出，就暗中決定了殺死恩銘，先發制人的計劃。他知道秋瑾的浙局，已經部署得相當地完備：這裡各學堂的學生，雖未明白昭告「種族大義，和革命的真論」，但常常召集師生於一堂，灌輸新智識，和愛國的要旨，也不是一朝一夕的事了；這些師生對於自己都有信仰，一旦有事，全部可用。其他新軍也早有聯絡，所成為問題的不過綠營老標，幾隊老槍鴉片兵，不足為慮。所以五月初旬，陳伯平、馬宗漢到安慶，他就告二人事機已迫，命他二人速去上海，印起事文告，並添備手槍，再向秋瑾要起事的決定日子，而決定了五月二十六。

卻好五月二十六日安徽巡警學堂的初期畢業典禮，錫麟便預先稟知恩銘，請巡撫三司，以及府縣同時到堂觀禮，他要預埋炸藥，將全城官吏做一網打盡之計。恩銘果然答應，毫不生疑。但錫麟得到秋瑾密報，要叫他改期六月初十。錫麟便向皖撫請示，推說二十六為期匆促，籌備不及；而校中的收支員顧松，卻告恩銘，校中一切早已齊備，不必改期。這顧松為人陰險，對於錫麟向多掣肘，又為恩銘的親信，因此不敢力持原議，恐啟人疑，他只得暗中和陳伯平、馬宗漢商量，想在當日早晨先將各憲司道，邀入花廳設宴，就在廳內安放定時炸彈，不等畢業典禮舉行，先將他們一網打盡，全部炸死，其餘的事，便可唾手而定了。

至日拂曉，他穿了全副戎服，翎頂輝煌，伺候各官，到堂觀禮。暗中卻命馬宗漢將預製的炸彈，埋向花廳地下，上置酒席，只等各官到齊，一齊邀入花廳，將巡撫以下，在樽俎之間全成灰燼。誰知事不從人，恩銘一到便先要閱操，行畢典禮，然後設讌，這將他第二步計劃，又完全推翻。他心裡疑惑事機已經洩漏，才會有此彆扭；又思不舉事也死，不如聽其自然冒險一試；便只得傳令閱操，全體巡警兵生，在操場站隊。但他還得力請恩撫先到禮堂查考功課。恩銘允了，便和各司道依次行入禮堂，錫麟戎裝佩刀，立於階下，伯平、宗漢立在堂側。先由官生行謁督辦禮，禮畢，錫麟忽匆急步，上前行舉手禮，隨將左手所捧學生名卷置於案上，大聲說：「回大帥，今日革命黨起事！」這是他和伯平、宗漢所約的暗號，恩銘尚未說話，宗漢的手槍，已斜刺裡向恩銘射來——立中右手！錫麟見了，也在靴統中掏出六響快槍兩支，用左右手向恩銘射擊，因雙目近視，不能命中要害，恩銘臀腰和兩腿共中七槍。這時變起倉猝，各文武官聽錫麟大呼「革命黨起事」，立刻向禮堂四面狼竄，唯文巡捕陸永頤身翼恩銘，中五槍死，錫麟因發彈過濫，子彈用罄，返室裝彈，恩銘左右就趁機揹恩銘圖逃，給伯平追擊一槍，洞穿小腹。這時花廳所埋炸彈，到時爆發，禮堂秩序更亂。藩司馮照尚有急智，命左右將恩銘塞入官轎，兩足拖出轎外，抬回撫署，恩銘還能大呼：「快將徐錫麟拿獲收監！」但全城文武，各顧性命，加以炸藥爆發，更無一人聽話。錫麟裝彈出室，見恩銘各官都已逃走，恨顧松是奸細，見宗漢正從門外捉來，就一槍將他結果了。

這時沒有逃的，只有操場上全體畢業兵生，他們素受訓練，雖聽聞槍聲，但不知為何事，所以沒散。錫麟出來，便對學生大聲叫道：「撫臺已被刺，快從我革命！」學生早已呆如木雞，聽了錫麟所說更不知所云。錫麟便命伯平、宗漢率領學生，撲攻城西太平橋製造局，搶取軍械，途中學生趁間逃脫，到軍械局時已經只剩三十餘人。

軍械局提調周宗煌，聞風就將軍械庫鑰匙拋入陰溝，棄局逃亡，錫麟入據後，命伯平、宗漢分守前後門，自率學生盡取陳列槍枝試之皆不得手，又砍開庫取械，亦不得鑰匙，而清兵已圍軍械局，錫麟脅眾抵禦，相持六小時，伯平戰死。宗漢要焚局，使火藥爆炸，全城同歸於盡，錫麟不肯。時藩司懸賞格，購捕錫麟，由三千元加到七千。直到傍晚有一老卒，才破門直入，但已闃無一人。只見錫麟軍帽戎服，都丟在地，疑已改服出走，尋到軍生械第三重室，才將錫麟宗漢和學二十一人同時擒獲。

錫麟被捕後，由藩司馮照和撫暮張次山、臯司毓朗會審。錫麟直立不跪，馮照先責他：「中丞待你不薄，你是何心肝，向他行刺？」錫麟說：「我殺的是人民的公敵！」接著反問：「新甫死了沒有？」（新甫是恩銘的字）毓朗誑說：「沒有死，他只受小傷。」錫麟聽到恩銘沒有死，忽然沮喪，低頭未語。忽聞堂上大聲在說：「你知罪嗎？明日還要將你破腹剜心！」錫麟便昂頭大笑道：「那麼新甫是死了，你才會要我的心肝。他死，我志已償，就粉身碎骨，何惜心肝！」他便捉筆招供，寫狀云：

「為排滿事，蓄志十幾年，為我漢人復仇，故殺死滿人恩銘，後殺端方、鐵良、良弼等滿賊，別無他供。光復子徐錫麟招狀。」

這親筆的供詞至今還保存在中央黨史館，和秋瑾的「秋雨秋風愁煞人」共傳不朽。錫麟就義年三十五歲，秋瑾就義年僅三十二。皖浙事發時，清孝欽后方避暑頤和園，為之罷朝多日，不敢回宮。其他王公大臣、封疆大吏，都談虎變色，深怕尚有革黨潛伏，每日深居簡出，諭令科道以下，免迎免送。端方自謂滿洲名士，聽得錫麟要殺他，也不禁寒心，曾急電鐵良：「自是而後，我輩將無安枕日。朝廷如不採用開放手段、力圖改良，天下將無寧日。」後五年，武昌革命事起，端方果為亂軍所殺，良弼、鐵良皆不得善終，且早於端方。

紅葉唱詩

在這個年頭上談詩，好像非常地不合適，但在臺灣，詩和詞，還是盛行，不但盛行，而且廣泛。今年詩人節應徵赴會的詩翁，多至二千餘人，應課作詩的，也有一千四百多卷，猗歟盛哉。但有一點，我想討論，就是詩作得好的，固然不少，但題材枯窘，未免腹儉的也就確有其人。把現在的詩薈，和連雅堂詩薈裡所編輯的詩人的詩，相差就不只五十步了。我們不能否認，當時的詩人，如林小眉、洪棄生、許南英，這樣的詩如今難找，即如邱逢甲的激昂慷慨、林占梅的風流瀟灑，也是難能可貴。這不怪作詩的不用功，而是日本五十年的詩毒，實在沖淡了我們中國固有的詩教。因為日本人作詩和我們兩樣，我們是枚遲馬疾各有專長，而日本人則主張即席揮毫，詩只要快，只要好，不要精，不要深。雖則這五十年的詩社結合，確寄託著中華民族抗日的精神，而表面上仍不能與日本人虛與委蛇，使文字上的一層糖面護衣，也不能不投其所好。於是詩的作法，也漸漸但求其速，不求其工，而成了日本詩人的那一套。

日本的詩，固為他們對於音韻，多用強記，聲調方面，當然很少講究；讀的方面，也只能接近選本，例如《唐詩三百首》、《萬首絕句選》之類，很少讀集的。近代如國分青厓、河井仙郎、長尾雨山，都是有名的大詩家，青崖的詩，甚至被尊為國老，但他們的詩境，最高的也超不過清初的白、袁、蔣、趙；譬如土屋竹兩的學蘇（東山），木下周南的學李（義山），反而都不為詩林所重。不過他們有一種賭唱的方法，卻使我非常歡喜，這大概是唐代的遺風，也就是旗亭賭唱的遺創。

民國二十四年，我在日本常常參與他們這種盛會，這時廣田是外相，重光葵主文相，據說他們也是詩人，而詩會卻由外交部舉行。當時的中國大使許靜老、參贊王芃生、祕書黃伯度也都是詩人，所以每有盛會，我們都被邀列席。集會的場所，每次多在紅葉館。

這紅葉館是一座名園，二三十畝的池沼花竹，包圍著數十間大小不同的曲廊洞房，它每一間有一間的佈置，譬說：屋裡掛著倪雲林的畫罷，外面便是一拳湖石，修竹數竿；如果掛著吳仲圭的畫呢，外面便是老柏參天，渾苔古木。也有櫻花繞室，小橋流水，精緻非常，那便是掛一幅仇十州，或是唐伯虎的工筆仕女。這裡，我得說：日本人對於畫的鑑賞力並不很精，但花木的佈置，確能小而甚精，別出心裁。他不但書畫配合，瓶裡的插花，也有講究。他們插花有專書，叫做花道，亦名花流；它和茶道、釣道，合稱三道，據說都傳自中國。花道更分兩派，最著名的叫宏道流，是中國明代的袁中郎傳出去的。女孩兒到了十三四歲就要請老師來家，教學插花。一派是李笠翁傳出去的，如今卻失傳了；因為笠翁那一派，插花之外，還要點綴著蟲豸，用細針扦著活的蝴蝶、蜻蜓，躲在花上，這太殘忍，所以不傳。

紅葉館彷彿一座阿房宮，無數複廊洞房卻圍繞著一座廣廳，那廳四周容百人席地而坐，每人旁邊分置兩張矮几，一張擱著筆硯和詩箋，一張置著精緻的食盒和酒杯。那几高僅一尺，朱紅日本漆描著金花，食盒也是一樣，裡面還有精磁的肴碟，放著食品，顏色極為美麗，原來日本的菜肴，看的成分比吃的成分多。它增加你觀感的美，而並不增加你的食慾。

這廣廳四隅，全是寬博的和服，頗有姍姍裙屐之風，但你剛進紅葉館時，卻並不直接進入廣廳，而是由玄關裡跪著的兩行如花女侍，替你脫去鞋襪，引著你轉過曲廊，到某一間去休息，這裡沒有主人招待，卻每人分配給你一名藝伎，這便是你今天的錄事、校書，她從你入室招待起，一直要服伺你吃酒作詩，到酒闌席散。沐浴以後，我寫了一首詩：

> 澡室蘭香乞侍兒，旁人都笑水仙癡。
> 長安一片花成雪，莫借寧王玉笛吹。

日本的藝伎，她確能懂詩，不但懂，而且愛。她們溫柔地要我逐句解給她聽，又從懷裡取出雪白的絲帕，要我將詩寫在手帕上。

這是一所四面走廊，四面落地玻窗的大廳、承塵、粉飾，全畫著平氏、源氏，和江戶時代的故事，那筆調彩色是那們子調色，靜雅。那燈，全是刻絲的，表面燃著電燭，光線並不太亮。這時眾客互相見過禮之後，許靜老和國分青厓分坐了左右的首座——他很像現在臺灣詩壇的左右詞宗，我們挨次坐地，卻是無職官的白衣詩人，占了上座，一時白髮紅顏相映成趣。這時便有一隊如雲的白衣侍女，每人手裡捧著一個食盒，魚貫挨次，分置在各人的矮几之上。酒呢，則由每人身邊的藝伎斟酌，那酒觴很小，不過比錢大一些，兩邊生著兩個翅。這時的藝伎，兼充了酒糾，也便是唐代的酒糾，她用三指，蘭花式地拈起酒觴，中指抵下食指扣舷，拇指舀盞，用左手輕輕地送到你的唇邊，你便要一口喝乾；但是你得回敬，先將酒觴在水裡洗過，照樣舀盞，斟酌回敬，如此來往交杯，可至盡醉；但你存心要敬別的人時，你也可以請她代表你，將觴飛到那人面前，如此交飲。你別看這杯僅如錢大，那松竹酒又薄得像水，沒有酒味，但飲過百盞，也就醍醐灌頂，甚至漸醉不醒了，因此我才瞭解古人的「飛羽觴而醉」的真真實的經驗。主人命酒酌客，都有牙籌，記著觴數，這便是「酒糾」，也就是「相引為曹」、「觥籌交錯」的注腳。

藝伎，在日本的身分是高貴的，她存著唐代的一份古風，她除了歌舞、侍酒之外，更要身兼錄事和校書。錄事便是替你謄錄在會場所作的詩，而送給合座傳觀。校書是替你校對人家向你抄去的詩，有無錯誤。這兩役，非常忙，都非常風趣。原來日本人作詩，講究擊缽，和刻燭。擊鉢是由一名藝伎司著小銅鉢，用一支金鎚子，緩緩地敲著，大約一分鐘敲一下，敲滿百下就要全場繳卷，這是古代沒有自鳴鐘，用擊鉢來替代漏刻的。刻燭則是每人矮几上燃起一支精小的宮燭，燭上刻上一條線痕，燭燃到線底，便要繳卷的。這是殿試給燭的遺制，而應用到詩會的。我喜歡這刻燭的方法，每人几上燃起一支銀燭，由一個唐妝粉飾的美人秉著，几上肴酒雜陳，豪情逸上，掀髯四顧，真有李太白醉草嚇蠻的氣概。這天我分得韻是「元」字，而席次適在許大使的第二位，我很快地寫了出去。詩，我還記得，是：

兩行紅袖迴千笑，分韻何人得狀元。
未許晁張睥睨甚，玉堂坡帥在彭門。

一時錄事，全來抄詩。那抄詩的規矩，例如進酒，但一盞交觴而止，可是一下子也就飲了幾十觴了。刻燭完成，便掄元唱詩了。唱詩，是由每一位詩人，將他錄事所錄的來詩，選取五名，即由錄事曼聲唱出。如果合席的人，還有選取這一首詩的，則便由同選的錄事合唱；有時竟會遇數十人同選你這一首詩，則便成了大會唱。唱詩得分最多的便是狀元，主人備著彩品紛紛向你送來，你在這時，真有「顫巍巍頭上宮花」那樣情境——而我這一天的「元」韻詩，也居然中了狀元。

狀元，還有一份樂事，便是各席的錄事，紛紛從懷裡探出她的粉帕，請你將這首詩寫在上面，於是主客盡歡，真到了淳于髡所說的：

男女雜坐，行酒稽留……，握手無罰，目眙不禁，前有墮珥，後有遺簪，而髡竊樂此，能飲一石，亦不及亂。

靜老嘗說：我們在日本，什麼都失敗，唯有「詩的外交」卻操著長勝。現在，往事已如雲煙，芃生久歸道山，伯度卻在臺北，猶任機要。伯度嘗說：「靜老對於小蝶詩似有癖好，什麼都是好的。」人生得一知己，確是最難。今靜老臥疾香港，七月七，恰是他七秩壽誕，我曾作了七首詩，替他揚觴，寫錄三章，以為本篇結束。

在昔東瀛使，詩人盡錦褕。
能交晏平仲，不辱藺相如。
去國詩千首，還朝苡一車。
何人從記室，不媿阮元瑜。

建丑逢重七，天人豈偶然。
騂騂辭蜀道，歷歷向斜川。
顧遇頻問存，知交敢後先。（靜老居港，總統數致存問）
平生皆盛業，漢相重韋賢。

猥擷新佳句，綸巾誦向人。
自來陪北海，無意客西秦。
嫁衛矜媒聘，封留養病身。
孟公吾豈敢，尺牘倒陳遵。

明魯王監國史略

民族英雄鄭成功，在臺灣的偉大建樹，在當時很有人懷疑他的估計，以為這是鄭成功的失敗，他放棄了中原的恢復能力。而走向臺灣，這似乎是他最後的一條路。但他一方面卻趕走了荷蘭的帝國主義的殖民計劃，不得不轉移到東印度群島，這些早經征服的殖民地，至今還在它的掌握之中，假使鄭成功，不將荷蘭人從臺灣趕走，中國也許比《南京條約》（一八四二年）更早二百年受到外力的侵擾和屈辱。這一估計，是近代世界所公認的；但他們沒有注意到鄭成功當時建功海上的一半實力，還是從魯王監國轉移過去的。在臺灣的文獻，因為魯王沒有到過臺灣，也很少對他有載記。最近金門大捷，在各報上看了一篇〈躍馬金門弔魯王〉的文字，可惜說得也不詳細：第一，他沒有注意到鄭成功建功海上，全仗舟山水軍以為犄角，幾次北伐，直入長江，都由舟山的統帥，張名振、張煌言，建了首功；舟山正是魯王的第二根據地，而將他的實力，完全幫助了鄭成功。第二，鄭成功起家閩海，定霸金廈，不知金門、廈門，本是魯王的屬地，由鄭聯、鄭彩分守，鄭成功用他祖父鄭鴻逵的計劃，襲了金廈，殺了鄭聯，解除鄭彩兵柄，正和劉備從劉璋手裡取四川一樣；魯王在舟山，完全暗贊默許，不加一師一旅自相殘殺，雖由成功義氣動人，亦可見出魯王的心懷正大，不以寸疆尺土，認為自己的私產，所以後來兵敗，一點也不猶疑，投向思明州，與成功溯合無間，同心恢復。魯王之不可及，可說比成功十倍，而他前部分的歷史，與隆武並起閩浙，任用三張（國維、名振、煌言）無一不是頂天立地的人物，以視隆武僅有一黃道周而不能用，才與不才，相去何啻霄壤。所以補寫此篇，以待臺灣文獻的採取和指正。

王諱以海，字巨川，別號恆山，後來寓居金門，又號常石子，明太祖十一世孫。[1]崇禎六年，封鎮國將軍。十五年，流寇陷山東，魯王以派，和他的兄弟以珩、以江同日遭害，以海排行，應當襲位，崇禎帝封他為魯王，可惜奉冊大使剛剛出京，李自成已經打進北京城，崇禎自縊煤山，魯王以海也從華北逃到了江南。

弘光二年閏六月（順治二年）清兵入南京，魯王又逃到臺州，鄭謙盡輸捐家裡所有財物，和張國維招募鄉勇，迎立魯王。方逢年、陳亟輝、熊汝霖，鄭之尹（鄭謙之父）等同迎魯王到紹興，立為監國。是月，鄭芝龍、黃道周亦迎立唐王聿鍵入閩，即皇帝位，建號隆武，命兵科給事中劉中藻赴浙，召魯王入朝。魯王以為流寇不滅，宗室不應自立，因頒監國

1 金門魯王碑，稱太祖十世孫。按莊烈帝為太祖十世孫，以「由」字行，隆武為十一世孫，以「聿」字行，魯王當為十二世孫以「以」字行，附注於此。

日曆於閩，並答書略云：

凡為高皇帝子孫，臣庶，皆當同心併力，成功之日，入關者王，監國退守藩服，禮制昭然，臣老矣，豈如朝秦暮楚之客乎？

隆武得書不悅，共群臣謀攻守之策，命鄭彩領兵十萬，屯仙霞關，黃道周切諫，不從，閩浙自此水火。

馬士英、阮大鋮因南京失守來浙境，馬士英想謁魯王，張國維劾舉他放棄南東十大罪狀，馬懼，走依方國安，因此後來專與魯王作對。

張國維督師富陽，八月克復於潛，閩鄭惡之，出兵五福彬關，以奪其功。九月，清兵趁虛入浙，國維腹背受敵，敗績，退守錢塘江。王之仁上書監國曰：

事起日，人人有赴黃龍之心，乃一敗後，遽欲以錢塘為鴻溝，天下事，何忍言！臣為今日計，唯有前死一尺！沉船以戰！今日死，猶戰而死，明日即戰，恐欲死亦不得矣！

魯王封之仁書送張國維，國維壯之，分兵一半與王之仁。其時隆武又敦促魯王入朝，魯王鑑於軍事屢次失敗，不得不依賴閩鄭，乃命都督陳謙齎疏。隆武開閱，但稱皇叔父，不稱陛下，不覺大怒。御史陳邦芑對隆武道：「陳謙本為魯王心腹，又與芝龍故交，此來，必不利於陛下，不如除之。」隆武輕信邦芑，立將陳謙下獄。

原來鄭芝龍在弘光時，曾經疏通馬士英，求封安南伯，陳謙齎詔開讀，誰知安南伯寫錯了南安伯，芝龍一陣不悅。陳謙賀道：「南安是公發祥之地，從古未有以生出之地受封的，公之富貴未可量也。」芝龍大喜。後來隆武建國，芝龍封到平國公，因此對陳謙非常好感。陳謙下獄，知芝龍必來救他，有恃無恐。芝龍果然連夜入見隆武，請救陳謙。誰知隆武已入了邦芑之言，一面安慰芝龍說：「太師且歸府第，陳謙隨後即放。」一面卻叫邦芑就在獄中將陳謙殺了。芝龍聞耗，跑在獄中，只見陳謙屍體，橫陳在地，芝龍伏屍哭道：「我雖不殺伯仁，伯仁由我而死。」自此芝龍專與隆武為難，結果芝龍出賣了隆武，自己也不得善終。

張國維分兵一半與王之仁，趁著雨風大起，渡江襲擊清兵，大捷。芝龍聞信，遣陳清源到江上犒師，藉消陳謙被殺之恨。不料中途為馬士英、方國安所殺，又假作魯王書札，置在陳清源衣帶之中，數責隆武和鄭芝龍的罪惡。芝龍大怒，襲浙。魯王亟撤張國維兵西向抵敵，別遣余煌代國維防江，國維仰天歎曰：「禍在咫尺，噬臍無及矣。」國維撤後，清兵果然大攻浙江南北兩岸之地，余煌、陳亟輝、鄭之平父子等皆戰死。馬士英、方國安趕來捉魯王時，魯王幸已先得逃脫，想往依張國維，誰知所過橋樑，都被馬方二賊折斷，只得匍伏溝中，有一田父，負著他繞出海道。其時張名振在舟山治兵，田父遂操一小舟，將魯王送到舟山。

國維在黃巖，聽說東陽、義烏俱已攻破，或勸他逃走，徐圖再舉。國維慨然曰：「誤天下者，就是文之山、謝疊山一輩人，事既不成，有死而已。」遂南向再拜，從容整衣冠，作絕命詩一首赴園中水池而死，從死者二十六人。

興國公王之仁，載妻妾二子、二婦、幼女、諸孫、盡沉蛟川，獨捧印劍，駕一小舟到松江，峨冠登岸，百姓駭怪，聚觀。之仁從容入經略府見洪承疇，戟指罵之。承疇勸薙髮，不應，但曰：「就公來了斷。」承疇不得已，揮涕斬之。

魯王逃至舟山，閩部熊汝霖、建國公鄭彩亦到。久之汝霖死，鄭彩移駐金門，鄭聯守廈門，好酒不法。其時，清兵已入閩，殺隆武帝，擄芝龍北去。鄭成功建義海上，苦無根據地，鄭鴻逵勸襲鄭聯，併取金廈，解鄭彩兵柄。魯王從臣，投依成功者甚眾，唯定西侯張名振、監軍御史張煌言，堅守舟山，奉魯王如故。

永曆七年，清師再攻舟山，名振大敗，吏部侍郎張肯堂、巡按朱天祐等皆殉難。魯王不敢留，攜同寧靜王朱術桂、益王孫等航海到廈依成功。成功時已奄有閩南沿海之地，奉永曆正朔，封潮王；聽見魯王到來，集諸將參謀議相見之禮。參軍潘庚曰：「魯王已去監國之號，不過宗室、吾君藩王，同奉正朔，都是大明臣子，相見不過賓主之禮。」成功道：「不然，以爵位論，王為尊，況又曾監國，如修賓主之禮，便是輕視。則一國紀綱從此紊矣，何以治國？但吾在先帝時曾為宗人府宗正，吾與魯王為同姓，吾修宗人相見之禮以見之，不是很好嗎？」諸將拜服，遂以宗人府宗正禮見魯王，魯王亦悅。從亡來到金門的，有王忠孝、辜朝薦、張煌言、李茂春等二十餘人，成功都配給館舍廩米，遇軍國大事，一同商討。不久張煌方仍回舟山。

永曆八年，張名振自舟山來廈門覲王，成功盛氣責之：「定西侯八年海上，所為何事，而使王一至於此？」名振年已七十，亦盛氣答云：「人之忠與不忠，在方寸耳，豈能以成敗論人！」遂解衣袒臂，以示成功，背上有「盡忠保國」四字，靛湟甚深，成功撫其背而泣。遂拜名振為大元帥，誠意伯劉孔昭為監軍（按孔昭在弘光朝，罪不下於馬、阮，不知成功何以用之？），舟師五萬，掠海上，燒崇明，入長江，兵至鎮江，遙祭孝陵而還，成功軍威大振。先是，鄭芝龍被擄北去，清廷屢使作書誘成功投降，成功不理，又密令家人李德告成功云：「如未投誠，可先獻魯王。」成功恐魯王有失，特令楊致護送魯王從廣西覲見永曆帝，出海遇颶風，回居南澳。當時訛言成功已沉魯王於海，故名振覲王，後至南澳，見魯王方居一大艉上，從亡諸臣，日夕朝參如儀，號為小殿。名振勸王還舟山，魯王不願。名振到舟山病歿，遺命以張煌言統領舟山水師。成功亦悔，再迎魯王，還居金門。

永曆十三年，成功北伐，張煌言別領舟師，入長江為成功先驅，到蕪湖。成功亦圖南京，兵厚數重。清總兵梁化鳳，用操江朱衣佐緩兵計，破成功。成功軍大潰，盡棄沿海之地，用鄉人何斌計，十五年回取臺灣；命兒子鄭經守金門，留魯王及明宗室在金門。煌言因成功兵潰，困蕪湖不得出，遁入臨海，重募義師，組織游擊；聽說成功取臺灣，棄海彊，有苟且偷安之意，頗不謂然，差部將羅子木齎書見成功，又以詩寄辜朝薦云：「若恐幼安肥遁老，藜床皀帽亦徒然。」煌言的主張，以為應立魯王，重圖大舉。當時明臣，一致心嚮魯王，而不以成功退守臺灣為然，所以黃梨洲的《賜姓始末》也說：「吾君之子尚在，皆為魯王而發，但成功感大業不成，入灣不過六月，發疾憂憤而死，但始終優禮魯王，從無猜忌。成功歿後，諸將因黃昭謀叛，抵抗鄭經，謠言有欲立魯王重行監國的。鄭經用周全斌計斬黃昭，嗣世子位，遷寧靜王朱術桂等於東寧。適魯王病卒，葬於金門。煌言在浙被執，不屈死，葬西湖南山，今所謂蒼水祠也。」

當魯王監國浙海，奄有興化以南二十七州郡，兵敗出海，轉戰舟山，韜光金廈，亦有十多年。在南澳時，雖狼狽海上，不廢君臣之禮。有臣如三張（名振、煌言、國維），有君如魯王，一鄭芝龍牽制之，終不然成中興之業，豈非天哉，豈非天哉！

記周端孝血疏貼黃

這裡先說貼黃。葉夢得《石林燕語》說：「唐制，降敕有所更改，以紙貼之，謂之貼黃。」《辭源》貝部第五十一頁說：「今奏摺箚子皆白紙，有意所未盡，則以黃紙別書於後，謂之貼黃，蓋失之矣。」夢得在宋徽宗時掌翰林制誥，所說貼黃，當信而有徵。但明代貼黃，實另有格式，正在奏牘之後，另加夾片；崇禎元年，且頒行定式。吾友徐小圃先生藏周端孝血疏貼黃，見者或以「貼黃」二字為款，因先說明它的來歷。下面，便是血疏的真蹟原文和格式：

原任吏部文選司員外郎今贈太常寺卿周順昌男生員
臣周茂蘭謹奏為孤忠已被
恩褒沉冤尚未剖晰特摶顙號
天懇報父讎以彰
國法事臣父忤璫慘死皆繇李文煥謀之於內毛一鷺因而
謀之於外殺人抵死
律有明條而文煥
鼎湖勸進一鷺亦嘗建祠媚璫尤
祖法所不赦伏乞
勅下部院將提到倪文煥即刻處決已故毛一鷺還行褫戮庶
父冤得雪
國法亦伸謹
奏

這血疏距今三百二十年（崇禎元年戊辰）前，明血性丈夫（僧惠客讚端孝語）周茂蘭用他十指的血來寫的。那時他二十二歲，他的職位，不過府學生員。但他為要「報父仇」，從三千里外的蘇州，趕到北京（今北平），叩閽告狀。這十二行蠅頭小字，就是血疏中間的夾片「貼黃」。相隔三百多年，血絲縷縷，看去好像隱約，但用照片一攝影，便比墨色還濃。古稱萇弘化碧，可知實有其事的了。明代士氣高激，刺血作書，不作為奇（楊椒山夫人也曾刺血上疏請代夫死），奇的是此疏「貼黃」竟有兩通，這一通用「指血」寫疏之外，更有一通用「舌血」寫的，當時進呈，乃是「舌血」所寫的貼黃，而不是這一通「指血」寫的貼黃！這「指血」寫的貼黃，是由周氏世代什襲珍藏，後面還有端孝自己親筆寫的跋。

原來端孝上京訟冤，是住在姚文毅的公館裡的。那一天，文毅退朝，已在上燈時候，他問端孝：「明天上奏已經預備了嗎？」端孝恭敬地捧了奏疏和貼黃，一併呈給姚公。文毅一看，上面竟是血寫的字，立刻正色避位，盥洗雙手，重新捧向燈下細讀。他讀完之後，半晌，沒有說話。好久，端孝才問：「老伯，敢是有寫得不對的嗎？」文毅正色道：「世兄，你年輕，未經世故。這一疏寫得悲憤！可惜是沒用了！」端孝驚問「所以」！文毅又說：「你劾奏倪文煥是可以的，但你在貼黃上面不該提著『鼎湖』往事，牽引先帝。所以我說是沒有用的了！」端孝方才感覺自己的失檢，但他立刻就說：「我把貼黃損換如何？」文毅道：「換掉是可以的……。你的奏疏如果是墨寫的，那改換一本貼黃，是不值一回事的。如今你刺血寫疏，指血已枯，怎麼能夠再換『貼黃』呢！」端孝奮然地道：「但使先人瞑目九泉，粉身碎骨，亦所不辭。」他就刺破舌血，連夜更寫，明日早朝，便由姚公帶他叩閽進奏去了。這「指血」寫的一本，存留家裡，端孝原跋裡說：「當是時逆賢（魏忠賢）雖伏厥辜，而群奸猶負嵎。微公言，事且不測！」「今什襲以貽雲仍，且志公之德不敢忘也。」讀此，古人道義之交，風概尚節，哪一件能夠使人比得上？我平生對於書畫，「書」的地位覺得比「畫」重要，就因為「書」的素質常常關係一代文獻和氣節，而「畫」是徒然供人玩賞的東西。貼黃後面，尚有黃宗羲、文柟、袁徵、黃九煙、黃宗炎等數十家題跋，他們多是與周忠介（順昌）同時死難諸臣的後裔，而與端孝同年的。這裡我想寫一點關於周忠介的傳記，或者已為一般人所知道的。

照史載：「周順昌，字景文，吳縣人，萬曆進士，授福州推官，天啟中擢吏部文選司員外郎，乞假歸，以忤魏忠賢，為其黨所陷害。崇禎初，追諡忠介。」在這短短一段履歷裡面卻含著千古的冤獄和士大夫的正氣。原來忠介在福州推官任上，就以捕治稅盜，和副使許純如結了公仇。天啟年間，東廠太監魏忠賢當權，誅戮朝中正人君子，由他的義兒編成《水滸傳點鬼簿》一本，將所要陷害的姓名，編成一百零八將，為頭的及時雨宋江是魏大中，周順昌是行者武松，地位相當重要。因為魏閹的乾兒毛一鷺要做江蘇巡撫，誣害了原任巡撫周起元。順昌不服，做成檄文，攻擊一鷺，因此二人又結下了深仇。順昌是血性男子，他秉著嫉惡如仇的天性，到處直言，不知忌諱，因此在朝不能立足，暫時告假在籍。恰巧魏忠賢逮捕魏大中，誣告他私受邊將熊廷弼的贓賄，路過吳門。順昌不顧利害，治辦了一桌酒席到城外去和大中餞行，又將自己的女兒，許給大中的孫子。押差官聽得不耐煩了，便催促大中起程。順昌大怒道：「你不知曉得人間尚有血性男子，不怕死的嗎？你回去告訴魏忠賢，就說我罵他！」遂大罵魏閹不絕口。押差官到了京師，一本告訴了魏忠賢。忠賢大怒，嗾使御史倪文煥參他。誰知文煥也和順昌有怨，原來文煥曾經害死過同官夏之令，那時順昌在京，便指著文煥道：「他日倪御史是要償還夏御史的命的！」文煥正苦無法發洩，得此機會，正好和許繼如商量。繼如道：「害他不難，織造太監李實，現在江南催造御衣，就叫他聯合巡撫毛一鷺，題本進京，說罪人周起元曾和周順昌通贓，這次又自將女兒許配罪人魏大中的孫，誹謗朝廷，二罪俱發，構成一個死罪，是不費吹灰之力的了。」文煥大喜，就在臺中參劾吏部郎周順昌，其時毛一鷺奏本亦到。魏閹大喜，立列差動東廠緹騎，前去蘇州捉人。

順昌雖是書呆子，但吳中百姓，卻愛之有如父母。聽見東廠來捉周吏部，立刻驚動了蘇州闔城的百姓，連同府學生員文震亨等，手執行香，到巡撫部院跪，請求釋放周順昌。毛一鷺先還做好做歹，東廠侍衛老爺們卻等得不耐煩了，立等將手裡的瑯璫鐵索，向地坪上一擲，喊將出來：「東廠要人，誰敢阻攔，你們這批崽子，要造反嗎？……」誰知一聲未畢，百姓立時喊打，天崩地塌的一般，衝向衙門，有如山倒。這批廠衛老爺，平時作威作福，到此只恨爺娘少生兩隻腳，沒個地縫鑽，早被老百姓們抓住一個，打得稀爛。幸虧府縣趕到，做好做歹，才將一場大禍，壓平下去。毛一鷺飛奏進京，說是蘇州亂民造反，抓了五個人，就在虎丘山塘上正法殺了。哪五人？顏佩韋、馬傑、沈揚、楊念如、周元文。據說，周元文是周順昌的轎夫，監官張文問他：「你後悔嗎？」他說：「我們老爺是好官，我們替他死是值得的！」延頸就戮，張文含淚斷之。後來五人就葬在虎丘，至今遊人憑弔，稱為「五人墓」云。

順昌被逮進京，交由刑官許顯純審問，坐受贓銀二千兩，五日一拷掠，打得身無完膚。許顯如問他：「你還能教罵魏上公嗎？」順昌應聲大罵不稍屈。純如叫用鐵錘，打落他的牙齒，順昌將滿口鮮血，直噴純如，是夜就至監中遇害。魏大中、楊漣、左光斗等也先後慘毒被害。但不久，熹宗病歿，魏忠賢被思宗抄沒充軍，生生地半路上縊死，諸臣天外的慘案，也就馬馬虎虎地好像全結了。如不是周端孝刺血上疏，感動思宗，恐怕楊、魏諸臣，雖追後原官，也不得褒祠大典，傳揚百世（按端孝疏上，思宗感泣，命追贈三代官，即毀魏忠賢生祠，改祠死難諸臣，並各追贈三代，與謚如周順昌之例）。

刺血作書，原是封建時代的一種遺物，現代看來，好像不合時宜，但千古忠孝父子，要再找雙血性男子有如周忠介端孝的，恐怕也就難找得很了。也有人批評，周順昌的得罪魏閹，全由自己的一股書呆氣作祟，他並不和魏大中、楊漣等有關明朝一代興亡大局的那般鄭重，值得讚揚。不知一代的興亡，全憑士大夫的氣節，拿來支撐，周順昌的那股呆氣，還是士大夫平日讀書所養成的浩然正氣，他和魏、楊、左諸公，易地則皆然。他戟指罵賊時，只以天下治亂為重，何嘗有一些想到他自己存亡利害？唯其以他的地位，可以避不與禍，而偏偏自去蹈禍，盡我一分力量，即盡我一分力量，事成不成，濟不濟，何必計較！古之君子，抱著不成功便成仁的決心，以處亂世的，正不知有多多少少，唯有一班偷安苟活的人，卻坐著去議論他，覺得他們的呆氣可笑。反過來說，卻正因這股呆氣，才撐得住宇宙，撐得住乾坤。唯有周忠介的呆忠，才生得出周端孝的呆孝，到底有明三百年養士，發生了莫大的效用。明社可亡，人心不亡，滿清三百年專制淫威，殺不盡的仁人義士，到底推倒了滿清，光復了漢族，你可以說不是像魏、楊、左、周的一輩人，播下的種子嗎？當今洪水橫流，已不知父子、天地為何物，書此一篇，廢筆三歎。

北齊的循吏蘇瓊

治中國歷史的，有三個朝代，好像非常渺茫：一、南北朝；二、金；三、元。南北朝亦稱六朝，指的是東晉、劉宋、董齊、蕭梁、陳、隋。而對於東晉時代的北方五胡十六國，就很少有人舉得齊全。後來的北魏、西魏、北齊、北周，也是語焉不詳。司馬溫公《資治通鑑》、朱文公《朱子綱目》，雖把南北年號，提綱並舉，而子目方面就略得多了。其實由劉宋（西元四二〇）到陳末（五八九），北方一樣也有一百七十年左右的歷史。而中國中古文化與佛教的合流，將政治參合到美術文化裡去，北魏、北齊這兩代是最要負起責任來的。因為不屬於我這篇題目範圍之內，暫且不去討論。我現在單提一個北齊的循吏，在地方上很有治績的蘇瓊。也許讀者會對他非常陌生吧？

任何一個國家，都由游牧而進化到都市，所以自治的因果，是早於政治的。周文的井田、孔子的乘田委吏、子產的鄉校、管仲的戶籍，都是由鄉民的自治而因施設教，加以整理的。到了秦分郡縣，才實行吏治而失去了民治的正義。但是漢初以黃老之學治天下，還不失國民設教的無為而治；景武以後，繁文峻法，才漸漸失去民治意義。後漢盛倡偏術而實是申韓刑名之學，遂去自治性質益遠，而變為全吏治了。賢如孔明、王猛，也只是用申韓來治天下。所謂亂世用重典者，民乃不得蘇息了。六朝時代，儒家因為提倡正統關係，把宋、齊、梁、陳的江南治績當作標榜，但承魏晉的餘續，並沒有什麼與民蘇息的機會。倒是北魏的崔浩，能夠將黃老、佛學和政治併合一起而做出一點民治的精神來。這也因為北朝的祖先是個游牧民族，所以它的政治精神，多少還含有一部分民治成績，而北齊的蘇瓊，卻是代表了這種精神的工作者。

北齊的統治者如文襄（高澄）、文宣（高洋），都是殺人不眨眼的暴君，莫說談不上民治，連政治也談不上。唯其如此，而蘇瓊的治法能與漢代的黃霸、龔遂並稱並傳，就益發地覺得他難能而可貴。

蘇瓊，字珍之，長樂武強人。他在幼年時候，隨他的父親蘇備去謁見東荊州刺史曹芝，曹芝問他：「卿欲官不？」蘇瓊說：「設官求人，非人求官。」在他小小的年紀裡，已經曉得「選舉」的重要。

現在把蘇瓊從政的幾則故事，寫在下面，以見他的治績：

◎當齊文襄用他為刑獄參軍時。并州強盜甚多，本州參軍把所有的嫌疑犯，完全打成死囚，但是起不出盜贓，文襄便派蘇瓊去調查。蘇瓊卻叫當地的老百姓們自己推審，果然查出這一千人犯裡，十個倒有九個冤枉的。文襄把那一批冤枉的人犯都叫到面前，大笑說：「你們不遇我的好參軍，早已都做了冤死鬼了。」

◎南清河郡也是一個多盜的地方，文襄又派他去做太守。瓊到南郡，發動民防，奸盜自息。後來，鄰境有盜，都來請南郡的老百姓們代為捉賊。

◎蘇瓊的治績太好了，後來鄰郡的富室，都將他們的財物來寄存到南郡界內，以避盜賊。冀州富人成氏，被賊攻急，要他獻出財物。成氏說：「我的東西，早已都存到南郡去了。」賊竟捨去。

◎績郡有舊賊一百餘人，都感化了，來投蘇公。蘇瓊索性把他們編為隊伍，專門糾察奸非。左右鄰邑，連長吏受人一杯酒的，他都會得到報告。

◎濟州有一個和尚，很有廟產，放債度日。村民都欠了他的錢，卻收不起。他想請蘇公替他判一判，及見蘇瓊，卻只談玄理，每至終日，不能啟口。徒弟們問他：「你不是白去了一趟麼？」沙門說：「每見蘇府君，就像把我升到青雲裡去一樣，我又怎麼說得出俗事呢？」師徒回來，竟焚其券。

◎蘇瓊在官，是絕對不受「紅包」的。趙郡人趙潁，年紀八十多了，五月中新得了一雙脆瓜，高興地去獻與蘇公。自恃年老，必請蘇公接受他的禮物。蘇瓊很客氣地受了。

百姓們聽說蘇公受瓜，多採了盈筐的新果來餉蘇公。到門一看，只見那新瓜，雙雙地懸在廳前樑上，已經風乾了。大家見趙頴的瓜還在，都帶著他們的果子，自己回去了。

◎乙普明兄弟爭田，積年不斷，牽累至百餘人。蘇瓊到郡，召普明兄弟，對眾曉諭道：「天下最難得的是兄弟，最容易求到的是田地。假令得田而失兄弟，是多麼傷心的事啊。」竟至泣下。聽訟者無不灑淚。普明兄弟叩首悔過。分異十年，遂還同住。

◎蘇瓊又於每年春天，約集大儒，講於郡學。吏人文案之暇，都會到學聽講，時人指為吏曹學生。禁祠淫祀、婚姻、喪葬，都教令儉樸，悉衷於禮。其兵賦次第，皆定明白的公式，至於傜役，全憑公差調，百姓自動應役，爭先恐後，唯恐蘇公不要用他。鄰州數十郡，都派人至，探訪其政術，以為模範。

◎蘇瓊在郡六年，前後政績，一切以民立為前提，郡民生下兒子，都用蘇公的名號來做他赤子的名字，相撫著說：「府君生汝。」後來他以丁憂解職，百姓餽遺，一無所受。入為司直廷尉，朝士都以為太委屈了。後為大理卿，隋開皇初卒。

中國歷史和小說的勢力

自從白話文抬頭，中國的歷史，好像都有重寫的必要。即以學校的教程來講，國文和歷史的程度，距離得很遠很遠。國文程度力求其降低，而歷史程度，卻依舊是很深！此無他，因為歷史沒有完全重寫的白話本，不能和白話的國文，成為輔車的相依進行罷了。在中國寫白話歷史文的，果然有不少，如張蔭麟、吳晗、顧頡剛，他們都用白話寫歷史。但張蔭麟偏重在周秦史，吳晗寫明史，卻有很濃重的左傾氣氛，顧頡剛現在也失節了，而且他們都不是普通寫歷史的，而是某一部分的專門家。

由於歷史教材的缺乏，於是初中以上的學生，對於歷史的輪廓，都有些兒模糊。輪廓尚且攬不清楚，遑論歷史的內容。所以現在能把秦漢魏晉，以及唐宋元明清數得清楚的學生，實在很居少數。其實呢，一班老輩的秀才學究，也何嘗弄過清楚？舉一個例來說：「二十四史」在宋以前，只有四史；宋修《唐史》，與南北朝、五代等，才合成為十七史；明修《宋史》，和遼金元史，合稱二十一史；清乾隆間修《明史》，詔與劉昫的《舊唐書》、薛居正的《舊五代史》，並稱二十四史；到了民國，加入柯劭忞的《新元史》，合稱二十五史，如果再加入《清史稿》，便當稱為二十六史了。所以「二十四史」已經為過去的術語，而史書的成分是很複雜的，今將各史沿革附表如左。

四史

《史記》（黃帝—漢武）漢司馬談—司馬遷著

《漢書》（漢高—平帝）漢班彪—班固著，班昭續成

《後漢書》（漢光武—獻帝）劉宋范曄著，梁劉昭續成

《三國志》（魏、蜀、吳）晉陳壽著

十七史

四史（見前）

《晉書》（西晉武帝—東晉愍帝）唐房喬、褚遂良等撰

《宋書》（武帝—順帝）梁沈約撰

《南齊書》（高帝—和帝）唐蕭子顯撰

《梁書》（武帝—敬帝）唐姚思廉撰

《陳書》（武帝—後主）唐姚思廉撰
《後魏書》（道武帝—孝武）北齊魏收撰
《北齊書》（文宣—幼主）唐李百藥撰
《周書》（孝愍—靜帝）唐令狐德棻撰
《隋書》（文帝—恭帝）唐魏徵撰
《南北史》（南史：宋、齊、梁、陳　北史：魏、齊、周）唐李延壽撰
《新唐書》（高祖—昭宗）宋歐陽修、宋祁等撰
《新五代史》（梁、唐、晉、漢、周）宋歐陽修撰

廿一史

十七史（見前）
《宋史》（北宋太祖—南宋帝昺）元脫脫等修纂
《遼史》（太祖—天祚帝）元脫脫等撰
《金史》（太祖—哀宗）元脫脫撰
《元史》（世祖—順帝）明宋濂撰

廿四史

廿一史（見前）

《明史》（太祖－思宗）清張廷玉等撰

《舊唐書》後晉劉昫撰

《舊五代史》宋薛居正

廿六史

廿四史（見前）

《新元史》清柯劭忞撰

《清史稿》民國趙爾巽等撰

這二十六部中國史，雖不能說是浩如煙海，但也夠你研究到頭白；如果要將它全部重寫，恐怕任何一個時代，也不會有這樣浩大的人力物力。但是「史」是一個國家的骨幹，也是一個國家的靈魂，凡為那一個國度的人，如果不能知道本國的歷史的，那就算是亡國之民。所以孔子說：「殷杞不足徵，文獻不足故也。」所以要知道中國的歷史，就絕對不能廢除中國的文言。白話文我不反對，但絕對不能廢除文言，而甚至廢了史。將來也許會有完全白話的歷史書，而且經過良好的整理而後出版的，但在目前，還是不能夠。我們既然不能夠廢史，我們就只得將文化的水準提高。提高的方法，在初中始業的時期；卻還得先要放低，使得與高小銜接。在三年教程中，卻得由教授和學生自己的努力，一方得到課程的幫助，而收到提高水準，夠得上讀「歷史」的程度。即是不能瀏覽「二十四史」和「二十六史」，至少也得瞭解《資治通鑑》或是朱子所編的《綱鑑易知錄》，每天能夠用硃筆、圈點上二三頁，三年有成，也就可以讀到一千頁了。

《資治通鑑》是司馬光編的，《綱鑑》是朱熹編的，這裡面有一個很大的分別，就是：三國時代的吳、蜀、魏，《通鑑》是以魏為正統的，稱蜀漢的諸葛亮為寇；《綱鑑》卻以蜀為正統，昭烈帝稱即位，而魏曹丕是篡弒。後來的小說家《三國志演義》便是尊重《綱鑑》的意見，而推翻了《資治通鑑》的看法。

其實，用史家的眼光來看，它們是都有作用的。因為司馬光是北宋人，北宋太祖從周世宗的寡婦孤兒手裡，奪來了江山天下，他的手腕毒辣，正和曹操父子差不多。陳壽的《三國志》，亦以魏為正統。陳壽是晉人，晉得天下於魏，和宋得天下於周，又是一個依樣畫的葫蘆。司馬光既是北宋人，就不能不把魏來當作正統，以證明宋得天下的正統。其實他瞞不過時代的眼光，所以時代一轉變到南宋，南宋是偏安的，正和蜀漢的偏安是一樣，所以朱熹要稱蜀漢是正統，以證明南宋是正統，來激勵南宋的人民，奮起愛國的反攻心。所以嚴格地說，《通鑑》對於蜀漢的立場，是歪曲的，《綱鑑》卻是嚴正的，所以我讀兩鑑，總歡喜取《綱鑑》而捨《通鑑》。

如果你要用文章家的目光來看呢，則《通鑑》確是勝過《綱鑑》。不過，我想介紹你讀陳壽的《三國志》。我常用白話文的眼光來看《三國志》，覺得《三國志》是最容易看懂的一部史書，他沒有一句文言，不能通過白話來加以解釋的。

《晉書》，雖成於唐太宗貞觀時代，文學極盛時代，但因為修史的人多，文字體例都很蕪雜，而且文字裡好用駢儷四六，又歡喜採取奇聞怪事，失卻史的價值。所以《晉史》在「史」裡面，可以算一部很不好的書。它很多採用宋劉義慶的《世說新語》，而《世說新語》，卻很是一部好書。尤其是劉孝標的注，和裴松之的《三國志注》，酈元的《水經注》，稱為注家三絕，這是有助於史學的好書，不可不讀的。

《新唐書》和《新五代史》，是宋仁宗時所修，歐陽修、宋祁主撰，一時大文章家如曾鞏、陳無己，都參預其事，共成二百二十五卷；歐陽修自稱比劉昫的《舊唐書》，要增加不少的史事，而卻減少了不少的廢話，但時人並不以為滿足。同時便有吳縝的《新唐書糾謬》二十卷加以訾議。梅聖俞、王安石、蘇軾都有不滿的表示。現在我們可以在《杜工部詩集》裡找到「杜甫」新舊《唐書》的二篇傳，把它對證一下，就可以知道《新唐》、《舊唐》，互有出入，各有是非，並不可以一筆抹殺。所以到了清乾隆時代，又把《舊唐書》和《五代史》加入，而成為二十四史，這時代卻要相隔到七百年。你想用宋朝帝皇之威，加以歐陽修等文章大手筆，來抹殺一部史，七百年之久，尚且翻案，依然存在。現在要憑著「枵腹從公」的餘力，來抹殺二十四史，那是一樁可能的事嗎？

中共作家，竭力地在想將歷史重寫，李自成、張獻忠、黃巢、赤眉賊，這些殺人的、紅血染過的人物，都成了農民的解放者，他可以代表歷史嗎？秦始皇燒書、項羽燒咸陽，也算燒得凶了，但是陸賈、蕭何、酈生這批讀書人，依然沒有燒死。我曾經寫過一首詠史的詩：

拉雜摧燒一炬中，祖龍燒過又重瞳。
那知燒過書仍在，馬上留君說沛公。

幾個讀書人，尚且燒不死，何況幾千年的歷史！但話又得說回來，沒有讀書種子，又怎麼傳得下歷史去。當時伏生躲在山石洞裡，等晁錯去寫《尚書》，沒有伏生含辱忍垢，藏著一肚子的書，等到機會而後出來，這「經」不是早絕了嗎？所以抗暴的力行，並不止有一種。斷脛裂胸的是一種，高聲吶喊的是一種，含辱忍垢的是一種。我自己有自知之明，是屬於哪一種人，就力行哪一種，並不是一定要做到甲為是，而辦不到乙為非的。現在，誰又是寫歷史的人呢？

這話離題目太遠了，我們還得再把二十四史來檢討一下，我們應該怎麼下手用功。

我前面已介紹過一部《三國志》，現在我再介紹《宋史》。《宋史》雖號稱元丞相脫脫等所修撰，其實是根據宋代歷朝實錄所成。元人雖為胡虜，他卻能夠不抹殺史實，很忠實地修纂這一代和現代（元）銜接的歷史。他強調了南宋的岳飛、文天祥，北宋的范仲淹、韓琦、富弼，這都是和他們遼、金、元做過對壘的敵人；但各人的本傳都能夠寫得這樣有聲有色，浩氣長存。正因為在北宋的出色史官是歐陽修、曾鞏諸人，南宋是程頤、朱熹諸人，這一股文章正氣，便是先聲奪人，雖胡虜也不敢一筆抹殺。這便是寫史的成功。

元史在明清間，頗不為人所注重，因為人名都是譯音；中國的文學家雖有列在史官的，又不肯好好的替他寫，所以元史是很荒蕪的。直到晚清同光之間，俄寇的侵掠日亟，士大夫才研究元史、金史，張野樵都號知史。和俄人辦過交涉，訂過地界，但其結果，是傷威失地，金昫便是這樣痛愧死的。而柯劭忞的《新元史》卻是一部成功的巨著，但感覺到宋濂等所修《元史》的蕪雜而又簡單，博證旁引，別成新史；他創立「氏族」、「宰相」二表，以表現胡元的血統和政治大綱；又撰「禮」、「樂」二書，以表現胡樂的侵入中國以致中國的「禮」、「樂」完全變質而先亡；所以他又列舉中國禮樂的源流；民國將它列入為二十五史是一件極賢明的史學政策，也是我們現代當急之務所需要研究的。

《清史》雖已脫稿，但除了張昌宗私人出資，將它和唐刻十三經同時印行外，至今沒有正式的刊本，所以將它列為二十六史，是待考？但我們讀史，都有一樁大毛病，便是知遠而不知近，尤其是清代史使人模糊得很，大學生竟有將清十三朝也弄不清楚的。這毛病就是中國人有一種好古的慣習，三皇五帝，比較可以說得清楚。一至明、清，反而一片模糊。所以我以為要寫史，應得從清代寫起（因為《清史稿》並不是一部好書），而且應該從近寫到遠，而且要寫得抓要而簡單。從前我們比較會知道三皇五帝，就是因為歷史是從遠寫近的。愈遠愈先讀，反而覺得近。愈近愈後讀，甚而至於不讀，便覺得愈遠了。

《明史》修得不好，文字體例多很蕪雜，在《四庫題要》裡說它，「體例整齊頗為史家所稱」，即是因為當著皇帝說話，不敢妄加批評的意思，所以《明史》也實在有整理之必要。但絕不是像吳晗的那種寫法，將朱元璋寫成了共產黨的頭子。在專制暴政下，農民的反抗當然不可免除，但也就是孟子一句話：「天下烏乎定？定於一！孰能一之？不嗜殺人者能一之！」明太祖的晚年雖好殺功臣，但他對於百姓，卻能盛行「不殺」主義，他歷次頒發手諭給湯和，給沐英、李擅長，都是戒殺和恤民。所以他會成功，雖則他的子孫失德纍纍，人民還是不忍遺棄他！中間產生的人才，如于謙、張居正，都是了不起的，直到末路也還有史可法、鄭成功，足和文天祥、岳飛媲美，所以近代也有人專門研究明史的，但並不是一件容易的事啊。南北史太複雜了，在《晉書》裡便漏失了西涼和前涼。北魏是魏收修的，當時稱為穢史。《隋書》久藏禁中，宋天聖二年才付崇文院雕版，而《魏書》已缺了三十卷，《北齊書》、《宋書》，缺得又很多，才採用了李延壽的《南北史》來補它們的不足，所以六朝和南北史都很難讀，現在也有人把它列為專門研究的史書，和研究五胡十六國、西涼、西夏，一樣是專門學問。

至於《史記》和兩《漢書》，這是人人都知道讀的史書，不必加以介紹和批評，不過司馬遷的《史記》，實在是一部私家史書，而不是官書，所以項羽可以有本紀，刺客可以有列傳，後人稱他為謗書，並非過言。但一切史書的體例，全從《史記》創始，所以他是史家之祖，和前乎《史記》的《春秋》、《左傳》、《國語》、《國策》，分道揚鑣，他不再是筆記式的敘事文了。

這篇文字，我是想寫給中學生看的，所以是很淺近的，並沒有多大的意義，同時我還想將關於歷史的小說，列下一個系統也未始不是初學讀史的一助。

1.《東周列國志》 2.《兩漢演義》 3.《三國演義》
4.《兩晉演義》 5.《南北史演義》 6.《隋唐演義》
7.《說唐》 8.《五代殘唐》 9.《飛龍傳》（宋太祖開國史）

10.《說岳全傳》（北宋南渡史）
11.《大明英烈傳》（明太祖開國史）
12.《三寶太監下南洋》（明代的海外史）
13.《鐵冠圖》（明亡史）
14.《臺灣外紀》（鄭成功抗清史）
15.《清史演義》
16.《洪羊外史》
17.《民國史演義》

關於史的小說，當然不只這幾部，但這幾部也可以算二十四史，因為它已包括了秦漢到明清的興亡事蹟，而民國史卻只寫到民國十六年的北伐，以後還沒有人具體續寫，這許多小說，都可以稱為演義。演義就是說從正史演繹而出的，它將文言演成了通俗的白話，但它們並不一定遵照正史，而是作者自己提起春秋之筆，來予以褒貶。這裡面創始最早和最成功的，當然要推《三國演義》，它比朱子《綱鑑》更強調了蜀漢。至今婦孺皆知的諸葛孔明，就是這部書給它演出來的，它搜羅了當代一切人的特點，都付與孔明（例如草船受箭是孫權的事體，曹操之惡並不如此之多，演義也將它寫誇大了。又如，殺呂伯奢是呂先去報官的，而陳宮在赤壁鏖兵時還做著中郎將）。不過他實在寫得好，後人也不再給它駁回了。此書究係何人所作，至今尚為疑問；我以為原是一個古本，而經過毛宗崗和金聖歎所改作（金批《西廂》也大改特改）。而演義裡最好、最值得介紹的，卻是《南北史演義》，這是一部古本，沒有經過後人批點改削；它從高歡養馬寫起，一直寫到隋楊堅篡位北周而統一南北為止。它用侯景來貫穿南北朝，隔江兼寫，絕不冷落或疏忽了哪一面。尤其以寫高洋和齊幼主的昏淫，爾朱氏、宇文護的梟雄，比《三國志》寫得更要有根據，而更寫得生動。《兩晉演義》較為後出，是清末時代，冷泉亭長許伏民寫的，他寫得太史實了，但比《東周列國志》、《兩漢演義》都能夠寫得好。《隋唐》據說和《三國演義》同是羅貫中寫的；羅貫中有沒有這個人，現在已成了疑問。但《隋唐》寫得也別具風格，它和《水滸傳》一樣，能夠寫出每一個人的神氣；但他也和《水滸傳》一樣，它歡喜避去史實而塑造偽象，程知節、羅士信、秦瓊，都是唐書裡不甚知名的人，而他給寫得和諸葛亮一樣婦孺皆知。

小說上的史學，當然為老先生們所不談，但這一種深入民間的力量，絕對不可忽視。現在我再說一點中國小說在南洋的勢力，以作為本文的結束！

中國小說盛行於南洋，也可以說從明代就開始。因為我們中國人散佈於南洋列島，已有幾百年，馬來語就成了南洋華僑的言語總媒介。他們在國語之外，另造一種土語；它是在瓜哇發源的，普遍發達於荷屬東印度一帶。新到的中國人，說廣東話和福建話，相當沒有困難，否則，他們就只好學習馬來語了。

學習馬來話，有一捷徑，就是讀馬來注譯的中國小說，或是中國人辦的「馬來」文報紙，這一類報經常以登載一二篇中文馬譯的小說，作為基本編輯物，但它並不採取創作和新的任何小說，卻是刊載《三國》、《水滸》、《鏡花緣》、《封神榜》、《西記遊》之類，還有《三寶太監下南洋》，也是他們熟習而流的。據說，在二十年前，也有幾個報紙同時翻譯《三國演義》、《水滸》，甚至彼此大打筆墨官司，說那一方侵襲了版權。

他們對於小說故事當然愛好「武的」和「神話的」，但他們也歡喜愛情的。不過直到現在為止，那裡還找不到一本關於《紅樓夢》的散譯，而梁山伯、祝英台卻是普遍傳誦；他們更印成小冊子，繪上五彩圖畫，幾乎每個馬來族的婦女，手裡都有一冊；甚至政府印刷機關也用低廉的工作和紙張，來發印這故事。其他如《薛仁貴征東》、《鏡花緣》裡的「周遊列國」，也是他們所歡喜採印的。

他們並不瞭解中國詩，但他們知道李太白，他們將李太白醉草嚇雲書，譯成了故事，甚至於戲劇。而與李太白相提並論的，卻是「紅頂花瓴」的辜鴻銘。他們不知道杜甫，更不知道李義山，但也有人知道白居易。

一九一九年新加坡舉行一百週年紀念時，出版一本《華僑百年史》：其中說到有一位陳金包先生在檳榔嶼開始將《三國志》譯成馬來拼音文字，他選擇的是英文拼音，但一部分譯作，都採取了荷文的拼音。

他們不能譯中國詩，但有種「梁山泊祝英台故事」，他們也譯成韻文，出演於戲劇臺上，用悲厲的音節，從它戀愛的主角口裡唱出，而賺到人的眼淚。

《水滸傳》在西湖的遺跡

《後水滸》小說記宋江三十六人降宋，隸張叔夜麾下，平嚴州盜方臘，他們的遺跡，卻都在杭州西湖，最著名的是武松墓。

武松獨手擒方臘，曾見電影片有《水滸傳》以狄龍演武松，精悍無比。他的墳墓，卻在杭州西湖的西泠橋。武松墓本來是一抔荒土，墓後有一棵大樟樹，可蔭數畝，卻甚雄壯，上海三大亨黃金榮、杜月笙、張嘯林以氣類相感替他修墓立碣，正好與蘇小墓、秋瑾墳相並，英雄、美人、俠士鼎足而三，永傳不朽。

林沖墓　在城裡保佑坊三義樓麵館後面，知道的很少，但是三義樓的炒麵，和它對面的奎元館熬鱔麵齊名。梅蘭芳到杭州唱義賑戲，杜、張特請他上三義樓吃炒麵，他發現了後天井裡的林沖墓，他說這該叫楊小樓來修。可惜三義樓的地，賣給中國實業銀行，我還向該行行長鍾夏生進言，設法保存，但他也無能為力。並有一份好奇心，要想看看裡面有什麼東西，可是墳墓拆除，裡面一無所有。

石秀墓　蘇堤六橋，一名映波，是接通南山路的第一橋。過橋為赤山埠，後闢為公路。有四眼井廟，祀石將軍，相傳為《水滸傳》石秀，本有墓，今不知其處。

魯智深墓　從雲棲梵村出來沿江為九龍頭，其南為月輪山。其上為六和塔，其下為開化寺，相傳《水滸傳》魯智深在此坐化，有墓在塔院後。我曾數次找過，只有輕煙斜日，荒草一堆，不知其處，唯江潮嗚咽，千秋不改。羅隱、劉王（光世）都在近處，有之江大學。

張順廟　在湧金門。相傳湧金門有水閘，灌輸西湖水。入城，亦稱暗門（南宋畫家劉松年自號暗門，本此），設有千觔刀閘。宋江擒方臘，即命張順由水門潛入遇難成仁，歿而為神，極著靈異，杭人稱為青蛙神（按張順廟實為金華廟從祀。金華廟正祀錢武肅王大將曹杲，因築塘有功，封金華將軍，後人訛「金華」為「青蛙」，而由張順司之。事甚冗長，姑不贅）。

孤山先後屬林家

孤山在唐代已很著名，它的前後左右，一片是水，被西湖圍匝，但有一道白沙堤和它接通，故名孤山。堤上有一條橋，很是荒廢，張祜詩「斷橋荒蘚合，臥柳自生枝」，便指此處。宋真宗時代，有位大詩人林逋隱居於此；他愛種梅，把孤山前後全種了梅花；有客來訪他，都要坐船；有時客到，他卻出門去了；因此他養了一隻鶴，命僮子守著，只要客來而他不在，僮子便會將鶴放出，凌空飛翔，林逋望見，便會回來。當時有許多花農，都跟著林處士到孤山種梅，還築了一個放鶴亭，專門豢鶴。南渡以後，孤山變了大都市的觀光區，林和靖的遺跡，倒只剩了林逋墓、放鶴亭，一二古蹟，其他的地區都變了富貴人家的市場，遊覽仕女的歌場酒樓，最出名的樓外樓也就是其中之一。所謂「山外青山樓外樓，西湖歌舞幾時休，暖風吹得遊人醉，直把杭州作汴州」，便是南宋時代孤山的寫景。到了元兵侵宋，孤山也遭到蹂躪，元僧楊璉真伽盜發和靖墳墓，卻不見骸骨，棺中只有玉簪一支而已。

明末流寇作亂，把大好湖山送給滿清韃子。杭州有位姓林的典史，獨起兵抗清，事雖不成，慘遭夷戮；郡人仰慕他的氣節，將他葬在和靖墓後，至今倖存。清末還有一位福建的林迪臣太守，也仰慕古人的高風亮節，情願棄官不做，隱於孤山，歿後也葬在孤山。所以千古孤山，獨屬姓林人占盡，天公賦與也就有些偏愛了。

江南名勝多美食

中國人出門遊覽，總忘不了吃！而江南尤盛，所以到常熟遊虞山的，總忘不了王四酒家，那四面桃花，晴窗茅屋，十五六歲的女孩兒，捧出香噴噴的油雞（叫化雞）、醉醺醺的白酒（鬱金香），再加上四座鶯聲燕語，真使你不醉毋歸。到蘇州先去朱鴻興吃一碗油而不膩、入口即化的紅兩鮮麵，再到吳苑，在白如柔荑的手裡，接過白蘭花朵兒，連昨天喝醉的酒都解醒了。再有四擺渡的船菜、虎丘山上墳船上的箏燉肉，想著你會嘴饞。宜興去遊三洞，便要桃花菌配上冬菇鴨麵，和泥缽頭的家鄉酒。杭州郭七斤的魚圓兒、王飯兒的件兒肉，都不算絕，最絕的是煙霞洞金和尚親手燒的素菜，和花塢尼庵的沒尾巴螺螄、紹興城裡的雞鴨腰孵退蛋。上海吉陞棧的烹對蝦、洪長興的牛肉餅，這些都不是什麼名貴的山珍海味，但是你要沒吃過，一輩子也想不出來的。而最主要的一句話，就是「就地取材」。我還記得金和尚一句話，張靖江對他說：「和尚，你到我南潯去，給我燒幾天菜。」和尚說：「你請我不去的。」「為什麼？」和尚說：「你要我去，要把我的煙霞洞先搬去呀！」

人多地方不要去

我近來好靜，每有集會，或婚喪喜慶，皆不去。有人電話相邀，輒婉謝之，或問：「何故？」我說：「太太關照我，人多的地方不要去！」又問：「何故？」我說：「我怕太太！」人更不解。其實這有出典的。原來明朝大將戚繼光最怕太太，一日閱兵，他在操場上豎了兩面大旗，一紅一黑，下令道：「怕太太的都到黑旗下面！」於是人似潮湧，都向黑旗看齊，只有一個軍吏，戰戰兢兢的站在紅旗下面。戚繼光大驚，叫他上來問道：「你怎麼這樣膽大？難道你不怕太太？」這人觳縮答道：「太太吩咐，人多的地方不要去！」

新世說

等等看

司徒雷登出任中國大使，當和平談判破裂時，馬歇爾將返美，問此後對華策略。司徒表示三項：「一、積極以行動援助國民政府。二、等等看（Wait And See）。三、安全撤退。」（見司徒雷登《五十年在中國回憶錄》）今臺灣有一英文術語，遇事，輒曰：「Wait And See.」蓋採取美國政策之第二項云。

偉人名士

吳稚老未見中山時，自負頗高。留學日本，康、梁方創大同學校，稚暉力斥保皇黨，不屑南海而頗服新會。中山至，陳家樫欲與偕謁，稚老不欲，家樫遂獨往。既歸，吳遽問：「視梁啟超如何？」家樫曰：「何可比也。逸仙偉人，啟超名士。」則矍然曰：「有是哉。」遂往見中山。抵掌一談，終身服膺。

翡翠觀音

蔣夫人篤信基督教，嘗有翡翠觀音，蓄為清玩。李牧師請曰：「教徒例不蓄佛，請碎之。」夫人念碎之可惜，庋諸箱篋。他日，牧師請見，曰：「夫人未碎佛耶？主示夢矣。」夫人大驚，乃出翡翠觀音畀之李牧師而去。

資格不夠

程天放教育部長下任，欲為臺灣大學教授。臺大拒之，曰：「資格不夠」。

食麥

日本厚生省，提倡食麥，謂西方人長大，皆由多吃麵包。近二十年來，日本人多以麵包代飯者，體格日漸長大，要非無因。臺灣稻穀多二熟，尹仲容在時，力倡國人食麥而以穀輸出，所見甚遠。今則人亡政息，言之者寡矣。

還童

閻錫山夫人嘗投民選票，被檢票員作廢。大異，追查戶冊，始知民前年齡，誤填民後出生，核計僅十四歲，例無資格投標。

牛何之

警廳取締電影院黃牛，具陳省府，閱文者誤以為牛也，發交農林廳核辦。農林廳批其牘尾曰：「查與保護耕牛條例不合。」

酒大使

胡慶育任外交次長時，每月國際宴會，無不至醉。席散，十數人挽掖之不能起。旋外放阿根廷大使，其地多葡萄，釀美酒。胡喜曰：「恨不移封向酒泉，今得之矣。」祖帳，積詩盈尺。余詩云：「餞君以渡江三日不醒伯仁之美酒，贈子以居齊十年不易晏子之狐裘，送君以乘風上天萬里之飛艇，別君於朱方鶉火南美之炎州。」

白光

郎靜山誤購漏底膠片，洗出一無所有。人笑之，靜山曰：「我照的是白光。」

捷遲

許君武詩才敏捷，落筆不假思索。成惕軒作詩功夫甚深，落筆不苟，嘗坐火車，自臺北至臺中，一字推敲，尚未能決。人比之馬捷枚遲，周棄子目之曰：「天下許君武，平生成惕軒。」

甲骨文

董彥堂（作賓）為甲骨文權威，生前，教育部頒中華學術五項獎金，董得其一。數學家管公度列席審查委員，獨避席曰：「這一項我不審查。他就寫幾個字說管公度是什麼，我又如何認得？」

官與車

周象賢初為黃河水利工程委員會委員長，後為杭州市長，前後二十年不遷。來臺後，任陽明山管理局長，周夫人云：「別人的官愈做愈大，汽車愈坐愈小。只有我們象賢，官愈做愈小，汽車愈坐愈大。」蓋常以公路車上山也。

棍子

浙江省議長張強，永嘉人，不畏強禦，手一鐵杖，行動自隨。嘗至某處開會，門者阻之：「請你把這棍子放在外面」。張怒曰：「這許多棍子都進去了，獨我的棍子進不去？」

食量

溥心畬自浙海單舸渡臺，寓居臨沂街。弟子捧籍而立，皆身挾一筒，以受畫稿。溥誨人不倦，終朝筆墨不釋手。大腹便便，食量甚偉，高足多捧食具瓜果而至。心畬一手改稿，一手取食，嘗食蘇州肉餃，至盡一盒，不知為何物，但云：「好吃，可還有嗎？」已盡四十枚矣。

烏龍賽跑

南投縣運會，一二十七歲青年跑馬拉松，比世運紀錄尚少若干秒，觀眾群情歡動，遍地狂呼。大會總指揮對距離重新測量，始發現少跑了若干里。

狄君武詩

狄君武工於詩，不輕為人作。嘗為于右老題《王陸一遺集》云：「南都初奠北都平，黨內才名冠兩京，三首哀辭人斂手，陵前日昃想謨勤。」陸一，吳人，工諧謔，虛舟善觸，忤人而人不怒。嘗稱南京為南平，人或不解，王云：「北京已經刮平了，現在輪到南京，不平何待？」

大資本

張仲文昔年來臺，嘗欲自費拍片，云：「缺少資本。」某製片家云：「你身上都是資本。」

小市長

臺南有一位年僅十一歲的小女，到軍友社去登記，要邀請兩位女戰友到她家裡去過端午。她說：「我這小小市長，也是民選的。」原來她是臺南兒童公園學校自治會兒童民選的公園市市長。

四寶堂

吳湖帆嘗號其室曰「四寶堂」，四寶者，窓鼎、寶董室印、董臨淳化閣帖十卷，及其姬人阿寶也。

大姊好

焦鴻英自言：「我身上的好處，是發掘不盡的。」金門勞軍，與章遏雲交成莫逆。章謂焦云：「我一向沒有注意你的好處，現在弄明白了。」焦云：「你的好處，我也弄明白了。」

古妝今考　五則

口紅

「失我焉支山，使我婦女無顏色。」焉支是西漢與匈奴邊界的一座山名。山上盛產一種茜草，可以塗敷婦人面頰，增加美麗，故名焉支草，後來逐漸「寫訛」便成為「胭脂」了。

婦女們搽胭脂，似乎起於戰國以後。《詩經‧碩人》只說到：「手如柔荑，膚如凝脂，領如蝤蠐，齒如瓠犀。」它所讚美的，純是「白」色代名詞，而沒有說到美人有需要塗紅。但是〈伯兮〉篇卻說到：「豈無膏沐，誰適為容？」膏是一種油脂，可說是近代「雪花膏」的起源而不是胭脂膏。

《楚辭》：「容則秀雅，穉朱顏些。粉白黛黑，施芳澤些。」漸漸注意到面上天然的紅色。到了宋玉的〈好色賦〉，則直言：「著粉則太白，施朱則太赤。」而明白說到婦女面上的塗朱。但據近代考據，否定〈好色賦〉為宋玉原作，則戰國末期，婦女是否已經塗朱，尚無確實的證明。

所以，中國婦女的胭脂，當初實是從匈奴這方面傳過來的。《古今注》：「燕支，西方土人以染紅。」又云：「以染粉為婦人面飾，謂之燕支粉。」原來胭脂被婦女們採用，當初是用來代替「粉白」的。按《釋名》稱粉為胡粉，它說：「胡，餬也。脂和以塗面也。」用燕支合在粉裡，一起使用，故「焉支」，此一名稱，就漸漸兒變為燕脂了。

匈奴的皇后，「閼氏」，讀如「燕脂」，見《史記》注；而中國人則名之為「紅藍」，《史記索隱》引〈習鑿齒與燕王書〉：「山下有紅藍，足下先知否？北方人採取其上英鮮者作煙支，婦人採將用為顏色。吾小時再三過，見煙支，今日始見紅藍。匈奴名妻作閼氏，今可音煙支。想足下先亦不作此讀《漢書》也。」

習鑿齒「讀《漢書》下酒」是有名的，經他此一考證，於是焉支、燕脂、煙支、閼氏，合而為一，更無疑義了。

「南朝有井君王入，北地無山婦女愁。」胭脂井在南京的臺城，隋兵攻城，是陳後主帶著他的愛妃張麗華、孔貴嬪到井裡去避難的所在。「胭脂」二字更為詩人們所吟詠了。

到了唐代，胭脂更為婦女們不可少的恩物，而且不再和白粉糊在一起用，而是先搽粉，後施朱。〈好色賦〉偽託宋玉：「施粉太白，施朱太赤。」分明「粉」與「朱」是兩次使用的，所以我們可以由此找到線索，它是唐朝人的偽作（按相如〈長門賦〉、陶淵明〈閒情賦〉、宋玉〈登徒子好色賦〉都是唐人偽作，連六朝氣息都不夠的）。

唐朝人寫「粉與胭脂」都分開來對寫，如元稹：「敷粉貴重重，施丹憐冉冉。」他說明白，粉要一層層地塗上去，然後再將胭脂慢慢兒地搽上，完全是兩種手續；也證明了宋玉的「敷粉太白，施朱太赤」，和元稹是一樣見解。

還有，羅虬的「薄粉輕朱取次施」，也是把當時的化妝手續說得很明白。但胭脂的用度，也用來點唇。這種化妝術則六朝已經開始，鮑照〈蕪城賦〉：「蕙心紈質，玉貌朱唇。」〈嘯賦〉：「發妙聲於丹唇。」到了唐朝，不但婦人用口脂，連上朝的臣工，也口脂、面藥，隨身帶著，有時還出於上賜，像杜工部這樣老頭兒，他還受到「口脂」、面藥的頒賜呢。至於「接吻」的祖宗，則早見於漢武帝〈柏梁臺〉聯句，嚙女唇的東郭舍人，而不是「愛吃口紅」的《紅樓夢》賈寶玉才發明的。

唐朝的唇朱，恰也花樣翻新，層出不窮；見於唐人詩句，和其他記載的，其式樣有「石榴嬌」、「大紅春」、「小春嬌」、「萬金紅」、「露珠兒」、「內家圓」、「天工巧」、「洛陽殷」、「澹紅心」、「小朱龍格」、「雙唐媚」（俱見《淵鑑類函》）。

在這許許多多的名式裡，可以看出她們是怎樣施用「唇朱」的形形色色，千嬌百媚，別出心裁，但是被有一位詩人叫羅虬的，卻一句褒貶了：「櫻桃火色摘來初，爭似紅兒口上朱。」他的立意是說櫻桃的顏色是天然的，但還不及紅兒的朱唇將得天然（不用人工去塗飾她）。現代唇膏有名櫻桃口紅的，恰是很雅。

《淵鑑類函》列舉「唇朱」內中還有一種「聖檀心」，卻是錯的：一般的胭脂婦人，謂之「紅妝」，這種則謂之「墨妝」。李後主詞「沉檀輕注些兒個」，用沉檀來點的唇，卻不是「紅色」，而是黑色的。這種用檀香油來化妝的「墨妝」，在唐代的中葉，已經開始和用胭肢來化妝的「紅妝」作對了。

白居易〈新樂府〉說得最明白：「明世妝，時世妝，出自城中傳四方，時世流行無遠近，腮不施朱面無粉。烏膏注唇似泥，雙眉畫作八字低。妍媸黑白本失態，妝成看似含悲啼……。」這種妝飾，簡直像個鬼，但是從唐末、五代、北宋，一直到南宋（見陸放翁《老學庵筆記》）還是流行著。你說，奇不奇呢。

有人問：「這種墨妝應該是怎樣地可怕？」我說：「你沒看過崑班的《活捉》嗎？那閻婆惜鬼魂的打扮，大概就是由『墨妝』考據出來的。」

現在的唇膏，如果也有用檀香油而做成墨泥簇黑的塗唇出現，不「嚇殺人也麼哥？」那才怪呢。

皮鞋

古之所謂「韈」乃今之所謂「皮鞋」也。今作「韤」從革，一作「韎」，都是俗寫。《說文》：「韈，足衣也。」從韋。「韋」即「革」的古字。孔子「韋編三絕」，就是說用牛皮帶子來繫成的竹簡，也被他老人家翻得三次都斷過了。

《左傳》：「褚師聲子韈而登席。」是說明，登席應該赤足，連「韈」也不許穿的。

《炙轂子》：「三代謂之角韈，前後兩隻相成，中心繫帶。」現在的皮鞋，正是一樣製作。

臺灣人穿皮鞋，裡面照例赤足不穿襪子，走上榻榻米，就把皮鞋脫在外面，赤足登席。這倒是中國最古的古制。雖則臺灣風俗，留自日本，而日本的遺制，還不是從中國傳下來的！但是他們只知道「木屐」是中國的古制，而不知道西洋人的皮鞋，也是中國傳過去的古制呢。

更有一點可以引證的：日本人稱襪為靴司（諧音），英美人稱皮鞋為靴司（諧音），可知這兩種東西，正是二而一者也。

祺袍

今之所謂「袍」，乃古之「內衣」也。《禮記》：「袍必有表。」

鄭注：「袍，褻衣也。」《釋名》：「袍，苞也。苞，內衣也。」

《詩》：「豈曰無衣，與子同袍。」「豈曰無衣，與子同澤。」

鄭箋：「襗，褻衣，近垢污。」然則，袍乃內衣，澤乃汗衫，汗沾於襗，故簡寫作「澤」。

《周禮・天官書》：「掌王之燕衣服。」注：「燕衣服者巾、絮、寢衣、袍、襗之屬。」可見袍、襗都是穿在裡面的私服，而不是禮服。

到了東漢，始以袍為禮服。《輿服志》：「宗廟以下祠祀，皆冠長冠。皁繒袍。」這也就是《論語》所云「齋必有明衣」，又云「繒、絺、綌，必表而出之」，用繒來做的明衣了。同時，「袍」也是婦女的禮服。《後漢書・馬皇后傳》：「朔望，諸姬主朝請，望見后袍，麤疎，不加緣飾。」不加緣飾的女袍，正和現代婦女的祺袍同類。民國以來，許多講禮君子，多以為婦女的旗袍是滿清遺下來的妖服，而不知是東漢馬皇后遺下來的禮服。現在都叫它「祺」袍，而不叫它「旗」袍，明這個「祺」字是很有學問的。但不知馬皇后祺袍衩子，有沒有開得和現代婦女一樣高？連西洋人看見了都會搖頭的！

圍巾

古之所謂「帔」，今之所謂「圍巾」也。在唐代的俑像中，我們可以看到婦女的裝束，窄小的衫袖，袒著胸口，露出半臂，長長的一條裙子，束到乳部，剛剛遮到半峰，極像臺灣婦女，時代流行的洋服，但「它」們肩上還多上一條圍巾，從後肩披到前肩，而把兩隻露出來的臂膊掩住。從前臺灣人不怕冷，很少用這種圍巾的。自從大陸風帶到臺灣，這種絨線圍肩到了朔風寒汎的時候，也就大量出籠了。

這種赤著肩臂，而加圍巾的裝束，好像很時代，其實遠在唐宋就流行了。泥製唐俑，我們在古董鋪裡隨時可以看到，在古畫裡也見到很多。例如：張大千所摹的敦煌畫壁。珂羅版畫集所印的唐《張萱擣練圖》、周昉的《仕女聽琴圖》、元牟益的《裁衣圖》，都有這種裝束；服裝形式並不一律，這條圍巾，卻絕不可少。但是，查考古書，卻不叫它圍巾，而稱為「披帛」。宋高承《事物紀原》：「秦有披帛，線縑帛為之。漢有漢帛，晉永嘉間，制絳暈帔子。開元中令三妃以下通服。是披帛始於秦，帔子始於晉矣。今代帔有二等，霞帔非恩賜不服，直帔適用於民間。唐制，士庶女子在室搭帔帛，出適披帔子，以別出處。」

有人認為，「披帛始於秦，披子始於晉」之說缺乏根據，甚有問題。後唐馬縞的《中華古今注》說：「古無其制，開元中詔令二十七世婦及寶林御女良人披帛。」好像到了唐朝，才有似的。但劉熙《釋名》云：「帔，披也。披之肩背，不及下也。」郭注云：「婦人領巾也。」劉熙是漢末時人，郭璞是晉初時人，則圍巾的出世，雖不見於秦代載紀，但亦早於晉人，則可以確定了。

剪刀

剪刀，既不屬於裝飾品，但為古今閨閣中不可少的恩物。《說文解字》：「前，齊斷也。」前，便是「剪」的古寫。古文字很簡單，後人才把它加上偏旁而分別說明。所以劉熙的〈釋兵篇〉說：「翦刀。稍前進也。」是解釋弓翦的翦，尾上加羽而前進的意思。所以剪刀，亦一稱「翦刀」。因為以剪裁帛，是一直向前進的。但在魏晉時代則是「交刀」。

《世說》：「爰琮得交刀，主簿曰，今得交刀，當得交州。」《六書故》：「翦，交刃刀也，利以剪。」這裡說明了刀的形式，和剪的作用。所以後人就索性稱它為剪刀了。「交刀」正是形容剪的兩股相交而成。有人以為交州出剪刀，是誤解。

杜甫詩：「安得并州快剪刀，剪去吳淞半江水。」那「并州」才是出剪刀的地方。周清真詞：「并刀如雪，纖手破新橙。」便是并州出的剪子，後人又簡稱它為并剪了。所謂「爽若哀梨，快如并剪」，便是這個出典。李賀詩「細束龍髯鉸刀翦」、「剪取一幅玻璃煙」，卻是形容剪刀的鋒快。

元明人用到并剪的，有張伯雨詩：「吳淞水剪并刀薄。」袁能伯詩：「并州好剪來駢頭。」楊廉夫詩：「便欲手把并州剪，剪取一幅玻璃煙。」他們都不脫杜工部和李賀的窠臼。

唐宋時代的剪刀，近年很多出土。唐代剪刀多用鐵製，少銅。宋代多用銅製，少鐵。并州是唐代的產鐵鑛區，所以并剪出名。宋代出土的銅剪，多在鉅鹿，是宋代產銅之區；這批銅刀的形式，也和唐代的并剪不同。唐剪像兩個「泉布」而交尾作小圈，宋剪則銳頭環尾而更作一小圈。這兩把剪刀的分別，是宋剪在8形的製造方面，已發生了彈簧性的作用。關於剪刀的歷史演變，因為博物館的考證缺乏，只好考到如此為止。但元明人的詩卻不曾提起過宋代的「鉅鹿」，而仍沿用著唐人的「并剪」，此亦詩人用典之一弊也。直到近代詩人作起詩來，也還是不忘并刀。「剪取吳淞半江水，惱亂蘇州刺史腸」是一個例子。其實最近二百年來，倒是杭州的剪刀出名。太平時期，春秋兩季到杭州去遊西湖的仕女們，誰不要買幾把杭州張小泉的剪刀回去？它是修剪指甲，閨友們絕不可少的一個良伴。現在臺灣，雖也有剪刀，但拿它來修指甲時，總沒有杭州張小泉的剪心來得如心如意。說了，又要犯思鄉病了，就此打住。

年景什談

臘八粥

《慶頂珠》裡的蕭恩說：「早年講打，猶為小孩子過新年，穿新鞋，戴新帽的一般，如今哪，老了，不中用了。」

過新年，實在是個令人回憶無窮的事。尤其我們小孩時候過的新年，像大年初一，剛醒過來的美夢，去枕邊掏著押歲錢的一般，那一股子溫暖，融融地叫人捨不得睜開眼來，怕一會兒逝去。

以前我在電視裡講過「臘日送灶」，可是時間匆忙，遺漏的很多。現在又到送灶的日子了，對景掛畫，我再寫點「年景兒」，也許在臺灣長大的青年們，聽了有點摸不著邊。不過，這種太平景象，只要我們一旦再回大陸，一定就會恢復享受的。

過年從陰曆十二月初八「臘八」忙起，也就是年景兒的開頭。這一天，只是一個小節目：「吃臘八粥」。不過，一頓臘八粥，就有許多等級的不同了。因《梅龍鎮》裡李鳳姊說「我家有三種酒飯」，臘八粥至少也分三等：(1)素的、(2)葷的、(3)大葷的。最上等則是素的，它用蓮子、桂圓、奎棗、藕節、芡仁、荸薺、桂花米、紅糯米煮成的一鍋糖粥，這鍋粥，又稠又甜，簡直是小孩的恩物，一直要吃到大年三十「分歲」，一次一次地重加重煮，像個聚寶盆一樣，象徵著一家的財富，永遠用它不完。

灶王爺

東廚司命，俗稱灶王，自唐已然，亦稱灶君，而吳俗則稱之為灶家老爺。《論語》：「與其媚於奧（家堂），毋寧媚於灶。」春秋之前，已有灶神，蓋為五祀之一，夏所祭也，則灶司俗稱姓張。《論語》朱注：「古周禮，祝融為竈神。」祝融即鬻熊，黃帝之臣。《淮南子》云：「黃帝作灶，死為灶神。」《五經異義》：「灶神姓蘇名吉利，夫人姓王名搏頭。」《酉陽雜俎》：「灶神姓隗，狀如美女。又姓張名單，字子郭，夫人字卿忌，有六女（古灶有六眼），皆名察洽。」語皆荒誕。

灶馬：蟑螂名灶馬，俗名灶壁雞。灶有馬，足食之兆，臺灣人尤重之不可打殺。過年，木版印灶神像亦名灶禡，《東京夢華錄》：「十二月二十四日都人至夜燒香帖灶禡於竈壁，以酒糟塗之，名醉司命。」則二十四並不送灶，與今俗異。

羅隱〈送灶詩〉：「一柱清香一縷煙，灶君皇帝上青天。」則五代時已送灶，懼內者稱妻為灶君，「寧可驚天動地，不可驚動灶君」。

送灶

吃過臘八粥，有得忙啦，醃冬菜、做醃臘、薰臘、打南貨都在這個時間裡忙，忙到大年二十三晚上，便是送灶。據說灶王爺官拜玉皇大帝駕前東廚司命。這位老爺，來頭遠呢。戰國時代的屈原〈九歌〉，便提到他了。一戶人家，長年三百六十天在他老人家面前敲鍋丟盞、打雞罵狗、說東家、說西家，灶司爺都有一本帳，年年二十四，他老人家就要上天奏明玉皇大帝，核定該戶明年的吉凶賞罰，所以二十三送灶是個隆重的節日：要用一隻竹子燈（名為傳福），外面糊上紅綠金花子，再用紙捲成轎桿，便成了一具非常漂亮的灶王轎，送灶時，把灶王爺的紙馬放在轎內，還要給他嘴邊，黏上一塊粽子糖，叫他上天庭，見了玉皇大帝，甜甜蜜蜜地說上一堆好話，這家了便一年有福了。這件大事，均由小孩子來擔承。供灶只有三樣糖果，卻有一盆千張（豆腐皮）捲成金條模樣，每捲塞進一根豆芽（名為銀線），灶王上天，並不帶去，留在灶山上，讓它發霉，二十八灶王回家，這盆千張，卻發了大霉，奇鮮無比。這是江浙最愛吃的恩物，學名叫「霉千張」，據近代科學家考據，它是非常合於邏輯的多種維他命食品。

灶王上天去二十四早晨的零時，並無多大儀式，也不放炮，怕他上天會驚了他，跌下來。卻看焚燒的紙馬，灰飛得高不高，如果扶搖直上，這家大小，便喜氣洋洋，知道灶司爺一定上天替他們說好話去了。

謝年神

謝年，是一年最大的祀典，有的一定在年二十八，有的則選諸神下降黃道吉日，酬神祭品，視各人家境的豐儉，但至少具有三牲：豬、雞、魚。雞用憲雞，魚用鯉魚，江浙人平時鯉魚不進門，只有開蒙（小兒上學）謝年用。鯉必成雙，用紅紙剪成元寶貼魚眼（這樣，魚在盤子裡就不跳），祭神後放生。雞用憲雞，也是雙的（亦名九斤黃，即重到九斤的黃憲雞，憲雞就是太監雞，從春天就養起來了），豬用豬的頭、尾代表全牲。其他乾果蜜餞供品至少也得十六樣，再加大大的一盤年糕、一盤粽子，襄供左右。上面供的諸神天將，講究的人家，都有家傳的泥金藍地的神位。普通人家則在請灶司的一天，就向南紙店請來紙馬。名目繁多，不可缺少的為玉皇、三官、財神、福星、家堂、戶尉、東廚司命、井泉童子，至少也有十五六位，排成上下。這時候，焚起絳香，高燒絳蠟，紅燒獸炭，滿堂桌幃椅帔全是紅的，喜氣洋洋。女眷們完全迴避，只有男子，大大小小，穿上新衣，戴上新帽，鋪上紅氈，從白鬚的祖公公領頭，一直到學走的小孫孫，一個個挨班魚貫，在神桌面前磕頭，肅穆無聲，進過三爵，年鑼鼓排開來了。鬧頭場，吹牌子，還有大花盆的梅椿，大膽瓶的蠟梅、天竹，和大磁盆的水仙花，檀香氤氳，花氣迷漫，彷彿諸神真的在下降了。

酬年祭神從申時開始，酉時散福。神桌便不再收了，一直留到年初五接財神。同時，爆竹大鳴，講究的，必用潮漳百子，一掛一萬，放起來簡直春潮一般，鼓鑼也加緊了，人人臉上現出希望無窮的笑容，而聽不到彼此的偶語了。

管家們把三牲祭品收下去，轉過屏風後，自有老媽子接手。後堂早就預備好大圓桌，女眷們都花團錦簇地候在走廊外面，互道恭喜。男主人卻還有一件大事，便是把獸炭爐裡一個燒紅赤亮的歡喜團（炭球），一直送到老太爺的臥室「大宮熏」裡，名為「接火」。這個火一直要旺著，好比世界運動會的聖火一樣。

年夜飯

年夜飯在上海並不定要大年三十，有的接過灶就開始了，而且彼此輪流，東家吃到西家，吃個不斷頭，這是寧波人鄉風。蘇杭則恪守大年三十分歲，一定要全家團團一桌；有的子姪輩遠在他鄉異縣，都得趕回來；真有要事稽留趕不回來的，則在圓桌上替他每人安上一副空杯筷；這會引起氣氛上的不愉快，甚至老祖婆會落淚而媳婦耽了晦氣。

年夜飯須先請祖宗（祝饗），祝饗之後，才是分歲。有媳婦的，熱炒先由媳婦去做，四簋之後，才讓廚子去做。而主要食品，則為「憲雞」、「鹹魚」、「醃肉」，也就等於謝年的三牲，其他小炒大菜，各稱家之有無，最主要的媽子，則為當中的大暖鍋。東北人主要為酸菜白肉。江浙人主要則為金銀四寶：(1)黃的蛋餃、(2)白的魚圓、(3)紅的大蝦、(4)黑的海參、(5)青的菜墩。再加上全雞、全鴨、火腿、冬筍整整的一大鍋；鍋是錫的，外面包銅，下煨獸炭。

年夜飯更有兩項重要的食品，一為線粉，吃完飯，大家要從暖鍋裡取出線粉來，加上魚圓、肉圓，各人用小碗盛了，放到自己的床底下。據說年三十是老鼠做親，牠們要拿去掛燈結彩，過了初五到床底去看，如果被老鼠吃完了，便是你一年的好運。

辭歲和守歲

吃過年夜飯，重要的節目是辭歲。那是大年三十的重要節目，先在大廳神桌前面擺下一對大紅椅帔的太師椅子，鋪下紅氈，滿堂燈燭，孫曾排列。兒子媳婦扶著二老，緩緩地從二廳出來。坐定，兒媳、孫曾一對對、一排排向老人家磕頭。拜後，孩子們再向大人磕頭。然後平輩交拜磕頭。辭歲畢再回二廳，已經預備好大大一張圓桌，放好大骰盆，六顆大骰子，大家來擲「狀元紅」。小孩子這時還沒有領到壓歲錢呢（壓歲錢是在大年初一睡醒過來，枕頭底下摸出來的），但是他們都有經常貯錢的「撲滿」，這時候便打開來做賭本了。由狀元紅、趕羊，而擲到陞官圖。時間十二點不到，門外家家爆竹，戶戶鑼鼓，輪到老太太起來加天香，加好天香便去安息。孩子們工作卻更繁忙呢，封井（將井泉童子燒化）、接灶（有的二十八接灶）、封門（封門的儀式也很隆重：用矮桌子放門口供上尉遲恭、秦叔寶的神馬，他們卻是喝燒酒、吃羊肉的，一樣給他們放鞭炮，打年鑼鼓，禮成封門，貼無字〔無事〕對聯）。封門之後關門大發財，有的賭牌九，一直到天不亮，名為「守歲」。

兜喜神方

大年初一，第一件事是開門。開門當然要放炮竹，剛才靜寂了一點的爆竹聲，這時又春潮喧起，真是「爆竹一聲除舊，桃符萬象更新」。昨夜貼的無事對聯，現在都是「文章華國」、「日月光華」那些吉羊句子。小孩時候很想不懂，什麼時候寫上去的（而且有一樁故事，據說出於《三笑》），其實是貼無事對聯的時候，裡面早襯好了一副了。開門儀式完畢，便是兜喜方，這時候天只有濛濛亮。按照春牛圖喜神方向去走一走。起初，不過是孩子們的事，到了上海有了馬車、汽車的時候，便是一樁大節目，人家眷屬出來的很少，而長三堂子的倌人卻在年夜飯吃過便出來兜喜方，四馬路、大馬路，擠得水洩不通。孩子們拿著金錢炮，直向轎車玻璃上甩，而這個喜神方一直趕到上海城隍廟搶頭香去了（上海風俗和杭州有很多不同的，這裡從略）。

元旦

大年初一，家家起來很晚，因為年三十玩得太痛快了，年初一總要睡到下午兩點才起身。女僕先上來口稱恭喜，端上早已預備好的蓮子茶，細磁小盅，精巧非常。接著是「橄欖茶」，第三道才是龍井清茶。然後梳頭娘姨上來伺候妳梳頭洗面。化妝完畢，先到花廳，小一輩的都在那裡伺候了。花廳上掛著一軸一軸的祖先神容，供著花香果品，點上香燭，先拜祖宗，然後挨次拜年，先大後小。小孩子除了早晨醒來摸到壓歲錢之外，這時又得到拜歲錢。僕人也和小孩一樣，他們都很富有了。蘇杭風俗，大年初一，都不出門，午飯也簡單。天不晚，就睡了，名為「趕雞宿」。小孩子卻不肯放過節目，便拉著傭人們上城隍山

（杭）、玄妙觀（蘇），那是原始的大世界，百戲雜陳，應有盡有，但玩到四點鐘也就回來睡了。有的打打年鑼鼓，因為大人們睡了，不敢鬧，只打「良鄉八合」（得而長，得而長，長長令長一透長）。元旦是一年第一個大節日，過得卻並不鬧猛。不像臺灣，年初一滿街都是拜年的，卻都在別人的門外轉，連進去站一站的也沒有。

拜年

初二，才正式拜年，女眷還不出門。拜年的都只坐一坐，就走了。有的只分一張名帖，不進來。但下人們的紅包，卻都隨帖附送，不像現在，儘是素事兒多。從前過一個年，下人們確是可以發一點小財。

初三開始才是至親好友，正式拜年。每家預備的年菜便在這時候開始應用，一直到十三上燈，還在彼此拜年，彼此家中吃飯，家中聚賭。客人多的，一天可開十幾桌，於是，才知道過年為什麼要預備這許多醃冬臘物的年菜了。正式拜年大概到初十，也有拜到十八落燈的叫「拜晚年」。

接財神與供祖宗

年初五名為「五路日」。接財神在初四的後半夜。寂靜了三天的爆竹，又潮沸起來。接財神就用祭神的供桌，儀式卻簡單了，婦女也可以參加。供品最重要的是一大方羊肉、一大罇燒酒，據說五路財神，就是五通，俱是異類所化，不和天上神道一樣。接財神時，如有一樣活物在供桌上發現，那就要把牠供到花廳上去，和祖宗一樣看待。天天上香，直到落燈，收了祖宗神容的時候為止。但些那活物，卻會變化，等不到一天半天，就不見了。這些發現的活物，最隆重的是青蛙，便要用鼓樂把牠送到金華將軍廟去（按金華訛音為青蛙）。牠還會吃燒酒，吃了皮色會變紅變金，俱為吉兆，如變黑，那家今年要倒楣了。

上燈

戲，是除賭之外的一種大娛樂。廟裡酬神有戲，會館團拜有戲。最好去處，還是戲館。「天蟾」、「丹桂」各大舞臺，從去年二十邊開始，演封箱戲。《六國封相》、《八百八年》等吉祥戲，再演反串戲。演到二十五六停鑼。大年初一開鑼，例邀京滬名角，演出吉祥故事。拿手好戲，不過《慶賞黃馬褂》、《慶隆會》、《迴龍閣》之類。十三上燈，戲就鬧猛了。各個戲園子都要排燈彩戲，如《洛陽橋》的海底龍宮、《斗牛宮》的天上仙境、《遇龍封官》的人間燈彩。無不鈎心鬥角，突出心裁。而小子和的《洛陽橋》縫窮婆、賈璧雲的《斗牛宮》仙女蔡天花、小連生《遇龍封官》的正德皇帝，至今老年人還都記著他。

戲園子裡燈彩固然鬧猛，各廟裡的燈彩也不輸它。而大街小巷，便是最貧戶，也要掛出一盞荷花燈來湊湊鬧猛。孩子們更起勁，拜過年就在家裡埋頭苦幹地紮走馬燈、兔兒燈，各奇各式的燈。到了上燈節，自成燈隊，抗著年鑼鼓，金錢花炮，穿街走巷。元宵節更是仕女傾城，全家出來看燈。有的還在家門口貼燈謎，射文虎。好事少年則編成「舞龍」和「舞獅」隊，流星月炮，鼓樂喧天，真是處處金吾不禁，家家火樹銀花。

吃春酒

現在，去到人家拜年，加上一隻暖鍋，幾樣熱炒，便算吃春酒。其實只是過年剩菜。蘇杭風俗，拜年便不留客吃飯，真的「春酒」要上燈十五才開始。大賭局也從此開始。一直鬧到二月底三月初還不曾完結，那全是大人們的世界，小孩子早已上學念書，挨不著了。

正是：

夢憶陶庵似冷殘，東京元老付空談。
重開閨牒教孫輩，白頭伶官七十三。

麻將經——定公戲作

「麻將」是中華的國賭，可說凡是中國人百分之七十以上，不會沒有摸過牌的。認識「筒」、「索」、「萬」則於六七歲上，已在家庭賭桌角上開始學習。到十五六歲正式「上桌」，已經算是「晚達」的了。但是打到五六十歲，還是沒有畢業，它不像下圍棋、打橋牌，那樣有超峰極頂的（除了會作弊的職業手法）表演或階段紀錄。原因是圍棋是是兩人對壘，橋牌雖是四人，卻是雙打，壁壘仍是雙方。唯有麻將則是東、南、西、北四家各自為政，其中程度不齊，用心不一，所以雖有好麻將的，遇到對方，既非敵手，被他們一陣蠻幹、瞎幹、硬幹，也會殺得大敗虧輸，片甲不回。再進一步說：三個壞的夾著一個好的，好的未必能操必勝；三個好的夾著一個壞的，遇到風頭好的時候，他也會一帆風順，獲個全勝。不過又短局是可以的，如果一場又到二十四圈以上，那壞的就難保持紀錄，而結果必是慘敗了。這緣故，便是三個好手他們可以合一陣來對付一個壞的，而三個壞的卻無法聯合陣線，對付好的。拿公式來算，三好，一壞，還是成了合一對付的局面，而破壞了麻將公式的四角爭雄。

現在麻將在日本也很風行。他們都是打十六張的，雖是四人同局，但只有放銃的一人輸錢，其餘的兩個閒家，就可不管。這樣，雖有四人，還是對局，所以這裡面的成績，就容易分出高下來了。據說日本麻將也和棋道一樣，有了「級」、「段」。而不像中國人叉麻雀的「只是好玩」、「不求甚解」了。

臺灣麻將也和日本一樣，「十六張」、「放銃會鈔」，而且還有附帶許多規矩條件，都是大陸上所沒有的；這種麻將，好像是抱定宗旨不放銃，就可以保持紀錄了。但是霉家愈是犧牲自己，扣住生張，旺家愈是會得自摸和滿貫。所以，以不和為消極抵抗，結果還是輸錢。唯有避重就輕，不耗閒張，自己能夠成牌，方得「穩」、「準」、「貪」、「速」、「狠」之妙訣而為方城中五常上將也。

臺灣麻將在臺中很流行。臺北好像並不很普遍，不過談起來也有不少賭友，認為非常合理，值得研究。日本的麻將也許從臺灣流傳過去的，但他們已經在那裡分級、分段了。

日本人研究一樣東西，便是娛樂，他們也當一樁正經事幹，例如：花道、釣道、茶道、書道、棋道，哪一條「道」不是從中國傳過去的？到了他國便成為一種專科，將來麻將一定也有一道。

不過，中國與日本的分別，也就在於此，中國人對於任何「名」、「物」都抱著知其然而不知其所以然的態度。而日本人則必須尋根究柢，瞭解個明白。所以，中國的娛樂，唯情的，日本人的娛樂，是唯物的。中國人近乎哲學，日本人則純用刑名。

麻將雖稱國賭，卻無專書。從前袁寒雲曾寫過一本《麻將經》，可也沒有把麻將的來源沿革說得清楚，至於技術方面，他本人便是一個「老書生」而晉封「尚書閣老」的（賭友逢賭必輸的徽號），當然沒有能將必勝的獨特技巧可以留示後人，研究模仿了，這本書也就不傳。

麻將究竟起於何時，也和鴉片一樣，言人人殊。但鴉片一名「鶯粟」，最早見於《維摩經》；隋唐時，中國已經有了這個東西。後來蘇東坡、陸放翁的詩裡，「童子能煎鶯粟湯」、「旋烹鶯粟逢僧話」，都是說明把鶯粟煎湯；至於收膏吸食則始於明朝萬曆，有史可考。麻將歷史，則無此斑斑可考的證據。有人說麻將原叫「馬將」，就由北宋的馬弔，遞變而來。也有人說麻將，原本是葉子戲，始於南宋賈似道，後來才改為竹牌的。這兩說，都似是而非。「馬弔」，李易安有「譜」，是用骰子擲出色來，再用注碼在圖上競賽的；大意類似於我們幼年時玩的西湖圖、陞官圖，與麻將全不相干。葉子戲一名「遊十湖」，據說南宋賈似道發明的；但它的賭具是用三十六張「牌九」牌，去掉重複，各衍為四張，用紙糊成葉子，四人成局而三人打牌，一人做夢。此一遊戲，衍變而為紹興的「王湖」，蘇州的「同期」，長江一帶的「豆餅」、「花湖」，而與麻將的筒、索、萬、東、南、西、北、中、發、白亦全無關係。

據寧波人說，麻將是原始於寧波沿海的漁民：漁民出海，每日在驚濤駭浪中，無可消遣，乃將他們的「籌碼」來做賭博，原始只有兩顆「骰子」（一名將軍）是賭具，而筒、索、萬則是一種漁船上記數的竹籤。漁民打魚，論筒計算。打滿一筒，交存紀綱，便給他「一筒」的竹籤，以為記數。一筒魚錢，值是一百文錢。打滿十筒，便給他「一索」的記數籌碼。一索便是一貫，也叫一弔。我們幼年時所見的麻將牌，「筒子」刻著圓形，與現在的無甚分別。「索子」則確是刻著一弔錢的花紋，推而至於九索，也是九弔錢的樣子。而一弔的形狀，太不雅觀，由「弔」而想到「雀」，於是將一弔刻成麻將。打麻將原叫「打麻雀」。張宗昌還有「雀吃餅」的趣事。「打麻將」三字還是近二十年來才普遍的。

所以「筒子」只有九個。因為進十，便成了一弔了。由一弔推至九弔，進十則成了一萬。由一萬再推而至於九萬，則為滿貫。所以和大牌稱為「滿貫」，便是這個起因。不過，船上的原始玩法，並不和現在的麻將一樣：「筒」、「索」、「萬」是各人的賭本（上岸各漁戶憑籌碼向牙行領錢），而賭具僅是兩粒（將軍）賭法。採取「鬥蟋蟀」與「鬥鵪鶉」（按此兩種是江南的大賭，極有可觀，此風至今不衰），各人踏在船頭，把他們所有的籌碼（筒、索、萬）取出來「堆花」。堆到彼此財力平均時，然後擲骰，比較輸贏。全憑兩顆骰子，命運決於俄頃。

這種賭法，逐漸上了岸。但是漁戶的賭，是一種水手的賭，太粗豪了。岸上人家沒有這類勇氣，卻有巧思：才把那「筒」、「索」、「萬」的籌碼改成賭具，而又採取了「葉子」的形式，將它每一名色，仿照葉子戲增為四張；又把長形的竹牌截短，而成為現在流行的竹牌型※式；漸漸流行都市，才給它加上竹背牙面的考究裝潢，而形成了今日流行的，所謂「麻將」。打麻將的形式也有許多沿革。我們幼時，打麻將，各人面前只砌二十一張，名為「砌堤」（亦名「築城」）；另做十三張，六張雙排，上加三張，名為「做船」（亦名「烏龜」）。四堤造成，中心為湖，然後由莊家將骰子在湖中擲出點子。仿照「牌九」方式，將本門的船，移位交與對家，或上下家——則非常象徵西湖船上湖堤旁邊，打圈子遊行。等到成牌，便把十三張排成一列，吃倒的朝天，手裡的闔扑，其名為「報碇」（現在叫「聽牌」），表示船已下了碇，「碇」了的牌就不能再掉，專等別人打出碇張，或是自摸，這才叫「湖」（現在叫「和」）。

「碇」了的不能再掉，現在已沒有這個規矩。但是起手就「碇」的，名為「報碇」（又名「直立」），可以將牌全部闔倒，卻不能再掉，和出來加一翻，還是存著古制。古老人什麼卻講個「彬彬有禮」，這種玩法，是非常有紳士風度的；不像現在叉麻將，機詐百出，專以贏錢為目的。孔子云：「必也射乎，其爭也君子。」不但報碇的牌不許掉動，還有「別人打過的牌，不許再吃」。從前的老規矩，現在臺灣麻將還保守著，也是「葉子戲」裡留下來的。所以說麻將起源於葉子，也不無一點影子。

四人作戰，智力不一，程度不齊，固無人能操必勝之權；但在技巧純熟的老法家，卻也有一點中心的權輿，至少，他能夠「贏起來贏得足」，「輸起來輸得少」，這在麻將經上便叫做「看風頭」。風頭便是牌運，也就是這個人今天的賭運。一個人在賭的時候，風頭好壞，真有一種不可思議的命運，所以稱為「賭運」。賭運來時，真有一帆風順，有求必應之樂。在這個時候，你就要「趁其十年運」，一路趁足，卻又要膽大心細，時時看著機會，時時提防失著；這樣你就可以贏足，而吃飽上山。等到風頭背晦的時候，你可不要與牌爭命。有句術語：「寧可與爺嘔，不可與牌鬥。」這便是麻將哲學。

麻將人人會打，各有巧妙不同，但此中沿革，也就大有滄桑了。我在八九歲時才看到家裡人打麻雀，那是家庭娛樂，常常祖母、母親、伯母、嬸母坐一桌。籌碼還是「遊十湖」的牙籌，刻著「天」、「地」、「人」、「和」。輸贏的總兌，不過幾百個光緒銅元，看見銀角子已經鳳毛麟角。但是婚壽、喜慶、花廳裡已有一桌麻雀應酬上賓，他們的輸贏，會大到二十塊現龍洋，名為「十么二」。到我十五六歲的時候，則家庭賭已有現洋輸贏，而外邊的賭注，則漲到「百么半」，便是一底籌碼輸完，要算五十塊現洋；也有大到「百么二」的，則唯有上海的總會麻將，才有這種輸贏。至於清和坊、日新堂子裡請客，倒不過「十么二」的麻將，甚至只有四副牌，三塊的輸贏：便每副牌放銃者出三塊錢，總共四副牌，合得十二元，正好一桌花酒的總值，主人只要再加上四塊錢下腳，便算一個花頭。如果主人豪闊，「八和」、「兩酒」，那本堂簿上便可替你記上「一打花頭」；那非做先生的（倌人）和客人有特別交情，遇著「彈仙」、「打譙」或是「生日」，絕無如此豪舉的。到了民國初年奢侈日盛，情形便不同了。

不過，麻將的規則，仍極少變動：仍是十和底，除了「四喜」、「三元」一定倒辣之外，清一色只有三抬，臭一色一抬；其餘的槓頭開花一抬，海底一抬，搶槓一抬，門風一抬，八十和倒辣，再沒有別的花樣了。李涵秋民國二年寫的《廣陵潮》，袁寒雲民國五年做的《麻將經》，都只到此為止，沒有寫出其他花樣；後來才將「槓花」、「海底」、「搶頭」加上「平和」、「對兒和」、「金雞」而稱為「老六抬」；也有加上「三暗雀」、「二八將」而稱為「老八抬」的。但是「辣子」還是一百和。平和如果自摸，只算十二和，而能加一番了。

這種原則，一直維持到民國十一二年，無所變動；不過額外加番的，還有一座「花」，「春」、「夏」、「秋」、「冬」，或是八座，加上「漁」、「樵」、「耕」、「讀」另有骨牌，刻得非常精細，不過必須跟著座風才能加番，例如坐東風將「漁」、「春」，坐南風的將「夏」、「樵」類推，不坐著的，只加四和，不能加番，但是「辣子」卻因此而漲高，有算到二百和才到「辣」的。

軍閥時代北京政客最出名的有王克敏、張岱杉，他們都以財政總長而主持麻將賭局，每日有成千萬的輸贏。據說，賭的態度以王克敏為最好，他永遠口裡銜著雪茄，大牌在手，一塵不驚，當莊倒辣，面色不變，手中雪茄自始至終煙灰不落，大有謝安石圍棋賭墅氣象。張岱杉臨牌，適有鄉人者謁，重在求官，岱杉命其代牌；局終，岱杉問有勝負乎，鄉人曰：「幸無勝負，贏一小籌碼。」岱杉命其兌款，則赫然五千金。岱杉曰：「可以歸矣，以此為足下壯行色。」

此二人者其賭品之高，氣度之佳，可謂磐磐宰相之才。至若喑嗚叱咤，能使萬夫辟易，則有關外王與狗肉將軍。而麻雀賭法，亦遂花樣百出，除「一條龍」、「三相逢」、「五門齊」、「一般高」、「姊妹花」之外，又有所謂海底撈月（海底摸一餅）、嶺上梅開（槓上摸五餅）、踏雪尋梅（五門齊而以白梅五餅雙碰碇牌）、雙龍抱柱（兩個一般高，再加一對麻將）等等，不勝枚舉，而張宗昌乃以「雀吃餅」創千古之奇局。

張宗昌本以吃狗肉（賭牌九）著名，麻將非其所長。一日，與僚屬打麻將，手裡索子一色，一索等張。忽有人打出一餅，張大叫「喊和」，左右皆曰：「大帥，這是一餅，不能和。」張曰：「俺的雀子餓久了。吃塊餅子怎麼不能和。」僚屬不敢辯。既而，他人亦有以雀吃餅報和者，張曰：「不能！牠剛才吃過餅了。」既是無奇不有，雀吃餅就只可有一次。

奉軍南下，以張宗昌蹂躪上海，而「無奇不有」的麻將經，乃盛行於滬。滬人本好事，更巧立名目，有所謂「回頭一笑」（必須自己打過之牌乃和）、「心照不宣」（必他人有暗嵌而能和者）、「中南銀行」（中風、南風同時開槓）、「倒貼小白臉」（下家打出白板和單市者），離奇荒謬，莫此為甚，而「百搭」因此產生。

百搭是用一張「白板」塗上一點指甲油（蔻丹）而封為百搭的，任何牌色均可代用，比了「雀吃餅」還要神通廣大。而無奇不有的名目亦層出不窮，一牌和下來，花樣名目有至五六十番而不止。打牌入席，各家規則又復各家不同，甚至列為專冊，以備查考。亦有屬成橫額，黏在電燈罩上，每和一牌，以資對照者，乃至喧呶紛起，一牌算和，費時至數分鐘而不能解決的，時謂之「天下大亂」，不久而有「八一三」之禍。

敵偽時期，花樣名色，愈加怪誕百出，有所謂「中南銀行吃炸彈」者（中風、南風碰出，一筒弔頭）、「青天白日滿地紅」者（中風開槓，索子一色，白板弔頭）、「七十六號坐老虎凳」者（四筒開槓六、七對倒），諸如此類，異想天開。久之，乃有所謂「老怪」出現：本來摸到「百搭」任何可和者，摸到「老怪」則該牌全部完彈，不能成和，而私詈之曰「汪記」。

勝利以還，無奇不有，乃至流行全國，變本加厲，荒謬無倫，不久而神州陸沉，牌聲絕跡，亦妖讖也。

自由中國是禁止賭博的，麻將的遊戲，卻還不在嚴禁之列，但是這種無奇不有的瘋狂名式，早已取消，所存下來的不過老六抬，而加上一條龍，大西廂（即三相逢）一般高，不求人，全求人。至於「百搭」、「老怪」早已逃得無影無蹤，輸贏既小，不過成為一種四人成局的家庭娛樂，相等於「橋牌」而已。

現在，我們且談談麻將的哲學：

(1)人類的希望是循環的，在打麻將的時候最容易體會出來。任何人坐到桌上去，第一個信念是：「我今天一定贏！」等到真贏了，他便無止境地想一直贏下去，籌碼永遠在增加，結果，他還是不能保守而輸出了他贏的所有。

(2)等到他出入了輸的階段，他便想少輸（甚至以前所贏入的他也計算在內），等到真的牌不順手而造或大輸，他的信心反漸漸轉變過來，不是少輸而是翻本。

(3)等到真能翻本的時候，他又想著要大贏了。

這種無止無休的循環慾望，在賭桌上是最能表現的。尤其只要尚有一副牌沒完，他總存著有翻本的希望，而沒有一個自認肯輸的，也沒有一個肯自認為牌技拙劣的。唯其如此，因此竹林君子，方能優游其中，樂此不疲。中國人也常把打麻將和吃酒二事，列為交際法門的最前提，因為這二種事，是最能發見每個人的真性情的。吃酒的尚能藏量，打麻將的只要一上桌，其為人也忠厚、巧佞、奸猾、豪爽，客刻無不儘情畢露。所以說吃酒可以結交，打麻將可以擇交，麻將的功用亦大矣。

一個文明人，當然不相信命運，但是打到麻將，就不由你不相信命運。常有起手成牌，一帆風順，偶然打錯了一張，是放了人家一副大和。這人的牌色立刻會得轉變不自然起來，積漸愈來愈壞，心乖手悖，霉運到底。有時牌色本來很差，只因扣到了人家一張大牌，或是接到了一副小和，而從此源源起色，得心應手起來。所以打麻將有句俗語：「寧可和爺鬥，不可和牌鬥。」但是打牌經驗較淺的人，贏大錢，該打的不打，該吃的不吃，漸漸地踏上那「循環心理」而終止全軍覆沒。

還有一種人，自命為老麻將的能夠猜三家，他們要什麼牌，而扣住了死也不放，結果也是大輸，因為你不放，人家要放，人家不放，他還有自摸。而且有時候，你所扣的張子倒是一副小牌，因為被扣殺而同歸於盡，結果倒便宜了他家，一副大牌輕輕鬆鬆地和出來了。扣牌固然有時也需要，卻要扣得準，扣得穩。何謂「準」？便是要估計此人定是大牌而此張萬不能放的。何謂「穩」？便是扣要扣到底，千萬不可虎頭蛇尾半途而廢，人家沒成局時你倒扣著不打，到人家等和時，你倒忍不住，啪噠打出去了，如此扣牌未有不大輸者也。

還有一種人也是必輸的，便是自命不凡，死不認帳。麻將雖不比圍棋、橋牌有段有級，技術高低萬不能殺個回合。可是麻將也有麻將的技巧，人家手段真真比我高的，千萬要低頭認帳，不可貿然入局交鋒。而一般麻將烈士，偏似紹興師爺做文章一樣，總是自己的好。如果四人入局，三個是臭皮匠，則一個諸葛亮一定倒楣；如果兩個中中，一個中下，一個上中，則中中與上中之間未知鹿死誰手，而那個中下未有不慘敗，然而上中者亦未必能操必勝之券。

麻將打法，千變萬化，而牌經總訣，恰只有一個，曰「貪和」。孔子曰：「此四方允乎中。」是孔子亦打麻將者也。又曰：「禮之用，和為貴。」則孔子亦明了教人以打麻將必須要貪和矣。俗語說得好：「小牌常和，大牌就來。」奈何打麻將者，總是貪做大牌而薄小和，此所以未有不輸者也。作麻將經。

說戲曲

歷史與戲劇

余囊寫〈三國史話〉（戲劇與歷史），讀者頗感興趣，東南亞及臺、港各報競相轉載，茲編所述，亦多發前人所未發，歡迎評閱，定山記。

徐策與李勣

戲裡有《徐策跑城》與《法場換子》、《舉鼎觀畫》，演薛仁貴的後裔，得罪朝廷，滿門抄斬，徐策將他自己的嬰孩（金斗），與薛猛之子（薛蛟）互換，後來長大成人，力舉千觔，武藝出眾，老徐策才對他將薛家的冤仇說明。薛蛟到寒山搬兵，返回京師，報了父祖的冤仇。這本戲如果演全了，名為《薛家將》，事出子虛烏有。按之《唐史》，除了薛仁貴確有其人，他的戰跡，都在遼東一帶，但是他的兒子薛丁山，就杳無實據了。薛剛闖禍，與全部《上天臺》的銚剛大同小異（按史，姚剛當作銚剛）。連名字也是相同的，當屬抄襲無疑。

但徐策這個人卻確有其人，在正史上他名「李勣」而不是徐策。

李勣，本姓徐，名世勣，佐唐太宗，賜姓李，避太宗諱，單名一個勣字，字懋功。擒竇建德，平王世充，破劉黑闥，征高麗，都是他的功勞，官至并州都督，封英國公，他實是一員名將。戲劇裡卻叫他牛鼻老道，穿上八卦衣，屬於吳用、公孫勝一流人物。徐策字茂公，是劇本上的簡寫。

你道為何？原來戲劇家的皮裡陽秋，另有一種春秋褒貶。因為徐茂公這個人，開國功勞確是不小，但他終身做了一樁見不得人的壞事，當年唐太宗封武則天為才人，後來高宗即位，武才人更衣入侍，大肆淫毒，高宗惑於狐媚，要廢王皇后，立她為正宮。長孫無忌、褚遂良一班忠臣，莫不切諫，被禍。唯有徵求英國公（即徐勣）的意見，他卻說了一句騎牆派的託詞：「此乃陛下家事，外人何得干預。」遂致造成後來武氏大戮皇孫，傾奪唐室，做了大周朝金輪女皇帝，唐代江山幾乎完蛋，推厥禍首「一言喪邦」者，非徐茂公而誰？

但是千古傳名〈討武曌檄〉：「一抔之土未乾，六尺之孤何託？」至今武則天也為之震驚氣奪說「宰相何可失此人！」者，卻是徐茂公的孫子徐敬業。

編戲的人，認為像徐茂公這種軟骨動物，哪裡配有徐敬業這種爭氣的後代，所以憑空編了一齣《法場換子》出來，把薛蛟來影射徐敬業，叫人看了，心照不宣。原來這位頂天立地的好兒子，是從三箭定天山的薛爺爺那裡掉換來的。

我說，唯有小說家和編劇家有「奪回造化」、「偷天換日」之功，觀於此劇，益信。刻舟求劍、膠柱鼓瑟之流，卻一定要敲針轉腳，把一齣好戲文，針死了，實在為古人執筆叫冤。

除三害

戲劇裡的歷史性，除了三國戲錯得較少，其他可說每齣有錯。《除三害》演周處殺虎射蛟，短短地三十分鐘唱工老生戲，可說錯不了。可是此戲全齣名為《應天球》，性質和關索的《龍鳳巾》差不多，劇演周處保護王濬的兒子，憑著一件寶貝「應天球」歷盡艱險，完成花燭的事，除三害只是全劇裡的短短一齣楔子，可是它把朝代、人地都弄錯了。

按史：周處，字子隱，義興陽羨人（今宜興。羡，音「次」，今皆誤作陽羨）。父魴，吳鄱陽太守，《三國演義》有「周魴斷髮賺曹爽」回目，周處膂力絕人，不備細行，為人所惡。嘗有父老太息田間，處謂父老：「今時和歲稔，何若不樂？」父老告以：「三害未除，何樂之有？」處乃射虎斬蛟，已亦改行，從陸雲求學，折節向善，期年州府交辟。

除三害的年代是吳（三國），父老並無姓名。戲劇則將老父改為王濬，私行察訪，亦有報名時吉者。不知「王濬伐吳，是在周處仕吳之後」，何待濬之改裝勸化乎？

又按史：吳平後，王渾登建康置酒，謂吳人曰：「諸君亡國之餘，將無慼乎？」處曰：

「漢末分崩，三國鼎立，魏滅於前，吳亡於後，亡國之痛，豈止一人。」渾有慚色。是周處和姓王的打交道，也是王渾而不是王濬也。

處後死於齊萬年之難，保衛鄉土，力戰而歿。著有《語默》三十篇、《風土記》，並撰《吳書》，見《晉書》本傳。他應該是一個文人，不是武士。

現在談到周處戲裡臉譜裝扮：此戲我看過劉永春和馮志奎的，他們都開十字門，花羅帽、紅耳毛、黑滿、綠氅、內襯紅褶子，手中白摺扇，絕不用油單扇。也沒有用劉唐鬍的，更沒有用扎的。因為他將是一個成為正果的君子，而不是單雄信、竇二墩之流可比也。

至於那父老的正工老生，則看過兩種打扮：白眉王九是古銅褶子、方巾、絲縧，摺扇載白三；時慧寶的鴨尾巾、紫花老斗、摺扇、白滿。據說兩個都對。王九（玉芳，九齡子）是他父親嫡傳，由官衣改扮起。時慧寶是孫老師菊仙親授，一上來就是一個田父，不報名，他把除三害離開了應天球而完全獨立了。兩種穿扮法，我歡喜後者。現在扮的，有在道袍上加背心，扮得像武松殺嫂裡何九叔，而且方巾外面，還要加上一條綢子。不知冠外加巾，是代表生病，例如劈棺的莊子，借風問病的周瑜，這位老人家為什麼也犯了頭痛病呢？

楊家將

《楊家將》一名《金槍傳》，今戲劇本當以《李陵碑》、《清宮冊》、《四郎探母》、《洪羊洞》、《轅門斬子》等最為盛行。

《李陵碑》演楊業被困在兩狼山，遣子七郎回朝搬兵，被主帥潘仁美陷害射死。楊業又命六郎突圍求救，已則飢寒交迫，碰死在李陵碑下。按史載陳家谷之戰，主帥潘美以不從楊業計劃，而採取了王侁的戰略，以致大敗。業以孤軍沿交河西南二十里，力戰自晨至暮，至為契丹所擒，不食三日而死，業子延玉同殉於難。事後，潘美降官三級，王侁除名，業贈大同軍節度使，錄其五子蔭官。而無李陵碑之名。

按業子除了延玉同死於難外，其他六子均有名，史載，以供奉官延朗（即楊延昭）為崇儀副使，並錄其次子延浦、延訓、延環、延貴、延彬為殿直。是楊業確有七子，唯延朗有傳，於遂城、保州、商陽一帶多著戰功，契丹畏之，稱為楊六郎，劇稱楊延昭為六郎，亦有所本了。所不可解者，交河屬今河北河間府，而李陵碑今在綏遠去昭君墓不遠，則戲劇家地理之誤也。

由於戲劇家地理之誤，後人亦從而誤之。於是以業之封贈而移諸六郎，而稱之為「官封到節度使」。其實延朗官止終於高陽關副都部署。而其戰績乃延至居庸、雁門一帶，至今居庸關尚留有楊六郎沙壘遺營，過者比之蜀中之孔明八陣圖，凡出關者皆能見之。蓋楊令公既可歿於綏遠，則楊延昭載績亦可延及居庸矣。

又三關之說：嘗承敖伯言兄教正，史地所載，三關條，即有簡文：「後周以瓦橋、孟津、草橋為三關」，誠如伯言所說，蓋瓦橋屬雄州，孟津屬霸州，草橋在高陽也。三關以北屬遼，關南屬中國，六郎戰跡在此三關一帶等處，頗為可信。《資治通鑑》載張齊上太宗書亦言三關建制自周為不可廢。敖公博識為可佩矣。

按楊家將甚悖史實，最不可考，潘美名將。交河一役，雖為盛名之累。然與楊氏固無不解之仇，而戲劇之使蒙千秋不白之冤，殊為扼腕，故特表而出之。

又楊文廣字仲容，延朗子，即「宗保」也。同州察使，史更有傳。今文廣為宗保子。

二進宮與移宮

《二進宮》一劇，前帶《大保國》、《歎皇陵》。敘述明朝有一位老皇晏駕，太子年幼，國丈李良要篡小皇帝的位，李豔妃抱三歲不滿的皇兒，愁鎖深宮，幸得徐楊二家，宣誓效忠，才得即位，保定江山。這是一齣純歌劇，由生、淨、旦三人更番迭唱，沒有三條鐵嗓鋼喉，是很難合作演出的；但其情節，則任何人都認為嚮壁虛構，沒有歷史價值。余按明代宮闈三大案——「挺擊」、「移宮」、「紅丸」，這移宮的史實，與《二進宮》實有蛛絲馬跡之可尋，並非完全出於虛構。移宮的歷史是明光宗晏駕，遺命以熹宗繼位（朱由校），時有光宗寵妃李選侍以太子自幼由她撫養，占住正宮不肯遷讓，兵科給事中楊漣，力請李妃移宮，太子立改元天啟，即熹宗也。

《二進宮》以李豔妃隱射李選侍，她手裡抱的太子，當是天啟。而以兵部侍郎楊波隱射兵科給事中楊漣。唯將「謀篡龍樓」之罪，歸之李妃之父太師李良，似為李選侍翻案，亦《補天石》傳奇之故技也。徐廷昭似隱射魏國公徐承宗，承宗為中山王達玄孫，嘗守南京孝陵十八年，坐立未嘗欹側，人以為得古大臣體。故劇以「哭皇陵」歸之，而與楊波同心協力再造大明江山也。

老戲演全，尚有晏飛（楊波義子）造反，天啟爺誤信讒言，竟將楊波剝皮處死（按剝皮為明代酷刑，戲裡有三個剝皮的大官，即楊波、方卿、王金龐也）。按《碧血錄》：楊漣後為左都御史，以參魏忠賢十大罪，被榜掠至體無完膚而死。劇情亦未嘗無因，故《二進宮》時，楊波嘗歷數韓信、李綱之蒙冤慘烈，以為伏筆。

《漢宮春秋》

《漢宮春秋》的作者，李曼瑰教授，對於歷史是忠實的，但可以商榷和補充的地方也很多。開幕於王莽以女配平帝為皇后。按平帝建后於元始三年，帝以九歲即位，是時年才十二。以太牢策告宗廟，聘皇后，黃金二萬斤，錢二萬萬。莽辭讓，受六千三百萬而以其四千三百萬分與十一媵女及九族貧者，蓋倣漢呂后為惠帝聘魯元公主故事。

本劇場面似太簡陋，僅上四宮女，而舞於群臣議事之廷，後上太皇太后亦僅用二宮女，扶掖而行，無羽葆容儀，似宜注意。

中屠剛乃扶風功曹，職位甚卑小，不當與大臣同列殿上，侃侃辯論。按史言：中屠剛以直言對策，對策乃上書，非廷諍也。其時，與何武同殿廷爭，被逐去位，後為王莽所殺者，有鮑宣，當表揚此人。

又，王莽時有兩劉秀，史言甄豐主摰斷，平晏領機務，劉秀典文章是也。秀即劉歆。王莽簒位，以秀為國師公。以應符讖，劇中恐與光武淆混，仍逕稱劉歆。但宜將此事加以說明，以符史實。秀後與衛將軍王涉，大司馬董忠，勒所部刼莽降漢。謀洩，莽使虎賁以斬馬劍剉忠，劉秀王涉皆自殺。劇本亦頗有出入。

平帝被酖殺，莽女後稱安定公太后。史言，自劉氏之廢，后常稱疾不朝會，莽敬憚傷哀，將欲嫁之，乃更號黃皇室主，而略去安定公太后一事，且令隨王莽進退宮掖。似於莽女頗多冤誣。史言：莽欲絕之於漢，令孫建世子盛飾將醫往問疾，后大怒，鞭笞其傍待御，因發病不肯起，莽遂不復強也。事蹟昭彰，著在史冊，而編劇者抹殺之，殊覺不平。

王莽自昆陽之敗，軍師外破，佞臣內叛，左右無所信任，乃憂懣不能食。但飲酒噏鰒魚，談軍書，倦困憑几而寐，不復就枕。本劇末幕對此似可加以渲染。又破入宮門者乃城中少年，朱弟，張魯等，燒未央宮新室，呼：「反虜王莽何不出降？」發黃皇室主所居，黃皇室主曰：「何面目以見漢家？」自投火中而死。其不與王莽同污明矣。劇本改作投井，又即在王莽宮中，皆非所以表彰平帝王后者，切思有以改正，而存歷史之公道。

又莽避火宣室前殿，火輒隨之，莽紺服，持虞帝匕首，旋隨斗柄而坐，曰：「天生德於予，漢兵其如予何？」明旦，至漸臺，民眾共圍之數百重，臺上猶與相射，矢盡，短兵接，王邑父子戰死。商人杜吳殺莽，校尉東海公賓就（賓姓，就名）梟其首，軍人分莽屍，節解臠分。本劇亦未能充分演出，乃抄荊軻刺秦王，使莽繞柱而死，觀者為之洩氣。

或以此劇末上光武劉秀為憾，不知殺莽者長安民眾，光武固尚未至長安也（聞後已改編，上光武，殊為蛇足）。王莽妻，為故臣相王訢孫宜春侯王咸女，於莽為同姓；生四男，長子獲，次子宇，皆被莽誅殺，子安頗荒忽。莽篡位以子臨為皇太子，安為新嘉辟（辟，君也），以王舜為太師，平晏為太傅，劉秀（歆）為國師，哀章為國將，謂之「四輔」。哀章闒門不飭，莽於諸公輔皆輕賤而章尤甚。劇於莽即位後，敘事頗草率，於此亦少交代。

莽妻死於地皇二年，妻以莽數殺其子，涕泣失明，莽令太子臨侍養宮中。臨通侍婢原碧，莽亦幸之，恐事洩，謀共殺莽。事洩，而莽妻已死，莽令太子臨不得會喪。既葬其妻，乃將原碧等拷問，即埋獄中。賜臨藥，臨不肯飲，自刺死。臨妻乃國師公劉秀女。

其後二年，王莽始伏誅。劇為限於時間，併於一幕中了之，全劇乃有虎頭蛇尾之感。而前數場頗有可刪處。例如老彭子雖為調劑劇中氣氛而雜以詼諧，然余以為苟無是人，全場空氣將更趨緊張。且老彭子既非弄兒，又非宦官，身分介紹殊不明了，有喧賓奪主之嫌，倘削去之，而於應盡史實，再加擴充，且洵美矣。

服裝道具聞所費甚鉅，而皆不合理想，此近於考據，非短文所能商榷者，故不贅。但全劇演員對於劇本，確皆盡了莫大的努力，故演出甚為不弱。唯喊平帝為「皇上」，實有文明戲氣味，改稱「陛下」為宜。尚有不少新名詞，亦可斟酌棄去，則益臻完美矣（此劇演出已很久了，但頗有價值，故申論之）。

《泣顏回》與《夾谷卻齊》

每年教師節，在報上讀到許多關於孔子的文章，但沒有提到孔子和戲劇關係的。孔子戲確也非常難演，從前費穆拍過一部電影《孔夫子》，結果是失敗的，王又宸也演過《夾谷卻齊》，不受臺下歡迎，比電影更失敗。

孔子一生不得志於政治舞臺，連他老人家搬上戲臺也沒有老爺戲（關公）走紅，也就難怪沒有人再想演他了。

孔子戲從前確有兩齣：《泣顏回》與《夾谷卻齊》，不過《泣顏回》比《夾谷卻齊》還要瘟，所以更沒人敢演了。我也只看過它的腳本，唯一彆扭的，是孔夫子的服裝。腳本上寫明：孔子戴「五嶽朝天冠」，穿「麒麟衣」，腰繫「斯文蹈帶」，足登「逍遙履」，項圈「鎖牌」，手抱「如意」、掛「三蒼」。這副打扮，就夠累墜，但王又宸的《夾谷卻齊》我看過，是完全照這打扮的。其餘配角，也就是大衣箱裡普通戲裝，不再予以特製了。

《泣顏回》共分兩場：前場〈面君〉，腳色有齊君和晏子。齊景公當然是王帽紅蟒，晏嬰則官衣紗帽了。

〈面君〉下來，接著晏嬰夜訪孔子，悶簾二簧倒板：「聽樵樓，打初更，玉兔東上。」上場迴龍：「為國家，秉忠心，哪顧得書夜奔忙。」晏嬰穿帔，完全《八大鎚》王佐路子。但是後面的奇蹟來了，我把他的唱句列舉於後：

孔仲尼他與我素有來往（江陽）
是故人重相見分外發歡（言前）
吾主爺在金殿曾把旨降（江陽）
他叫我到驛館領教一番（言前）
此乃是秋景天秋風下降（江陽）
一霎時吹得我遍體皆寒（言前）
叫人來掌紅燈御街頭上（江陽）
不覺得到驛館去叩雙環（言前）

這一段韻轍，上句江陽，下句言前，非常整齊，但不知唱的時候，兩種韻轍，有無清楚的界限分別，則以未曾聽過他的唱腔，無從懸測了。

孔、晏會見之後，問到門弟子哪個好學，孔子說：「顏回者好學，不幸短命死矣。」

然後轉入撫琴，孔子唱大段二簧，詞句之多有些像《馬鞍山》，也有從崑曲〈聞鈴〉、〈哭像〉上面套下來的。如「聽風聲，和雨聲，併做了一片斷腸聲」的迴龍。余嘗聆周信芳的二簧《長生殿》，〈聞鈴〉亦有此句（後為馬連良偷去，今所傳楊寶森的〈聞鈴〉，則轉偷馬調），不知是否從此劇套來？蒼涼酸楚，極富音感。惜余至今尚未發現《泣顏回》全劇本，否則倒可以加一番研究。

《夾谷》因王又宸唱過次數甚多，海內周郎，必多見及，茲不贅述。

按徽班尚有一齣孔子戲：《陳蔡圍》，演孔子困於陳、蔡，彈琴卻敵事。但陳、蔡是春秋時代兩個小國，劇本卻用一大花臉（番將打扮）報名陳蔡，並與子路開打，被子路殺退。孔子下場有叫子路的念白：「來呀！我們一同到蘧伯伯家中吃麵去。」誠三家村戲矣。

《八義圖》的歷史價值

《八義圖》為大陸傳來的劇本，嘗一度流行，不久被禁。全劇原有崑曲古本，但今皆散佚失傳，以致「八義」之名，亦無人能列舉。徽劇有《鬧朝》、《撲犬》二齣，曩在大陸，唐韻笙即常以此打泡：在趙盾被靈獒撲齩時，有無數身段，其雙目能隨犬型之跟斗，而左右分開移動；倒硬僵屍能將鬚髯蓋面而一絲不亂，與《衛懿公好鶴》二齣，俱為韻笙絕唱。

《趙武見母》原名《遊宮射雕》，《趙武復仇》原名《首陽山》，一係梆子，一為二簧，昔年能演者甚多。《首陽山》重程嬰，百代尚有王雨田唱片：「隱藏吾兒在空山，算來算去十五年。」按《八義圖》故事，《鬧朝》、《撲犬》，當在晉靈公十四年，《趙朔尚主》，為晉成公三年，《搜孤救孤為晉景公三年。

《趙武復仇》為晉景公十八年，中間實經三君，故欲演全是劇，晉公必須三易其人，如成公為暗場，則屠岸賈搜宮之前亦須上晉景公，說明靈公已死，成公繼位，以趙朔為駙馬之事（現在寶島演出皆照此改了），然後屠岸賈上朝，請討靈公被弒之賊。然後接上，趙朔與夫人分別，屠岸賈殺害趙氏滿門，而劇情始順，彝倫無斁。

其後，儘可按照左史原文編成劇本，其精彩紛呈，關目緊湊，正不必抄襲《貍貓換太子》（程嬰藥箱救孤，卜鳳公堂拷打），《逍遙津》（程嬰宮門被盤查，以韓厥為宮門武士尤謬），《鴛鴦淚》（魏絳打程嬰一場，實套杜學文拷打周仁，但因場面安排不善，更覺生呑活剝，消化不良），其他節目則當儘量保留原有腳本。而做到儘量發揮《八義》本旨，今試分擬節目，以免抄襲之嫌。

（第一場）桑下餓人：趙盾上朝，路遇餓人（提彌明），盾食之不問姓名而去。

（第二場）趙盾驟諫：晉靈公登殿，怒殺宰夫，趙盾驟諫。此場可設四朝官：趙盾（秋香蟒，相貂），韓厥（忠紗，紫蟒），太史董狐（忠紗白蟒），屠岸賈（奸紗，藍蟒）。

說明：靈公是一國之昏主，服裝當如《海潮珠》之齊君。屠岸賈此時職位尚卑，不當穿紅蟒。趙盾乃一國之首相，不當穿白蟒。韓厥乃上大夫，應穿紫蟒，開紅臉，淨飾。太史董狐，忠紗白蟒，表彰春秋直筆。

此場以靈公怒殺宰夫，趙盾驟諫為經，靈公欲害趙盾，屠岸賈進讒定計為緯。

（第三場）鉏麑觸槐：屠岸賈派遣刺客鉏麑，往刺趙盾（鉏麑揉紫膛臉，家將打扮）。鉏麑下，趙盾內唱倒板、迴龍，接原板。焚香告天下之後，朝服假寐，再上鉏麑，欽其恭敬忠愛之忱，遂自觸槐而死。

（第四場）撲犬救忠：靈公便殿召賈，賈牽犬上，說明害盾之計，上朝，增四武士（提彌明，為四武士之一），執楯秉鉞。犬撲趙盾，提彌明反扞救盾。放走趙盾。屠岸賈秉劍追盾。中途，趙謝武士相救之義。提彌明說明即桑下餓夫，屠已追及，劍劈彌明，趙盾遁走。

（第五場）趙穿弒君。淨扮。趙穿追靈公過場（內起鼓，用暗場）。

（第六場）春秋直筆：由董狐上場，說明靈公無道，被趙穿所弒，國內無人討賊之義。趙盾上，董狐責趙盾亡不出境，歸不討賊，實為弒君禍首。秉春秋大義，書之史冊。盾愧恨自殺。

（第七場）景公即位：上四朝官：屠岸賈、韓厥、魏犨、趙朔。

說明：魏獻子與韓宣子同時秉政，魏絳和戎乃晉悼公時事，距後且四十年，本劇絕對不能有魏絳。

景公（小生）。屠岸賈摻滿、侯盔，紫蟒。韓厥紅臉相貂綠蟒，魏犨綠蟒。趙朔駙馬套，粉紅蟒。

景公坐朝，說明成公逝世，小王登基，大臣有事早奏無事退班。屠奏：「臣有心腹大事，請兩廂退下。」韓、魏、趙均退，公賜屠座位。屠奏當年趙穿弒殺靈公，有賊不討之義。景公准奏，但云：「駙馬趙朔，乃先王許婚，寡人之姊婿，千萬不可傷他。」屠奉旨下殿，竟攻殺趙氏滿門三百餘口，又領兵來殺趙明。

（**第八場**）韓厥存孤：郡主上，唱慢板，歸坐（按晉為列國非天子，均改稱郡主）。報名，表白，趙朔上，說：「屠賊肆毒，我趙氏三百餘口，均被逼殺又追趕來了。」韓厥急上，促朔逃走，朔曰：「子必不絕趙氏，朔死不恨。」時郡主已產一嬰，遂納之褲中，祝曰：「趙氏不滅，兒必勿哭。」韓厥暫下躲避。說罷，屠已帶劍入宮搜遍宮闈，竟不得嬰兒，遂劍劈趙朔而去。韓厥保存孤兒，攜往府中，交程嬰撫養

（**第九場**）二義定計。

（**第十場**）搜孤救孤。

右二場，完全保存老本菁華，萬萬不可刪減。但二義定計時，念白略有修改，裨與第八場銜接。

（第十一場）拷打程嬰：程嬰計全孤兒，屈為屠門客。道路指目，皆不之齒，甚至吐罵。嬰忍辱負重，一志撫孤，十五年間，不覺鬚髮浩然矣。郡主韓厥，亦無不恨程嬰之賣友求榮，恨之刺骨。一日韓厥還朝，去見郡主，郡主痛哭，韓亦欲得嬰而甘心，遂設計延嬰赴宴，毒加拷打，以洩舊憤。嬰恐韓與屠氏一黨，初猶閉口不言，後見韓厥確實義憤，始吐實，而遍體鱗傷，已不能行動矣。

說明：此節為史所無，戲劇性卻很濃厚，故予保存，但演出場面必須多方斟酌，不能草率了事，反成蛇足也。

（第十二場）母子會：此齣可用《遊宮射鵰》而略加刪減。母子會面後，即上韓厥，說明情由。郡主引武入見景公。

（第十三場）大報仇：時屠氏跋扈已至不可收拾地步，趙武既見景公，得雪前冤，遂命韓厥面招諸將，趙武面拜之，引兵攻屠氏，誅岸賈，立趙武為卿，並命旌表，厚賞程嬰。

（第十四場）全義歸仁：程嬰被責，病不能死，面前之笑罵者，皆爭趨其門，拜其高義。嬰謂各事已畢，行當報公孫兄於地下耳。會武持旌表至，嬰對之三笑而死（劇終）。

右劇非兩天不能演完，因為每場均有精彩之戲可做，但編劇人才，海天遼落，為可惜耳。

（按義人為：程嬰、公孫杵臼、鉏麑、提彌明、韓厥，實只五人，俗本八義乃湊數耳。）

《武昭關》

《文昭關》、《武昭關》皆演伍子胥棄國投吳，一夜鬚白，而故事大相逕庭。《文昭關》演子胥逃出樊城，要到吳國借兵報仇，阻險昭關，幸遇東皋公留宿，一夜鬚白，全劇重唱，故以《文昭關》名之。

《武昭關》演子胥保護楚太子妃馬昭儀出險，夜宿禪宇寺，被卞莊帶兵追趕，馬昭儀跳井身亡，將生子託付子胥，鎧甲之中藏幼主，與卞莊力戰，三戰而鬚髮全白，下場有「一夜鬚白過昭關」，全劇紮靠，故名《武昭關》。昭關同是一地，而以「文」、「武」別之者，言其劇性不同也。頃見有以《武昭關》時間似在《文昭關》之前為疑者，故為標出。

蓋二劇時間極為矛盾，不容並立。《文昭關》出場是緊接《樊城》、《長亭》，時間上絕不許可伍員到楚國的皇城去彎一彎、轉一轉的。既未入郢，又何能「保皇家四口喪二命，連累了伍將軍散蕩遊魂」呢？

但是拿歷史來做考證，則《武昭關》的史實卻勝於《文昭關》的。

按《史記・伍子胥列傳》：「楚使者捕伍胥，伍胥貫弓執矢嚮使者，使者不敢進（這便是《戰樊城》射武城黑的一箭）。伍胥遂亡，聞太子建在宋，往從之。……至宋，宋有華氏之亂，乃與太子建俱奔於鄭。……與晉頃公謀襲鄭。鄭定公與子產誅殺太子建，伍胥懼。建有子名勝，伍胥乃與勝俱奔吳，到昭關。」

照此說來，伍子胥逃出昭關，實攜有太子建的孩子，也就是後來返楚作亂的白公勝了，但伍胥逃往昭關是否還保有勝的母親馬昭儀，則史無可考。

《武昭關》是一齣冷戲，全劇演出不過三刻鐘，而老生頂盔紮靠，左手銀槍，右手馬鞭，梆子原型，而前半齣唱工抄襲小生叫關，後半齣則套用《長坂坡》跳井。而青衣的「兵困禪宇」大導板緊接老生的「馬背悲」嘎調，實開皮簧未有之創格。以下原板，生旦兩段對唱，青衣以三條腿收尾，再轉「懷抱著年幼兒大放悲聲」的二簧慢板，亦復精彩紛陳。非有正工好青衣，鐵嗓老生亦無以善其事也。

此戲在梨園行相戒不能演唱，列為「凶劇」之一，迷信任何一家戲館唱了一定倒楣。其實乃生旦自己能力不夠，吃力而不討好，故視為畏途耳。

寶島近盛行此劇，李金棠、秦慧芬一場，李毅清、胡少安的一場，俱為不弱。少安在「永樂」一時，傍顧正秋亦唱過此戲，今日重聆大有進步，他的身上功夫原是好的，唱則遠勝於昔，唯唱「龍國太今年三十二，為臣四十少八春」，蓋言二人同庚也，少安唱「四十少二春」似應更正。又下接「知者知是臣保主，不知者只道一雙……」，老生唱到「雙」字應即用手將髯口掩住，自知失言。少安於「一雙」下多一「夫」字，詞句固然比較明白，而含蓄則欠缺了。又「馬後悲」導板之後，場面起鑼頭，老生開門瞭望，有一身段，應將兩腿跨成坐馬式，兩臂平招，表示托定寺門大門的意思。前見金棠作兩手向前，上下作持棍式，而少安並此無之，似皆未悟梆子的原意也。

毅青唱此劇，佳嗓寬展，游刃有餘。唯黃衣（應穿青）顏色太嬌，與劇中氣氛不調。慢板迴龍「大放悲聲」用程腔，「綱常敗盡」使長腔走張腔聽是好聽了，我總以為不如瑤卿的老腔來得剛勁、悲涼、感動。按此段唱工經硯秋改動，加上不少垛板，於王腔之「奔天涯、走地角、悽悽慘慘」亦均有改動，張君秋喜造新腔，而實收攬王梅程荀之大雜拌，其奈不合音節的邏輯何？（按毅青久已不見登臺消遣，傍胡少安的是少安太太周韻華了。）

不祥的《洪羊洞》

戲劇的歷史性，以《金槍傳（楊家將）》最無考據。按楊六郎史名延朗（戲劇名延昭），真宗時為官高陽關副都部署，智勇喜戰，邊人畏之，號稱六郎。父楊業，太原人，少事劉崇，號稱無敵。後降宋，太宗以為右領事衛大將軍，代州刺史。其為契丹所畏，會契丹國母（即戲裡的蕭太后）陷朔州，業以援兵失期被擒陳家峪，不食三日死。元曲有《昊天塔》，演孟良盜骨，為朱凱所撰。則謂令公託夢六郎，屍骨在北國洪羊洞中，望鄉臺第三層。楊元帥除派孟良前去盜骨之外，自己也喬裝改扮，跟隨了去。平劇則改為焦贊跟追，入洞被孟良誤殺，雙雙喪亡。老軍程宣齎骨還報，楊六郎得報悲痛成疾，憂傷而死。而元曲不但一帥一將盜骨回來，而且殺敵致果。按延朗卒於大中祥符七年，上距乃父楊業之亡已三十一年，楊業真有靈託夢，亦不應延遲如此之久。又劇演延昭之死，為八賢王射落其將星而起，更乖事實。因趙德芳死，實比延昭還早三十三年呢。平劇還有《清官冊》，演寇準夜審潘仁美，為他在兩軍陣前，不發救兵，以致楊老令公碰碑而死。按楊業主帥實名潘美，乃宋朝名將，累官忠武軍節度使，封韓國公，卒謚武惠，追封鄭王，並無陷害楊業父子事蹟。而失援誤期者，實名王侁，戲劇中絕對沒有提起此人，反將潘仁美拷打發配，在黑松林中被楊延昭亂箭射死，可謂荒謬。然《李陵碑》、《洪羊洞》、《清官冊》，在戲言戲，卻確是好戲，尤以《碰碑》、《盜骨》為譚余絕唱。民國六年，因陸榮廷晉京，點老譚堂令，時老病侵尋，久已不唱。提調人狐假虎威，勢逼不已，老譚始結束登場，唱《洪羊洞》一齣，還家氣憤成疾而亡，時年七十有三。又劉鴻聲亦唱《洪羊洞》，死在臺上。羅筱寶素有癇疾，而學譚甚精，以癇疾發作，卒於後臺，亦因唱《洪羊洞》。當時梨園行幾乎相驚伯有，蓋《洪羊洞》一名《三星歸位》。小楊月樓幼年唱鬚生戲有神童之目，每與劉壽峰、郎德山貼《三星歸位》。劉、郎皆老伶工，先後逝世，一日忽傳小楊月樓在漢口溺水而亡，聞者益復惋惜，謂真「三星歸位」了。後小楊月樓復出，竟無恙，然已倒嗓，改唱「旦角」，不復能《洪羊洞》矣。

談《斬黃袍》

《斬黃袍》一名《韓通獻妹》，劇演韓通有妹名韓素，妹為趙匡胤看中，通進妹獻媚，鄭子明入諫，為趙匡胤所殺。御親高懷德大忿，上殿斬了韓通。而鄭妻陶三春亦起兵叛宋，兵臨城下，高懷德保駕登城，乃與陶三春約法三章，講和而罷。此戲為當年劉鴻升拿手，所謂「三斬一探，碰碑滾蛋」。鴻升出身治匠，人稱「小刀兒劉」，能戲不多，僅以《斬黃袍》、《斬子》、《斬諤》、《探母》、《碰碑》為拿手也。但譚鑫培早期亦唱此戲，故譚婿王又宸亦常貼。以唱多拔尖，叔岩，富英皆無此音，遂摒出譚劇冷門之外；今如有譚派而唱《斬黃袍》，群且唾之矣。

此劇於史無考，鄭子明絕無此人，而韓通則確有其人，且為後周柴世宋的唯一忠臣。通，太原人，字仲達，初從漢祖為指揮使，周太祖鎮大名，委以心腹，以功官至檢校太尉。趙匡胤作殿前都檢點，通極力反對。及陳橋兵變，通在殿閣聞變，遽出討之，為軍校王彥昇所害。

歐陽修作《五代史》竟不為韓通立傳，又言通性剛愎寡謀，多肆威虐，謂之「韓瞠眼」。又歐陽修史，謂五代死事之臣僅得十五人，而韓通不與者，實以修乃宋人，陳橋之變，史稱人心推戴，忌諱多端，自不敢為通立傳。而戲劇竟誣以進妹獻媚，又令死於高懷德劍下；戲臺上且有特別表演，即高懷德一劍下去，韓通頭縮袍領之內，竟成一無頭屍，由龍套拖下。余幼時極喜觀之，以為精彩，而不知韓通之含冤莫白也。戲劇每喜歪曲事實，忠奸莫辨，如：《楊家將》之潘仁美即潘美、《龍圖案》之龐吉即龐籍，乃有宋一代名將，而劇中人皆以為奸佞；至於韓通者，又冤之至者也（按今演此劇者皆以韓通改為韓龍了）。

高懷德，史確有其人，紅鬃烈馬，事事皆虛，唯有一白馬銀槍小將高思繼，即懷德之祖也。思繼事李克用，克用誅思繼，盡殺其族，獨其子高行周，時僅十餘歲，收之帳下，後歷仕晉、漢、周三朝，封齊王，史稱其「勇而知義，功高不矜」。蓋行周戰則輒勝，歸而恭順，未常自驕，有郭子儀之風。懷德事宋太祖官至殿前副都點檢，尚長公主；戲劇稱為御親，頗有來歷。然高行周富貴壽考，壽至八秩，而戲劇有《高平關》演趙匡胤向高行周借頭事。

劇情謂趙匡胤父為周太祖所囚，必須得高行周頭顱交換，始可釋放，匡胤乃至高平關借頭。行周夜得一夢，已先知之。及匡胤至，行周乃命起誓，死後必善待吾兒。胤乃許己妹為妻，行周遂伏劍自刎。此劇名《高平關》。高行周、趙匡胤皆紅臉，對唱對做，極為絢爛可觀。行周開老臉，銅錘正工，余昔常見三麻子與劉永春合演，後遂無繼者。

老郎神是誰？

老郎神到底是誰，始終是個謎，但比較可靠的，則出於《玉匣記》，那上面載：「唐明皇，梨園祖師，南方翼宿星君，竇元帥、田元帥勅封沖天風火院老郎祖師。」《玉匣記》在我們小時候都很熟悉，和《時憲書》、《牙牌神數》一樣，各人家裡都有一本。《紅樓夢》裡也提過《玉匣記》。

但是這本書是清初刊物，在明朝時候，則梨園祖師又不是唐明皇，而是灌口二郎神。而老郎神為竇、田二元帥則歷來已久。湯顯祖〈宜黃縣戲神清源師廟記〉說：「……清源師，西川灌口神也，為人美好，以遊戲得道。」又云：「宜黃譚大司馬綸，以浙人歸教鄉子弟，為海鹽腔。大司馬死二十餘年矣，食其技者且千餘人，聚而諗於予曰：『吾屬以此養老，長幼奕世，而清源師無祠不可。』予曰：『請以譚大司馬從祀可乎？』曰：『不敢，以竇田二將軍配可也。』」

湯顯祖是明朝人，字玉茗，《牡丹亭傳奇》就是他的手筆。這篇〈戲神廟記〉，對於梨園祖師是誰說得很明白。到了《玉匣記》裡，則梨園祖師又改了唐明皇了。但是李笠翁是清初人，他的《十種曲》裡卻還把二郎神奉為梨園祖師的；可見《玉匣記》的勢力，當時並不盛行。不過竇、田二將在湯顯祖的〈神廟〉裡卻不過說到從祀，而《玉匣記》裡卻把他封為老郎神了。這兩位將軍想是譚大司馬部下而膺任康樂隊隊長的。由此觀之，《玉匣記》裡的老郎神還是根據了〈宜黃戲神廟記〉而編出來的；但他對於灌口二郎神這位梨園祖師又不承認，而另外找出一位唐明皇來做祖宗。

請出一位皇帝佬官來做祖宗，當然要比三隻眼睛的金面孔楊戩要體面得多了。再說，老郎神也有供黃旛綽的，則根據於《明心鑑》，這本書的年代又後於《玉匣記》了。

清朝人傳奇，還有一部《磨塵鑑》，演唐明皇劍閣迴鑾，黃旛綽的陰魂率領執板郎君、清音童子前去接駕，唐明皇親口封他為老郎神，勅各省廟宇，塑他三人之像，永享萬年香火。而《玉匣記》則勅封黃旛綽為響器祖師，下列清音童子、鼓板郎君、三百公公、八百婆婆，一切鼓樂、箏板、琵琶均歸他隸屬，這也可以想見乾嘉年間，老郎神的鋒頭之健，各省廟宇有他塑像，作者統會把他附會到黃旛綽身上去。

不過祖師爺是祖師爺，老郎神是老郎神，從未併在一起。《漢劇叢談統誌》：「老郎祖師是明朝的一位朗性太監，他是宮中的戲提調，當時稱為『老朗仕人』，後來訛傳為『老郎神』。」這和潘老丈審家務一樣，愈說愈不得明白了。但太監應該叫「寺人」，能不能稱為「仕人」，本身有誤，也就不在考訂之列。

《甘露寺》

《甘露寺》劇情本之《演義》。周瑜取南郡不成，君臣定計，以招贅為名，要將劉備誑過江來，囚死東吳。事為吳國太得知，弄假成真，在甘露寺相親，竟將愛女孫尚香許配為婚。周瑜見計不成，又說孫權，盛其宮室美女，以懈其志。劉備竟有樂不思歸之意。幸諸葛亮預定錦囊妙計，入宮報信，說曹操發人馬，奪取荊襄。備大驚思遁，孫夫人助之，連擋幾路追兵，始得回轉荊州。周瑜追趕無及，反被張飛預埋伏兵，殺得大敗，瑜口吐鮮血，撞下馬來。

此劇雖本《演義》，但有幾點是《演義》所沒有的：

(1)劉備入吳，先見喬國老。《演義》的喬國老，始終沒有名字，劇裡卻報名喬玄。按喬玄在漢光和年間即已下世，曹操〈祭喬太尉文〉，所謂「車過黃壚，五步腹痛」，便是祭的此老。建安中，他早已不在人間了。

(2)《演義》但言吳國太在甘露寺相親，並未提到劉備的鬍鬚。戲裡卻有喬國老怕他年老鬚白，相親不上，特地差人送他一包烏鬚藥的一段關目。不知劉備實在是無鬚的。事載《啟顏錄》：「先主入蜀，張裕為從事，其人饒鬚。先主嘲之曰：『吾涿縣特多毛姓，東南西北，皆諸毛也。』裕即答曰：『昔有上黨潞長，遷為涿令。與人書，乃自署曰潞涿君。』先主大笑，以先主無鬚故也（潞涿與「露啄」同音）。」

(3)史言，瑜欲取西川，至巴丘道卒（裴注：瑜欲取蜀，還江陵治裝，所卒之處應在今之巴陵）；而《演義》則謂瑜將兵五萬，離荊州十餘里，為劉備兵馬所阻，又中關羽、黃忠、魏延伏兵，嘔血而倒，還至柴桑病卒。而劇演《三氣周瑜》，三次皆被張飛在蘆花蕩擒住，擒瑜如擒小兒；且三氣三擒之不足，又增出黃鶴樓一氣，而擒之者又為蘆花蕩張飛。瑜真不幸哉。

現在再用正史來考證一下，則不但蘆花蕩遭擒全非事實，即甘露寺亦是附會。

(1)〈先主傳〉：「先主治公安，收江南數郡，荊州故吏士皆北叛歸備。權稍畏之，進妹固好。」這一點說明了劉備治的是公安，在大江南。而周瑜時為南郡太守，治江陵，方是江北。《演義》屢言劉備招親，從荊州渡江而來，地理先有錯誤。

(2)權進妹固好。是孫權送妹與備，而不是劉備前來招親。縱說事實或有可能，不知正史上固明明說過，赤壁之役，備嘗一見孫權，歸而言曰：「其人長身短下，威稜逼人，固不欲再見之矣。」備既久存此心，焉能以一婦人而重陷虎狼之穴。但亦不能說《演義》絕無所本。

〈周瑜傳〉：「瑜上疏曰：『備以梟雄之姿，而有關羽、張飛熊虎之將，必非久屈為人用者。愚謂大計，宜徙備置吳，盛為築宮室，多其美女玩好，以娛耳目，分此二人各置一方，使如瑜者得挾與攻戰，大事可定也。』權恐備難制，故不納。」

周瑜此策是非常毒辣的，可惜孫權不用。《演義》惜之，故將「瑜策」與「進妹」併為一事，而造成了《甘露寺》一回大書。至今北固山尚留有孫權和劉備的試劍石、駐馬坡，戲劇卻從略，沒有提到這些古蹟，只晦氣了一個「賈華」。

(3)孫夫人並無名字，《演義》給了一個名字叫孫尚香，而且婦孺皆知。但我們翻開最容易找尋的《人名大辭典》來引證一下，那上面寫著：「孫夫人，權之妹。先主為荊州牧，權畏之不法。後權西征，大遣舟船迎妹，而夫人欲將後主還吳，趙雲與張飛勒兵截江，後主乃得還。」

這是非常忠實於正史的。陳壽《三國志》，不為孫夫人立傳，「孫權進妹」附見於〈先主傳〉。「趙雲截江」附見於〈穆皇后傳〉。於〈法正傳〉則大書特書曰：「主公之在公安也，北畏曹公之強，東憚孫權之逼，近則懼孫夫人生變於肘腋之下。」以孫夫人與孫、曹強敵並提，則孫夫人之驕橫不法，可以想見。

所謂：「多將吳吏兵，縱橫不法。」正是權進妹時帶過來的陪嫁親兵。如果照《演義》、戲劇來說，劉備、孫尚香，串通一氣，只帶一個趙雲，從東吳逃到荊州，還有什麼親兵吏士，可以隨往呢？

(4)《演義》把吳國太相親的場合，設在南徐州甘露寺（今鎮江北固山），也有很大的錯誤，因為他誤會了東吳的首都設在建康（今南京），在漢魏時代，是統稱之為南徐州的，不知當時的吳都卻在姑蘇。一位老太太要相婿，怎不請姑爺到靈巖山去玩玩，卻不辭勞頓，自己跑到北固山來相親（按孫權治石頭城為建安十六年）？

《演義》誤以南徐州為吳都，後來招親劉備，即在都城大起宮室，也說明是南徐州。但是他沒有想到從南徐州到荊州有多少路。我們坐輪船從鎮江（屬南徐）到黃州（屬荊州邊界）也須走三日三夜；而劉備的馬，孫夫人的木輪車，卻只走了兩日一夜就到了。而且他們為什麼不駕一小舟，從水路而逃，要在岸路上繞這麼大圈子呢？

不過，《演義》能夠無中生有，造出這樣一個大關節目，而戲劇方面，卻因此得到了好材料，編成這樣一齣如火如荼的《甘露寺》好戲，我們是不能不欣賞、不能不佩服的。

《反西涼》與《葭萌關》

馬超降蜀以後，《演義》對他不再重要，戲劇方面，《取成都》以後也不再有馬超的戲。《演義》只在諸葛亮初出祁山的時候，提了一句，「經過馬超的墳墓」，戲劇則在《鳳鳴關》趙雲力斬五將之前，穿插了一節諸葛祭墳，略似《漢陽院》的哭劉表，也有點像《柴桑口》哭周瑜。臺上用素帷、白蠟、祭臺，好像馬超是初喪的樣子；其實馬超死在章武二年，初出祁山是後主建興六年，馬初超已死近七年了。《演義》、戲劇，將關、張、趙、馬、黃列為五虎上將，說亦有本，因為陳壽《三國志》是將五人合傳的（《蜀志・列傳第六》）。他講關、張是萬人敵，張飛並有國士風，講馬超則說他：「阻戎負勇，以覆其族，惜哉。」講黃、趙則云：「強摯壯猛，並作爪牙，其灌滕之徒歟。」

這五人評論，對於馬超是深致不滿的。馬超為人鹵莽滅裂、反覆無常，清朝姚惜抱先生更說：「超乃亂臣賊子，歸蜀後無績可書，陳書不當為之立傳。」因此，在一般的看法，馬超的地位好像是比關張、趙、黃都要差一頭地了。

其實，在事實上，馬超當時地位，在蜀諸臣是首屈一指的，他不但比關、張的地位要高，比諸葛亮、法正的地位都要高。

但看建安二十四年劉備進位漢中王，群臣上表，首列平西將軍都亭侯馬超，次許靖，次龐羲，次射援，第四位才是諸葛亮，漢壽亭侯關羽第五，新亭侯張飛第六，黃忠、法正更在關、張之下。由此推論，馬超的見重於劉備，何殊漢高祖之重英布？

裴注引山陽公記載：「超因德之見厚，與備言常呼備字，關羽請殺之。」又，〈關羽傳〉：

> 羽聞超來降，與諸葛亮書，問超人才，可誰比？亮知羽護前，乃答曰：「孟起資兼文武，雄烈過人，一世之傑，黥、彭之徒，當與益德並驅爭先，猶未及髯之絕倫逸群也。」[1]

人以此定關、馬優劣。其實，陳壽的文字上，固已有「知羽護前」（護前即護短的意思）的說明，馬才固並不弱於關羽耳。

馬超世居西涼，為伏波將軍馬援後裔，本傳裡說：

[1] 編按：本節引用之史傳與原文差異甚大，為保留作者論述之樣貌，此處文字不改為通行之史書版本，亦不一一註出，以免行文繁冗。

父騰，靈帝末，與邊章、韓遂俱起事西州。初平三年，以鎮西將軍屯郿，後騰襲長安，敗走，退還涼洲。司隸校尉鍾繇鎮關中，移書為陳禍福。騰遣超隨繇討郭援，超將龐德親斬援首。以超為偏將軍，封都亭侯，領騰部曲，徵騰還京畿，拜為衛尉。

《魏典》略亦載：

超斬援，拜徐州刺史。及騰之入，因詔拜偏將軍，使領騰營。又拜超弟休奉車都尉。

《魏典》、《蜀志》，並無馬騰為曹操所害的明文，《演義》卻說馬騰，與劉備、董承，俱受獻帝衣帶詔，不幸董承身死，劉備屢敗，騰起兵無成，亦遭殺戮。操並行反間，寫信與韓遂，要他將馬超擒赴許都。韓遂深明大義，轉助馬超，興兵雪恨。這便是《演義》第五十八回「馬孟起興兵雪恨，曹孟德割鬚棄袍」、第五十九回「許褚裸衣鬥馬超，阿瞞抹書間韓遂」，兩回大書的張本，而戲劇上則名之為《反西涼》，又名《戰渭南》。

按《蜀志》云：

> 超既統眾，遂與韓遂合從，進軍至潼關。曹公與遂、超會語，超負其多力，陰欲突前提曹公，曹公左右將許褚瞋目眄之，超乃不敢動。

這便是許褚裸衣鬥馬超的藍本。〈超傳〉又云：「曹公用賈詡計，離間超、遂，更相猜疑，軍以大敗。」《演義》就事鋪張，於定計之後，操引眾將出營，左右圍繞，操獨顯一騎於中央。操高叫曰：「汝諸軍欲觀曹公耶？吾亦猶人也，非有四目兩口，但多智謀耳。」語亦有本，出〈曹瞞傳〉，但非為馬超語耳。

曹操割鬚棄袍，雖出《演義》，千古讀者，拍案稱快。關中某典鋪中尚有一棵大柳樹，樹腹對穿一洞，據云：即馬超一槍刺去，曹操奪命而逃的古蹟。齊東野語，父老羨稱。余嘗往參觀，樹在牆下，牆在樹外，觀者人納小銀元一枚。西涼錦馬超，卻替關中朝奉，留下千秋財路，亦趣談也。

《夜戰》、《葭萌關》二戲均演馬超大戰張翼德故事，但穿插不同。《夜戰》是文班戲，重唱而不重打。《葭萌關》則是武戲，用武生、武淨。此戲北派久已失傳，夏奎章（夏月珊，月潤之父）攜腳本至滬排演，又展轉傳至北平，北平詆之為外江派，不知錢寶峰久以此劇擅名，有活張飛之譽。寶峰故後，北伶幾三十年無能搬張飛者。宜其宣南顧曲周郎，不識此劇。後來，楊小樓與李順亭合演此劇，又復大紅。順亭告人，固學自錢寶峰。李萬春幼年與藍月春演此，號《兩將軍》，極受座客歡迎。今桐春、環春兄弟在臺，亦常貼此劇，則得自乃兄嫡傳，而環春英俊，尤勝萬春盛年，可造材也。

按史：馬超為人，鹵莽滅裂，反覆無常，實與呂布無二。而《演義》渲染，屢加特筆，稱為「錦馬超」。因其「與曹孟德是對頭」耳。潼關遇馬超，殺得曹操割鬚棄袍，千古稱快。至今關中尚有大柳樹，在一典當鋪庭心中，樹腹對穿一穴，據云即《演義》五十八回，「馬孟起追殺阿瞞，一槍中在樹上」的古蹟。我曾到此參觀，不覺一笑，蓋與《演義》同一偽託耳。而入此參觀，尚須納費銀幣二角，該典主人，實受馬超餘惠不少。

按《葭萌關》，張飛大戰馬超，亦僅見於《演義》而不見於史實。〈馬超傳〉：「超奔漢中，依張魯。魯不與計事，內於邑懷。聞先主圍劉璋於成都，密書請降，先主使人迎超。」又〈李恢傳〉：「恢北詣先主於綿竹，從至雒城，遣恢交好馬超，超遂從命。」是馬超之降，始終並無戰事。戲劇全憑《演義》，謂：劉備攻蜀，劉璋遣黃權向張魯借兵，適馬超兵敗滁州（按此為滁州，在甘肅境。非歐陽修所謂「環滁皆山也」的滁州），還奔漢北，魯便命超拒先主，張飛親與超戰，至夜猶挑燈，肉搏苦鬥。劉備恐兩將有傷，自出解之。諺云「一龍分二虎」，其實皆《演義》語也。

又按《蜀志・霍峻傳》：「先主襲劉璋，峻守葭萌。張魯遣楊帛求共守城，峻曰：『小人頭可得，城不可得。』帛乃退去。」（《演義》有一楊柏，當是楊帛之誤。）又《演義》：劉備故意在陣前，離間馬超，使楊心疑，會魯又中諸葛亮反間之計，責令馬超建功，馬超心不自安，先主乃令李恢說之，超殺白以降。實在與史實不合。

觀《演義》之增加此一回目：第五十六回「馬超大戰葭萌關」，實由〈關羽列傳〉：

羽聞馬超來降，舊非故人。為書與諸葛亮，問超人才可誰比類？亮答曰：「孟起資兼文武，一世之傑，黥越之徒，當與益德並驅爭先，猶未及髯之絕倫超逸也。」

《演義》因此生出葭萌關一戰，以見孟起、翼德材力悉敵。而無形之中，卻將關羽的本領，超出眾將，遂為三國人才，群英魁首。《演義》之捧關羽，於此等處皆煞費苦心。但一般俗手作文，在捧一個人上天，必定要將其他的人物降等階級，而《演義》既能捧關羽，又不辱沒馬、張，即黃忠、趙雲亦皆出人頭地，國士無雙，此《三國演義》所以為才子筆墨，非《隋唐》、《岳傳》可企及的了（按《隋唐演義》一說亦羅貫中作，殊不可信）。

《三國評話》有許多有趣的說法，為《演義》所不載，如說：「趙雲、張繡是師弟兄。因繡躭於酒色，後在長板坡被趙雲一槍挑死。」（《戰宛城》，趙雲酣戰時，臺上拋出一人形，作被挑狀，據說即張繡。）又說《葭萌關》，馬超是伏波子孫，善用飛撾，與張飛大戰，即用以擊飛。誰知張飛是大鵬鳥轉世，現出原形，超乃驚逃。此說，當是說《岳傳》人所增加，因《說岳》，以武穆為大鵬轉世，而有「在漢留姓，在守留名」之說，語本《金陀粹篇》。武穆臨終，「願與關張比烈」，亦知小說評話，雖屬信口開河，但亦未可厚非，一味譏笑他「無來歷也」。

馬超在蜀，雖名位高甚，但歷來史論家，對他都是不滿的。尤其是姚惜抱先生的筆記：「超乃亂臣賊子，歸蜀後無績可書，陳壽不當為之立傳！」尚鎔古詩：「幼君老父俱不顧，馬兒畢竟非佳兒。」又云：「好義敢並張飛垂？」馮夢龍云：「張飛釋嚴顏，誨馬超俱是細心作用，後世目飛為粗人，枉矣。」鍾敬伯云：「飛得大臣體。」此皆推飛抑超之論，而演劇家描寫張飛，偏偏把他變成老粗兒，葭萌一役與馬兒酣戰不休，甚至赤膊擋箭，成了許褚、李逵一類人物，我為三將軍呼冤不止。

留臺劇話（一）

顧家班

顧家班在「永樂」登臺，一唱五六年，可說春秋鼎盛，一直不衰。好的日子，滿坑滿谷，經常賣座，每天也在八成以上，而腳色的整齊、紮硬，也可說得極一時之選，開出那張名單來，就夠你瞧半天了。

青衣：顧正秋。
鬚生：胡少安、李金棠。
花旦：梁正瑩、張正芬。
裡子老生：馬驥良、王質彬。
武生：劉正忠、李鳳翔。

架子花：高德松、牟金鐸。
小生：儲金鵬、馬世昌、劉玉麟。
小丑：周金福、于金驊。
武丑：景正飛。
胡琴：王克圖。
司鼓：侯佑宗。
包頭：于玉蘭。
領班老師：關鴻賓。
後臺管事：顧鳳雲。

從這張名單裡看得出：「正」字輩是屬上海戲劇學校出身，「德」字、「金」字輩是北平戲曲學校出身，而「玉」字輩卻不是「戲曲」和「富連成」出身。原來劉玉麟本是麒派老生，後來儲金鵬、馬世昌都走了，才由劉玉麟頂上去應當家小生，他是劉玉琴的弟弟，也是前時來香港演出花旦劉復雯的父親，生性聰明，扮相俊秀，改行小生，一唱就紅，直到如今；不知道的都目他為當家小生，知道的都稱他為麒派小生（按麒派亦有小生戲，而麒麟童對沒有鬍子的小生戲，特別有癮）。

顧家班這張腳色名單，可說金樑玉柱，各有專長，後來六王分立，多已紛紛飛上枝頭做鳳凰了。最可惜的是儲金鵬回大陸，現在都不知所往矣！雖則朱世友、馬世昌都是「富連成」出身，比儲金鵬還差著多少里呢！最有趣的是顧正秋說的：「我最怕和馬世昌老闆同臺演戲，他身上那股大蒜味兒真受不了。」

第二個可惜的是武生劉正忠。他玩藝兒真夠，扮相也帥，就是不肯卯上，《長坂坡》打八將，全是虛招，但馬躍重圍從桌上一個八字打拍下來，靠旗不動，靠身鋪滿臺毯有如一朵蓮花，誰也辦不到。

李金棠唱二路老生帥極了，胡少安常常被他相形見拙。看戲的無不惋惜他，為什麼他不改應正工老生呢？後來胡少安與顧家阿姨鬧翻，拂袖他去，自主成班，李金棠就頂上來唱當家老生。他的用功向上，虛心求教，可說無人能及。說也奇怪，他唱二路扮相唱做什麼都好，一唱正生便處處見弱；於是我們不得不佩服當年的老師，他們傳授弟子，派定腳色，只要看一眼，就能派定了你的終身。例如貫大元的老弟貫盛習唱二路時，都紅得發紫，一改正工，便使人不無求全責備。這不是祖師爺傳下來的規矩，而是限於本人的天賦了。

顧正秋得天獨厚

論色藝雙絕，顧正秋都算不得最上乘，但她得天獨厚，無人能及：第一：她到臺灣，可算劇運第一個開荒者。論當年四大名旦到上海，多不過一月半月，便是梅蘭芳也不過連一二個月，便要貼臨別紀念，下次再來。誰能像小秋，一到臺灣就紅，在「永樂」靠她這根臺柱，連堂客滿，五年如一日，這份人緣，有誰趕得過她？第二：前面說過她的色藝都不算最上乘，圓圓的臉蛋兒，胖胖的腰肢，綽號「小皮球」，但一看到她便是滿面春風，叫人從心坎裡喜歡她，難怪有人會連看她幾個月，從不缺席。她的美，正合著「關雎樂而不淫」，這是天賦，不是做作。論唱工是大路的，梅、程、荀、尚一鍋下，但是從頭到尾，沒有出過亂子，甜美的嗓子五音俱全；這是最不容易的，除了梅蘭芳，可說沒有第二人。第三：我最佩服她的是她的急流勇退。試問：從古至今，誰能在聲名鼎盛的尖頂，突然拋棄現實，擺脫一切，像小秋這樣從繁華燦爛中抽身出來，卸卻歌衫退藏於密，十餘年如一日？她的歸宿非常美滿，我說她得天獨厚，洵非虛譽。

《鎖麟囊》滄桑錄

《鎖麟囊》是後期的程派戲，說清楚點，它是抗戰時期，程硯秋在北平、上海兩地唱紅的。程的本戲多出金仲蓀手筆，此戲獨為翁偶虹所編；因為場子通俗，唱腔繁重，頗為外行人所喜，故一唱而紅，但真正學程派的對它並不重視。例如新豔秋、侯玉蘭當年都不曾唱過此戲。顧正秋在「永樂」演出頗為叫座，但她不是程派正工，謔者稱之為「陳（程）皮梅」。

直到周長華來臺，在電臺教戲，才把此戲真正唱紅，而胡琴把子則是他的太太穎若館主，字正腔圓。那一時期「怕流水」、「春秋亭外」幾乎家絃戶誦，比到崑曲當年的「家家收拾起」、「戶戶不提防」並無遜色。但真正的程派正宗，票友如高華，內行如章遏雲，皆不唱此戲；章遏雲近年始應各界煩請演出《鎖麟囊》；以此戲場子太碎，唱腔近俗，實不能與《文姬歸漢》、《荒山淚》諸名劇並駕齊驅也。

真正唱《鎖》劇的還是推顧正秋，可是此戲的配角排名，二十年來，也就歷盡滄桑了。

當年顧正秋唱《鎖麟囊》的時候，盧夫人是梁正瑩應行。後來梁正瑩辭班，才起用張正芬演盧夫人。顧正秋息影，張正芬桃樑主演《鎖麟囊》，盧夫人改用于玉蘭應行。再後，于玉蘭也唱《薛湘靈》了，盧夫人歸誰應行，我就想不起了。

紫金冠

哈元章唱《鄭成功》，戴紫金冠，有人說他長相兒不合於小生模樣，不該戴這頂冠，我曾經代他呼冤。元章為二路老生哈寶山之子。

紫金冠好似小生的專利品，在三國戲中，又是呂布、周瑜的專利品。有人在疑惑呂布、周瑜的年紀（其實呂布比劉備還大），這且不言，只說三國戲裡一個準小生，還沒份兒戴這頂冠呢——那是陸遜。但是說開來，這頂紫金冠又不限於小生。大花臉宇文成都、司馬師、李元霸這幾個花雞蛋兒，為什麼也配戴紫金冠？還有一嘴蒼白鬍鬚、滿臉奸邪的屠岸賈，他也帶上一頂紫金冠。於是紫金冠這樣東西，究竟什麼人該戴、什麼人不該戴，反而難下確定的斷語。說實話，什麼穿破不穿錯，不過是戴慣了，穿慣了，看慣了，習慣成自然而成為梨園行中不成文法的一個例規。譬如陸遜，他倒是比呂布、周瑜上場的時候還要年輕的準小生，如果有人唱《連營寨》而替他戴上一頂紫金冠，恐怕臺下要譁然說他鬧大笑話了。難道陸孫的腦袋就是個劏頭腦袋，應該和鄧禹一樣戴土頭土腦的金踏蹬嗎？其實鄧禹上場的時節，也只有二十四歲。再說，我們看慣了羽扇綸巾的諸葛亮，走到成都武侯祠，一見相貎披蟒的諸葛亮，反而會說他不像諸葛亮。其實你再想想：丞相不戴相貂，又叫誰戴相貂呢？所以說鄭成功做世子，戴紫金冠，是沒有錯的，難道他連一個劉封的份兒都沒有嗎？哈元章從善如流，聽說後來改了，其實是不必改的，多戴幾次，讓人家看慣了，也就習慣成了規矩。

沈氏三鳳

沈弘一教授，臺北世家，他自己是學聲樂的，卻把家財全部犧牲在研究平劇。讓他四位小姐都去學戲：長女沈灕，次女沈嘉，三女沈涪，四女沈寧。張曉峰創辦國立藝專，成立戲校，沈灕帶藝入校，為該校的青衣臺柱，貌美音寬；她是純正的梅派，當時演出《二城復國記》轟動一時；可惜不久離校，轉入中廣電臺，她的妙奏，只能在空中傳播，極少機會現身紅氍毹上了。

次女沈嘉，則和她的妹妹，都在王振祖創辦的復興劇校坐科，「復」字排名，所以她們的藝名都加上了「復」字，而成為復嘉、復涪、復寧，內外行都管她們叫「沈氏三鳳」。三鳳以復嘉的造型最佳，她的扮相，完全像當年在北平「富連成」出科的小花旦劉盛蓮一模一樣，而她那雙大眼睛更像了當年不可一世的陳永玲。按劉、陳二伶均得小翠花親授，可惜復嘉趕不上；她的藝術可說別具會心，出科以後，至今依然小姑居處，還在孜孜不倦地潛心研究劇藝，前途無量。寶島花旦首座，他日將非復嘉莫屬。

復涪、復寧同習武旦，藝亦不弱。沈涪早嫁名武生李環春，當年她父親曾一度反對，及後阿侯生子，玉雪可念，老外公也樂得含飴弄孫，安之若素了。

復寧最小，扮相最美，武功不弱，出科後不常登臺，卻在電影界做武俠片的替身，進益不惡；她的夫婿是「大鵬」後起之秀，大武生張富椿。

小妹子張正芬

顧家班三十七年來臺，張正芬還是梳兩條辮子的小妹子，我們都管正秋叫「小秋」，正芬叫「美芬」。她母親是個美人胎子，所以美芬從小也是一個美人胎子。由於關老師對她的鍾愛，自幼錦衣玉食，無憂無愁。說真的，她的劇藝，小時可沒有下過苦功，而她的甜美、她的靈活，使她成為天之驕子，前後臺的唯一寵兒。我們常和她們倆（小秋、美芬）談到蹻工，小秋說：「每日在練。」美芬卻說：「我的木底兒丟在大陸，還沒有帶來呢。」說得關老師都笑，呵著道：「美芬，你姊姊唱正旦的，她倒練。你唱花旦，倒把蹻丟了。」美芬躲到她母親懷裡笑：「阿姨瞧，老師又要打我呢……。」（張阿姨是顧家班的眾家阿姨，所以美芬也管她叫阿姨。）這股稚嫩嬌酣的美勁兒，真叫人記憶猶新。

可是從小秋卸去歌衫，美芬就為全班挑起千斤重擔。在「永樂戲院」獨挑大樑，她也下了苦功，日夜勤練，文武不擋。她原是絕頂聰明的，又加是美人胎子的扮相，關老師要她唱《起解》，這是小秋的絕唱，她不肯冒這個險。我為關老師建議：「為什麼不叫她唱《天女散花》呢？」關老師說：「好，她本是個天女，可又怕戲太冷。」我建議：「我們給她加上十八羅漢跑圓場，一個個亮相，這臺戲就熱鬧了。」關老師說：「對，我們就這樣辦吧。」三天打泡，果然連賣滿堂，我還做了一副二十四字的長聯，由梅花館主寫了，剪成金字，貼在二丈四尺的雙幅紬幛上，真覺得滿臺瑞氣，字字生輝，「張正芬」三個字也就繼位正秋，登了寶座。而她最稱心拿手的一齣戲，還是《雌雄鏢》，演小生的韓紫峰、演二娘的于玉蘭，皆可圈可點。

正芬嗓子本來不夠正秋，在「永樂」時期，她都避去小秋的拿手而自向花衫、刀馬戲裡找門路，所以她的《拾玉鐲》、《雌雄鏢》、《梁紅玉》、《破洪州》均非常叫座。「永樂」報散，她也卸衫息影，于歸庾郎（昆明市長庾晉侯公子）。近年來為了從事文化復興工作，加入「陸光」，時常出現電視，卻專以青衣唱工見長，《大保國》、《二進宮》尤為絕唱，不但嗓音寬亮，做表到了爐火純青的境界，而且弱不禁風的嬌軀也豐腴了。我曾在莒光車中遇見她，我說：「美芬，你的腿，還像以前那麼細嗎？」她得意地說：「瞧，我穿熱褲呢！」

大武生

行話：武生有大小之分，一般分別，長靠為大武生，短打為小武生。其實不然，例如：楊小樓當然是大武生，但他的《八大拿》（黃天霸戲）都是短打；李春來是以短打見長，《黃天霸》固然演得好，《花蝴蝶》、《拿謝虎》、《蓮花湖》都是他的絕唱；蓋叫天師承李春來，極少演靠把戲，李春來尚演《伐子都》；但他們全是大武生。其次如北方的尚和玉、孫毓堃，南方的楊瑞亭、張桂軒都夠得上大武生，所謂大者，第一要氣魄雄偉，武藝精湛，只要向臺上一站，便感到八面威風，楊小樓演《長坂坡》（靠把）、尚和玉演《一箭仇》（箭衣）、蓋叫天演《武松》（短打），莫不如此。換過來說，如果叫他們演不對功的戲，便不是那回事了。演員貴在有自知之明，不是他不會演，而是他不肯「露短」、「顯弱」，而他們之所以成為一代名伶，也在此。

李桐春是個好武生，現在胖了，不再動俊扮的大武生，他要動開臉的大武生，《鐵籠山》、《拿高登》都夠，但他從不來動李元霸戲。我曾多次央他和環春合演一次《四平山》，他的李元霸、環春的裴元慶，在寶島不做第二份想。桐春答應了，但這句話說了十年，始終沒有排出來。他說：「這是尚道爺（尚和玉）的絕活，楊宗師都沒動過，我們怎敢？」憑這句話，李桐春便坐穩了是個大武生。

目前的大武生，後起之秀，我寄望於兩個人：李環春和張富椿。

張富椿出科「大鵬」，三年前他到臺中受訓，暫隸於預訓部的干城康樂大隊，我一聽他的嗓子，吃了一驚，簡直是當年楊小樓的雛形，論藝弱了些，卻非常邊式。第一天看他只是《盜仙草》的鶴童，配上沈寧的白素貞，兩個一身白，那份俊扮相，簡直可喜極了。過後，丁仲陪他們到我家來，我就開玩笑說：「你們在臺上簡直是一對兒天生璧人。」他倆笑笑，從此形影不離，他們是繼李環春、沈湆而做了沈弘一兄的乘龍快婿。

趙玉菁的拿手戲

趙玉菁工《烏龍院》，第一「京白」好。大家都離鄉背井一二十年了，在今日社會中，五方雜處，風土人情不一，言語因省籍而異，任何人都難保持純淨之鄉音，多少總有點走樣；唯有趙玉菁的純正京白，叫人聽著舒服。

閻婆惜之於宋江，情感破裂，已移情別戀，又未便形於外表，內心之厭惡，恨不能宋江立刻死去才好，所以表面敷衍，三分勉強，話雖聽著似好話，骨裡帶刺，尤其冷嘲熱諷的言語，佯瞅不睬之神態，玉菁做來妙極。

我聽玉菁此戲者屢，愈看愈覺得她不凡。當張三在烏龍院未去，宋三已在外叫門，立將張三匿之馬二娘屋中，出與宋三周旋，滿想三言兩語把他打發走，不想宋江無話找話，厚著面皮窮泡。婆惜屋裡藏著個人，小鹿心頭，不時後顧，這是他人所沒有的，玉菁演來細膩已極。

當馬二娘騙以：「妳那心腹上的三郎來了。」她踩著蹻，藕合的褶子，墨綠坎肩，盈盈出臺，姍姍下樓，亭亭玉立，婀娜多姿，最漂亮的閻婆惜也。尤其到了：「……八成丟了東西吧！是不是要飯的口袋？幸虧丟在這兒了，給你！拿去！」一下扔在地上啦！這種八個不在乎的勁兒，有所恃而無恐的神氣，把人氣得要死。

趙玉菁最好笑場，尤其是一「吃栗子」（內行又名「吃螺螄」，唸錯了戲詞）能笑得直不起腰來。一次在：「……酒言酒語，得罪你啦！得啦！我一個人兒的宋大爺。」搬著哈元章腦袋，足這麼一晃，方巾蓋住眼睛了，髯口跑到鼻子上了，玉菁又笑了，我也笑了，大家都笑了。

顧正秋與胡少安

顧正秋來臺的第一天，時在十一月中旬，第一天為她接風的是無錫首富楊翰西先生和他的五公子楊啟予，而應邀作陪的特客就是我一個。原來，楊氏父子在青島辦有很大的企業，而顧正秋和胡少安都曾在青島唱戲，啟予捧得很夠勁。顧、胡初到臺灣，舉目無親，第一份登門拜帖，就投到楊家父子。而我和啟予是過房親家，他的千金櫻寶小姐是我的乾閨女，也愛唱戲。正秋本是上海戲劇學校的臺柱，我們在上海常見，而胡少安則是初見，當晚酒餘飯罷，也曾吊嗓消遣，我聽少安的嗓門有點像宋寶羅，身上比較一下，卻有高慶奎氣派。我告訴他，宋寶羅在上海很吃香，但他的綽號卻叫「洋鐵皮，火車頭」。少安也善用假音，但他嗓子裡有底氣，能高能低，最好從沉著方面用功，將來受用不盡。

當時，少安很服膺我的說法，後來就從沉著一方面用功至今，他是一位非常虛心好學、賣力認真的藝員。

留臺劇話（二）

新年舊照

這是民國五十六年在臺北雙城街臺灣合會招待所，我為她們拍的一張紀念照，從左起：郭小莊、崔富芝、廖苑芬、蔣桂琴、高蕙蘭、蔣治萍，她們是大鵬劇校傑出的六位弟子。這一天的來賓有高華、章遏雲、陳十雲、黃宣萍、高宜三，都是票界傑出的前後輩，而張目寒和我為雙主人，文武場齊全，錄音帶充足，菜肴俱佳，賓至如歸，著實過了一個最快樂的新年。後來的還有嚴蘭靜、張安平參加，照片已經拍完，不及加入。說一句老話，歲月如流，人事多變，如今算算已經四個年頭了，而在電視裡卻陸續看到她們的精彩演出，使我更回想無窮。

論班輩高蕙蘭、嚴蘭靜較高，所以姊妹淘都稱她倆為大姊。而郭小莊只是小妹妹，圓圓的臉蛋兒，上起妝來，簡直是天仙化人。現在，她的劇藝猛進，日上竿頭，人兒是瘦了，但丰度卻愈美了。

崔富芝，原本隸屬復興戲校，也是「復興」的當家老生。皮以書女士賞識她，把她過堂到「大鵬」。論藝她有未來孟小冬的希望，可惜身體吃了虧，永遠長不大，練功甚勤，中氣不足。最近杜姚谷香夫人收她做了入門弟子，所以也唱「《斬黃袍》一類戲，不過，我總覺得她應該拜「冬皇」孟小冬女士才對。

廖苑芬私底下丰姿甚美，上了妝卻稍微減色，這是貼片子太前的緣故。余嘯雲、郭小莊貼片子也太前，我都和她們說過。余嘯雲本來感到兩顴瘦削，現在豐滿多了。有一次碰到余季明提起，季明說：「這是她聽了您的話，琢磨的呀！」如果是真，嘯雲可謂從善如流。小莊在電視《三鳳曲》裡出現，更瘦了。有一次我在「國光」散戲出來，有人遠遠地叫「陳公公」，街燈黯淡，我幾乎認不出來，近一看，才知是小莊。我希望小莊，聽我的話，也把片子貼寬一點，好看。

高蕙蘭的小生，不用說，當為目前女小生中首席；但是太瘦了一點，不及程燕齡豐滿富態；但論藝，燕齡還是趕不上蕙蘭的，尤其是《狀元譜》、《紅鸞禧》之類的拖鞋皮小生。最近小生行出了一個孫麗虹，她是外行，在臺中拜師季少山，加入干城劇團，扮相好、嗓子衝，已知非池中物，及改隸臺北「今日」，便挑大樑。我做「麒麟」座上客，看小麗和姜竹華的《雌雄鏢》，大為欣賞，覺得她渾身是馬榮利的玩藝兒，還有點朱世友，趕到後臺去看她：「小麗太進步了，是馬、朱二位都是老師教的嗎？」她也高興得跳跳蹦蹦地說：「爺爺，你真有眼力。」不過，藝無止境，萬萬不可自滿、自驕，小麗勉之。蔣桂琴的青衣有底子，扮相也好，可惜最近因病截了一足，依然愛戲若命。她在截足後曾在私下問人：「我還能在臺上演些不重要的角色嗎？」聞之淒然！蔣治萍下頦兒小，片子應該貼方一點，不信，照我做，她的臺風當不下於大姊嚴蘭靜的。

我在這裡專提貼片子，是有道理的：第一，唱戲第一講臺風，貼片子的妙用，有說不盡的好處。第二，我們現在貼的是軟片子，這是南方馮子和所發明的，而不是京朝派從北方帶過來的。梅蘭芳《舞臺生活四十年》中便說過，她第一次到上海，才看到這種軟片子，認為奇妙。

復次，我再談到大姊嚴蘭靜。蘭靜可說和我們有世交，她的尊翁嚴行先生，和我的內子十雲都是言派老生。當我初來臺灣的第二年，住在新生南路，隔壁便是言派名票唐纘之，而從纘之的座上，得識嚴行。嚴太太也是戲迷，才把兩位愛女送到「大鵬」學戲。蘭靜是二妹子，和高蕙蘭同班（按「大鵬」的徐露、鈕方雨是頭班，蘭靜、蕙蘭是二班，郭小莊是三班），她嗓子好，唱張派，扮相稍嫌清瘦。現在豐滿了，嗓子也歸功，最近聽她的《會審》完全用梅腔，字正腔圓，值得嘉獎。

《紅樓夢》戲目

《紅樓夢》最難排，亦最難演，因為事本家常，人具個性，演林黛玉尤難體貼討好，所以編排《紅樓夢》劇本者多避去釵、黛。但賈寶玉仍為劇中主要人物，以吃蔥蒜的北方泥男子，要演一個儘日在女孩兒家口脂面粉裡打滾的無事忙，見之無不令人作三日嘔。故最聰明而討俏者，當推陳墨香為荀慧生所排的《紅樓二尤》，和歐陽予倩自編自演的《寶蟾送酒》，皆避去寶玉。但予倩生就一副雷公嘴，一千八百度的近視眼，演寶蟾嫌唐突。此劇後仍被慧生收為己有，並起用李桂芳演薛蝌，極得牡丹綠葉之助，後來坤旦多喜演此。

慧生紅樓戲尚有《晴雯撕扇》、《平兒理妝》、《呆香菱情解石榴裙》三齣，皆不能避免寶玉，當家小生的金仲，極盡癡肥，演薛蝌尚嫌顢頇，如何唐突寶玉？故此三劇，即不常演。而《晴雯撕扇》帶《補裘》實為周信芳所編，荀、周亦嘗合演。信芳能劇不少，一演寶玉就俗不可耐，後亦視為畏途。伶界所常演者，厥為梅蘭芳之《黛玉葬花》、《俊襲人》二劇。而《俊襲人》詞句出於樊山老人手筆，以白描唱二六，雅馴柔美，可謂超出其前編《散花》等詞句萬萬。惜乎姜妙香扭頭捏頸，全無半點富貴家公子哥兒氣象，辱沒此腳本不少。蘭芳飾俊襲人，可謂恰如其份，妙到毫顛，若葬花之黛玉則又不夠楚楚可憐，才難之歎，於此盡矣。

劉豁公嘗編全本《大觀園》，從元妃省親起，黛玉焚稿止，以趙君玉飾林黛玉，其時君玉正當盛年，女人美有超過梅蘭芳而無不及，但觀其演出，只合一個薛寶釵身分，於臨死大呼「寶玉」不止，全失黛玉風度。其後劉玉琴嘗演之，玉琴弱冠時，綺年玉貌，楚楚可憐，演黛玉似強人意，惜不久即倒嗓，中年教曲度日。內子十雲嘗從學全本《金玉奴》、《花田八錯》，十雲說病嗓，喜唱老生，然嘗一試粉墨，尚能踩蹻登臺，往事如煙，四十年前舊事矣。

八本《雁門關》

八本《雁門關》據說是王瑤卿祕本。北平戲劇門戶之見本來極深，常常拿京朝派來否定一切戲劇的價值，要不是北平常唱的，便加上一個「外江派」的頭銜。例如《跑城》、《追信》、《打寇》，從前都是大內列有戲單的，而近四十年來則一例認為外江。殊不知八本《雁門關》，倒真是合外江之大成。蓋此劇源出梆子，名《南北合（一作「和」）》，漢班名《八盤山》，徽班亦名《八盤山》，一名《八郎哭城》。梆子還有個小名兒叫《抱枕頭》，即是單演八郎被留宋營，思念公主，後來公主探營被擒，蔡秀英吃醋；這一段乃全劇之菁華所在，從前老戲班子裡常演，這是去頭尾的醋魚中段。

徽班與梆子最大的分別，徽班純為二簧，梆子全為西皮，故《八郎坐宮》，徽班唱二簧三眼，梆子唱西皮慢板。漢劇、滇劇皆宗梆子，楊延順坐宮院是悶簾倒板（即四郎探母亦然），故平劇的《四郎探母》實套自《八郎探母》，而平劇的《四郎坐宮》又套自《八郎坐宮》。尤可噱者，《八郎探母》名《八盤山》，《四郎探母》名《四盤山》，這座盤山竟為他們楊家兄弟而拆了家。

現在無論《四郎坐宮》也好，《八郎坐宮》也好，都是西皮到底。如果有人說當年也有唱二簧的，一定要笑歪了嘴，說你矇事，但王泊生的《八郎坐宮》，卻是用二簧唱的。後面《抱枕頭》還有一段〈入夢〉，唱「反四平」則非原有格調，為泊生所增加者。現在空軍供應部康樂隊的名小生金大源，及以前在「大鵬」搭班的名旦趙原，都是山東戲劇學校出身、泊生的高足，不知還有這個本子沒有？

再說徽、漢、秦、滇，此戲從《八郎坐宮》，到《跪城》、《哭城》皆一日演完。「新舞臺」由潘月樵主演的平劇《南北和》亦如此。京朝派則初演為六本，後來又把《洪羊洞》添上而湊成八本，原因是當初戲班，四天一換園子，演唱八本正好一日兩本，專為賣座著想，對於戲的菁華散失，則不顧也。

在臺灣的名伶章遏雲、趙玉菁都擅長此劇，章擅公主，趙擅太后。小一輩的卻沒人演，章、趙二姊，何不傳授一下呢？

閒話《虹霓關》

頭二本《虹霓關》，頭本演東方氏，二本演丫環，是梅蘭芳作的俑。程豔秋只演二本丫頭，不演頭本。有一張，梅、程、尚合攝的照，非常名貴。小雲夫人，豔秋丫頭，蘭芳反串王伯黨，當年梅、程、尚常在一起，而慧生不預焉。至於四大名旦合灌唱片《四五花洞》，周旋其事者，實為老友梅花館主鄭子褒兄，長城公司主持人葉庸方不過徒擁虛名而已。

民國十四年，三小一白到上海出演於天蟾舞臺，小是小樓、小雲、小培，白是白牡丹（即後來的荀慧生）。小雲乃臺主許少卿御兒乾殿下，驕氣盈天。白牡丹出科未久，楚楚可憐，陪小雲演二本東方氏，竟搶小雲鏡頭，臺下彩聲炸如春雷，小雲當場開消，罵白搶戲演。一時群情大憤，乃有捧白團之組織，楊懷白、舒舍予、沙大風為其中堅。文字在《大風報》發表，各報響應，小雲為之鎩羽而歸。四大名旦原定有王蕙芳，沒有荀慧生，至是，慧生乃取蕙芳而代之。梅花館主錄《四五花洞》唱片，排梅、尚、荀、程每人一句，而四大名旦寶座於以大定，後程又侵尚而上之，菊壇乃知有梅、程、荀、尚而不知有王蕙芳了。

辛亥革命前，譚金培、王瑤卿搭班「同慶」，合作演出名貴佳劇，其時梅蘭芳尚籍籍無大名。瑤卿專工青衣，花旦是郭際香，與瑤卿時常合演《虹霓關》，瑤卿終扮丫環，際香始終扮東方氏，也沒有把頭本丫環、二本夫人當作配角。其時小生是德珺如，頭本王伯黨辦不了，對槍的伯黨用老譚的三子嘉祥，他是武旦出身。

初來臺灣，看復興劇校的頭二本《虹霓關》，徐復玉始終扮丫環（即徐渝蘭），頭本裡掮大旗，跟定東方氏，一點不覺得委屈；尤其是臉上的脂粉，不作濃塗豔抹，完全做定配角地位。老師教導有方，學生不肯胡來，值得稱譽，現在都看不到了。

從前演二本必帶〈殺帳〉，現在久已看不見了，想因二本東方氏是個配角，不讓她再出風頭。

談《鎮潭州》

套一句俗話：「余生也晚」看不到程長庚、徐小香的那齣《鎮潭州》，但是我還看到徐慕雲所藏的一張程、徐合作的劇照。此劇老譚和楊小樓合演，亦是名劇，可惜只見到譚小培和楊小樓合演的《洞庭湖》，當中有《鎮潭州》；可是小培是譚叫天的劉景升豚犬之兒，父子天淵之別，當然不能過癮。小樓演此亦如《八大鎚》的陸文龍一樣，不能盡如人意。民初在北平，看余叔岩票過此戲（時以春陽友社票友演出），票楊再興的是王又荃，你別看他後來在程硯秋劇團裡那樣潦倒，當真玩票時，卻是小生行中一把好手。後來唱《鴛鴦塚》的謝招郎，回頭想想，有誰唱得過他！《鎮潭州》老生北邊王福壽、謝春喜，南邊張榮奎都很擅長，小生則推程繼仙出色當行。可惜我看了幾次程繼仙，老生都是雷喜福扮岳武穆。喜福是「富連成」的前輩弟子，津人稱為「雷瘋子」，靠把戲非其所長。倒是勝利以後，看到一次高盛麟、葉盛蘭合演的《鎮潭州》，倒覺得非常滿意。這一天戲後面還有譚富英的《定軍山》、程硯秋的《紅拂傳》，高、葉是倒第三的碼子。可是盛麟一出場，碰頭彩如春雷乍起，下來富英的碰頭彩聲倒沒有他得的多，程硯秋《紅拂傳》上來，竟爾全場寂然。我第一次看高盛麟，是在「富連成」坐科，他本是當家老生，盛蘭當家小生；這天戲目是《群英會》，盛蘭周瑜，盛麟魯肅，袁世海黃蓋，人在臺上都只有二尺半高，戲好，人好，真是叫人愛煞。及在上海重見盛麟，則高慶奎已物故，盛麟改唱武生，這樣一塊好材料，卻那樣地懶儂，每看他戲，便替他可惜；可是這一次的《鎮潭州》真給他冒上了。可惜「清晨起，打一仗，龍爭虎鬥」一段原板，唱來仍有些怯，那是嗓音限之，無可勉強的。至於楊再興一角，盛蘭恐怕要算當今唯一人才，其扮像、臺風、眼神、腰腿，無一不佳，出場大引子，唸得有聲有色，起壩得漂亮俐落，可謂：「揚腿則粉靴見底，住手則鑼鼓收音」，承繼仙之絕詣，此人以外更無餘子矣。是日，牛皋亦為袁世海，令我回憶二十年前三人合演之《群英會》，不覺有嘉榮前輩、何戡舊人之感。劇散徘徊，今日回憶，握筆尤難為懷。

按《鎮潭州》如今也有人唱，全不是味，而把「潭」州一例寫成「澶」州，地理都搞不清楚，還說什麼戲！

《祥梅寺》憶往

包緝庭先生談祥梅寺，使我記起一樁往事，是荀慧生在「丹桂第一臺」初露《釵頭鳳》的那一年（大約是民國十八九年）。我因為告訴他「宗士誠」是「宗子士誠」，宗子便是皇族的解說，他該姓趙，慧生便約我去瞧他的戲。這一次是有錢金福、王長林一同南下的，我便要求慧生，煩他們二位老伶工合演一回平生傑作《祥梅寺》。

其時，錢金福年齡已將近七十，開臉的美，扮相的雄武梟桀，白口的斬釘截鐵，真可當得「氣足神完，典型模範」八字考語；入廟三次按劍，靴底功夫之帥，面部表情之神，至今如在目前。今人但知錢寶森把式工架之不可及，和乃父相比，也就如關平比關公，差得多了。

錢金福此劇，以後亦不再睹，在滬可稱絕唱。王長林的楊和尚，撞鐘、擊鼓、添燈油種種身段，身如蝙蝠夜飛，已為絕技；與黃巢對口脆若哀梨并剪，連說帶做，種種身段神情，無不妙到毫顛。此劇王長林後傳葉盛章，盛章傳張椿華，可謂愈傳愈小。正如看畫：錢金福、王長林是一幅宋元古畫，葉盛章、袁世海是明清人畫，張椿華只是一幅近代人畫，略無含蓄了。

是夜劇散，余車回愚園路，至靜安寺路同和里口，忽與顧掌生兩汽車相撞，我的眼鏡陷入鼻樑，至今疤痕尚在。當時我血流滿面，顧掌生還下車來慰問我：「要不要緊？」我說：「沒關係，您呢？」他說：「我沒什麼，很好。」誰知過不了兩月，掌生竟因傷肺嘔血而死。他的訃聞上還載被「陳小蝶先生汽車所撞」。此一遺憾，和我鼻樑疤痕永留不去。而此一名劇《祥梅寺》亦永留腦海，天上人間，〈廣陵散〉絕。

關公戲

平劇合稱皮（西皮）、簧（二簧），西皮源出梆子，二簧源出徽腔，而徽腔戲源，以關戲為主，如程長庚的主要戲目，便是關公，不稱淨角，而稱紅生。按崑曲淨角，本有「五紅三黑」之專名，而五紅之中，《訓弟（古城）》、《訓子（水淹七軍）》、《單刀（過江赴宴）》竟占其三。衍為徽戲，其流愈廣，沿至今日，乃有只知三麻子（王鴻壽），而不知程長庚，只有皮簧而不知有弋腔者。現在我們把他來詳細地談一談。

《三國》、岳傳、楊家將、薛家將，多是戲劇的最大來源，而《三國》資源採取尤廣，例如曹操、劉備、諸葛亮、五虎將都有獨立而出色的本戲，而〈關羽傳〉更多，計有：

(1)斬雄虎（一名《宿廟換容》）

(2)桃園三結義

(3)斬華雄（一名《虎牢關》）

(4)斬車冑

(5)許田射鹿

(6)屯土山

(7)秉燭達旦

(8)斬貂蟬

(9)贈袍賜馬

(10)斬顏良

(11)封金掛印

(12)霸橋挑袍

(13)過五關

(14)古城會

(15)漢津口

(16)華容道

(17)戰長沙

(18)臨江會

(19)水淹七軍

(20)刮骨療毒

(21)威震華夏

(22)走麥城

(23)西蜀夢

(24)活捉潘璋

(25)玉泉顯聖

以上各劇之外，尚有附見於其他戲劇而僅為配角中之配角者，例如《青石山》之龕子，皆不贅。

（按：李洪春整理關羽戲集，尚有《造刀投軍》、《關軍教刀》、《破汝南》、《收周倉》、《收關平》、《火燒博望坡》、《取襄陽》等劇目，可補本文之不足。）

附：五虎將的戲。

關羽：關公戲已具見前目，不載。

張飛：桃園結義、怒鞭督郵（一名《芒碭山》）、蘆花蕩（三氣周瑜）、黃鶴樓、瓦口關、葭萌關、造白袍。

趙雲：戰盤河、一將難求、臥牛山、長坂坡、取桂陽截江奪斗、陽平關、連營寨、天水關、鳳鳴關。

黃忠：戰長沙、定軍山、陽平關、五界山、伐東吳。

馬超：反西涼、戰渭南、葭萌關、取城都。

銀屏公主

唱腔、場子、劇情都有問題。花腔雖佳，情理上卻說不過去。

張派的《銀屏公主》在臺灣很紅過一陣，以人論戲，李毅青、蕭蕙芳都很成功。以戲論戲，這齣《金水橋》改裝的《銀屏公主》，很有討論的價值。大凡一齣名劇的成立，都要有它自己的特點，而《銀屏公主》則是《金水橋》加頭去尾。〈點將〉一場抄《戰太平》的場子。青衣慢板，卻抄了《鎖麟囊》「淚濕衣襟」的腔。程腔之所以名貴，例如《碧玉簪》、《鴛鴦塚》，一樣慢板卻沒有一個雷同的重腔。梅腔的《鳳還巢》、《生死恨》也沒法扯到別處去用。而張君秋一齣《銀屏公主》卻全偷了《鎖麟囊》兩次。此趙寵所謂「八月中秋桂花香」，有些兒不貴呵。

〈點兵〉抄《戰太平》場子，亦欠妥：第一，《戰太平》是悲劇，老生唱二簧散板，沉痛淒涼。秦懷玉尚未出師，先奏商音，聽著就非常彆扭。

再說《戰太平》因老生下場換裝，青衣坐場墊唱，為的是掐時間，所以青衣的唱不注重。如今青衣是角兒，一段慢板置「軍情」、「戲情」於不顧，大耍長腔，排戲的外行，無可原諒。銀屏出場用小引子，詹妃出場用西皮原板，亦有反客為主之嫌。又銀屏對駙馬一段快板，亦為小家氣派，試看《御碑亭》普通人家與宮廷有別，尚用西皮中板以見雍容不迫之狀，哪有身為公主臨到駙馬出師，反而如此沉不住氣者？

全劇精彩在〈金殿〉一段二六。但老母在堂，公主竟將詹妃口口聲聲稱為母后，犯嫌越禮，莫此為甚，花腔雖佳，情理上卻說不過去。而詹妃也只有討得幾聲「母后」，竟把殺父之仇，丟往九霄雲外，舊劇編製以教忠教孝為本，如此收場，欠缺殊甚。

從前「上海丹桂第一臺」，羅筱寶的《金水橋》（貞觀）幾乎每星期要唱一次。王靈珠（公主）、王蘭芳（詹妃）、何潤初（長孫皇后），〈金殿〉一場，大家一場對唱之後，是沒有結骨眼兒的。皇后、妃子、公主全「陰場」下去了，只剩貞觀一人悶坐金殿。這時候上麒麟童的程老千歲回朝頒兵，問起：「午門外綁的小將是誰？」羅筱寶說明原因，程咬金硬著要保，貞觀不允。老千歲金殿撒賴，逼著貞觀把個「赦」字寫在手心上面，方才赦回秦英，同去鎖陽關戴罪立功。

三位旦角重新上場歸座，詹妃悲泣，皇后打圓場，公主陪罪，劇情圓滿，而且加上程咬金，更加火熾。

如此唱法，程咬金成為次要角色，而上面秦懷玉出兵可以省去。第一場由公主引子出場，念唱起二簧慢板，青衣、正角身分方始襯足。下接秦英釣魚（番兵番將、武行，一切可省），一段二六仍留作金殿最後精彩。此劇只消一個鐘點便可唱完，而且用人可以減少一半。

留臺劇話（三）

梅硯生　梅硯生來臺甚早，海慧玲即其親傳弟子，初名蓋慧苓。即硯生所題，意謂自己名梅硯生是兼梅蘭芳、程硯秋、荀慧生之長。為女弟子取名，則希望她蓋過言慧珠、童芷苓也。其母海雲峰說：「咱們閨女，如果蓋得過人家，蓋蓋倒也罷了，萬一蓋不過去，豈不叫他人笑話？咱們姓海，就叫她海慧玲罷。」梅硯生劇藝，確有精到處，惜其身材高大，扮相太吃虧了，嗓子本錢又不夠，所以息影紅氍，至今紅不起來。

周金福　周金福的小丑在臺灣，確不做第二人想，金尤賞識他《烏龍院》的張文遠，饒有書卷氣。《群英會》蔣幹、《審頭》的湯裱背亦不弱。金福藝受自蕭長華，早年曾唱老生，故非一般俗伶所能企及。

白玉薇　北平中華戲校之四塊玉，侯玉蘭、李玉茹、白玉薇、張玉英，唯白玉薇現在寶島。玉薇結婚於勝利那年之上海新新酒樓，禮畢，客尚未散，潘柳黛忽當眾宣佈與熱帶蛇李君結婚。原班賀客，又做一次嘉賓，滿堂掌聲，一時傳為佳話。玉薇於三十六年隨夫婿來臺，做良妻賢母，久與劇壇絕緣。後膺「大鵬」、「復興」之請，始稍稍出而教授弟子，如「大鵬」所演之八本《雁門關》，「復興」之《十三妹》、《小放牛》，皆玉薇祕本，親炙於通天教主老供奉王瑤青者也。

曹曾禧

趙培鑫未來臺灣時，票界以寒山樓主（鄒偉成），曹曾禧、李心佛為三鼎甲。寒山自視甚高，藝亦精湛，顧病於嗓，李心佛忙於職務，皆不甚演出。唯曾禧為好好先生，人有央求，無不立允；其嗓音天賦，極近富英，念白蒼勁，雖身上沒有功夫，然不失書卷氣，金大姊（素琴）有戲，非曾禧使用不歡。曾禧堂會，亦如書畫家之訂有潤格，與金大姊平分秋色，其獨唱者非兩竿不應也。後正式下海，為「明駝」臺柱。

寒山樓主

寒山學藝於莫敬一，有出藍之譽，病嗓而長於做，有以為馬派者，其實宗余。沈元雙為上海縣知事沈寶昌之弱女，其姊沈元豫學荀，元雙則拜筱翠花為師。姊妹雙雙，負譽春申，有異曲同工之妙。余嘗央元雙與寒山合演《烏龍院‧鬧院、殺惜》，璧合珠聯，內行觀者如堵，莫不歎服。今寒山遠客海外，元雙相夫教女，劇壇盛事，此為絕唱矣。

章遏雲 珠塵館主章遏雲，盛名人江南北，不知顛倒過幾許眾生。在漢口時，曾聘梅（蘭芳）、余（叔岩）至漢演唱而自為班主，此種魄力環顧藝壇，亦無第二。初從畹華習梅，後從榮蝶仙習程，乃以程派蜚聲南北，其實與硯秋同門，非弟子也。近則久卸青衫，專為「大鵬」教曲，徐露、古愛蓮、張安平皆其弟子，而愛蓮聲調尤為畢肖。

金素琴 金素琴年已過五十，扮起來還是綺年玉貌，麗質天生。她的嗓子本錢又那麼充足，謂之寶島的青衣祭酒，誰曰不宜！戴綺霞也五十多了，她的花旦，刀馬嫻熟，曾為「大鵬」第一紅人，後來自己組班，單獨演出，亦盛極一時，寶島堂會非金即戴，分庭抗禮者七八年。

李桐春 桐春為萬春之弟，鳳翔則李硯秀之弟，非一家眷屬也。二李同隸「永樂」，鳳翔牌名，且較桐春為高。桐春憤而他去，藝事猛進，自組大宛劇團，演出軍中，聲譽鵲起。所隸武行，王福勝、金鳴玉、陳慧樓、陳寶亮，皆一時之選。鳳翔則以體格增肥，不常演出。然登臺賣力，勇猛猶昔。

高　華 自周長華歿，無線電臺程腔絕響，於是宗程者皆投止於高門。高華字寶秋，從王瑤青習程腔（與章遏雲之從榮蝶仙習程，皆非硯秋弟子），二十年前，即已蜚聲寧、滬。不但早年玉貌與硯秋有虎賁中郎之似，及後硯秋發胖，高亦加肥，而其研究程腔，尤為精纖入微。然以福體日增，視登臺為畏途，嘗以八七水災，始演出《金鎖記》，聞者莫不迴腸盪氣；余以為工力之深，又迭出硯秋而自成一家。高華聞之首肯曰：「是真知音也。」

金鳴玉

金鳴玉文武全材，坐科鳴春社，李桐春倚之如左右手。惜屈為武行頭，專充桐春下把，莫展所長。軍中康樂總賽，嘗露《王佐斷臂「說書」》，得第一獎。余嘗煩他《戰長沙》，黃忠亦為愜心貴當之作，誠劇壇未易材也。惜不常演，故知之者甚少，今且頹然老矣。

劉正忠

劉正忠初隸「永樂」，頗飲佳譽，長靠戲勝於短打。他是上海戲校的武生臺柱，避地來臺，頗為潦倒。一度演出於「紅樓」八角亭，盔靠不全，見者憐之。顧正秋以同門之誼，引入「永樂」搭班，頗收綠葉之效。惜性好賭，竟至藝術荒落，身懷良技而自甘隱退，論者惜之（聞正忠後亦戒賭，為正當商人）。

李環春

為李萬春弟，排行第五，來臺尚幼，未嘗見過萬春的戲。受藝於乃兄桐春，以《伐子都》一劇打泡於寰球戲院，觀者一致稱譽。旋從賈寶山學藝，賈本蓋叫天下手，故短打戲極似蓋派，而非李門本派。近來時動長靠，然李老五天生俊秀，身段玲瓏，仍以短打戲為宜（近於臺視見老五之蜈蚣嶺，甚出色）。

周長華

長華一名昌華，坐科「北平」，本工老生，後繼穆鐵芬佐程硯秋操琴，指法包圓，新腔迭出。來臺後，於廣播電臺說戲，一時程腔風靡全島，素習梅者皆改而習程，時人謂之「陳皮梅」。顧沉湎於酒，竟以心臟病卒於中山堂臺上，惜哉。

孫元坡 元坡、元彬名武生孫毓堃之子。毓堃身材不及乃父，長靠戲微嫌氣魄不足，蓬頭之勾臉戲則出色當行。元坡身材魁梧，碩大聲宏，余最愛其《白綾計》李七長亭、《鬧江州》真假李逵，時下洵無餘子。

徐　露 「大鵬」以全力培植科班，人才輩出。大師姊徐露一枝獨秀，幼時極似上海戲校時代的顧正秋。後則奇葩煥發，玉立亭亭。從老伶工朱琴心習花衫戲，無不心領神會，妙造自然。嗓音天賦，高下隨心，後得名師於唱工方面更加深造。然嫁後光陰息影多年，最近始在電視時常演出，丰度加豐，藝尤猛進，正秋而後坤伶首席，非伊莫屬了。

吳劍虹 吳劍虹隸「永樂」時，厄於周金福，演三路丑角，初無籍籍名，梅晏生演全部閻惜姣，以劍虹配活捉之張文遠，赫然露頭角，自云其藝傳自劉斌崑，但變臉之多且速，不及斌崑。後隸「陸光」，已為南方名丑，與北丑周金福堪為伯仲。

陳美麟 陳美麟為南丑劉斌崑之女，隨母演出漢口，未嘗蒞滬，來臺以後始知斌崑有女也。其藝亦兼梅、程、荀三者，以程之《碧玉簪》、梅之《鳳還巢》、荀之

《紅娘》打泡，各得一體而不相淆混，是以難得。青衣後進周韻華，聞為美麟弟子，扮相文秀，藝亦不弱。後嫁胡少安，夫婦同臺，美談也。

張樹森 記得當年邱治雲叫小小奎官，趙君玉叫大大奎官，均從許奎官習淨，孩提時均唱大面，紅極。「大鵬」出了個張樹森，一齣《空城計》司馬懿，將城樓上的諸葛孔明全蓋了，帥極。近惜倒嗓，尚無繼起者。

秦慧芬 秦慧芬出科於厲家班，來臺似在顧正秋之先，體弱善病，故不常登臺，陸光劇團成立，聘為臺柱，與周正榮、馬維勝以全本《龍鳳閣》打泡，從《大保國》到《二進宮》一人到底，演出「國光」，盛況空前。其扮相之貞靜，身段之嫻雅，均一洗凡俗，惜其質佳氣弱，繁重之劇，不能長期勝任，然如《牧羊》、《教子》、《宇宙鋒》、《寶蓮燈》諸劇游刃有餘矣。近亦息影，專任「大鵬」教師，造就人才不少。

高德松 高德松淨角為中華戲曲學校之頭班高材生，初隸「永樂」佐顧正秋劇團，嘗與孫元坡演《雙李逵》，余特從臺中往觀，二人咸力求振作，氣魄不凡，顧曲家莫不寄以厚望。

八番官 商社票房成立時，《四郎探母》解禁未久，演者特別感覺興趣。蕭太后一角煩張黃補中女士，同人發起飾八番官以捧之。箭衣、馬褂、緯帽、朝方一律由建新公司新製，八番官計有梅花館主鄭子褒、紅袖青衫劉慕耘、包緝庭、王冰庵、吳子聲、朱庭筠、李浮生及余，而以陳鴻年充飾馬夫。是日車水馬龍，鏡頭全為八番官搶盡，亦一時佳話也。

包緝庭

青年白髮的包緝老，一本「富連成」史全在他的肚內，談起來頭頭是道，談武戲更是臺灣寶島獨出一家，並無分出。但他的本行卻是唱旦的，在寶島裡只是不漏罷了。可是他命犯孤鸞：一次在春臺雅集，和周長華雙飾王棟、王樑，不久長華作故；商社《探母》和梅花館主捉對兒飾番官，不久梅花在鳳林酒家墮樓，天上修文。前年他老人家忽發雅興，要和我來一齣《紅鸞禧》，俺的莫稽，她的金玉奴，我聽了魂靈嚇出，忙大叫道：「我這歲數兒還要活幾年呢！不幹！不幹！」

周麟崑

周麟崑在青島是個小康之家，因為戲迷而傾了家。他學的麒派，兼演紅生，而他的紅生與三麻子一派不同。他久在臺中，為陸軍預訓部康樂大隊，懷才不遇，朱聯馥兄為麒派名票，惺惺相惜把他請到「今日公司」麒麟廳獨當一面，並為他排出甚多麒派連臺本戲，觀眾日告滿堂，可以吐氣揚眉了。偏偏中風癱瘓，不能登臺，幸虧他的三位小姐，個個學藝有成。前些日子，我偶到麒麟觀劇，臺上正演我替徐蓮芝改過的《香羅帶》。而演出的旦角，卻不認識，秀外慧中，我以為姜竹華呢。恰好周麟崑過座和我招呼。我問臺上是誰，他說這是他的三閨女，鳳字排行。我不禁為他額手稱慶：「楊家有後，謝天謝地！」他也笑了。

姜竹華 姜竹華是銀牡丹的令媛，她的戲部分得之家傳，本身又在科班打好了武底子，在「今日世界」麒麟廳獨樹一幟，一齣《虞姬恨》每貼必滿，內外行莫不欽佩，在前後臺與周麟崑分庭抗禮。

劉玉琴 原名小劉玉琴，與乃兄劉玉麟，乃妹劉玉霞，繼顧正秋之後合作演出「永樂」，極為叫座。一齣《紡棉花》改名《勝利回家》，前方勞軍，尤受歡迎。玉琴瘦而頎長，演刀馬旦頗見功夫。《天門陣》、《馬上緣》，均所擅長。嫁後光陰，仍時演出勞軍，金門、馬祖常見芳蹤，臺上臺下，打成一片，揚溢海上，人人振發，不讓古人聞雞起舞，專美於前。

軍中名票 軍中票友極多，然以下海而享盛名者得三人焉：尹鴻逵（老旦）、馬維勝（銅錘）、程景祥（花旦）。鴻逵隸「大鵬」，維勝隸「陸光」。景祥以空軍高射砲手而習花旦，蹻工做派，一似當年戎伯銘，明眸善睞，巧舌如簧，隸「大鵬」一時與趙原為一時瑜亮。

佘化龍 醉心楊寶森，扮相清秀，嗓音寬亮，自稱慕森樓主；論者非之，以為鬚生宗派，焉有以楊派為標榜者。曾不三年，而寶森之《昭關》、《跑坡》，風行寶島，人又從而增崇楊派，不知得風氣之先者寶佘君為之首倡也。

楊鳳仙 在臺北政工學校結業，她已是空軍少校兼師大教官，但她仍是空軍康樂的臺柱，私底下她並不很美，扮上裝竟似天仙化人，到今為止，寶島伶票兩界，尚沒有賽得過她的。她不但青衣花旦好，小生戲亦好，臺灣演出的《蘇小妹》，她是第一份。

王震陸 為上海小生名票王震歐的弟弟，初受藝於章遏雲，後直接拜程禦霜為師。來臺後，忽患失音，但他研究程腔孜孜不懈。周長華在時，二人朝夕不離，其唱富情感，吐音咬字，確能高人一等。

哈元章 「大鵬」當家老生哈元章為老伶工哈寶山之子。寶山為馬連良表弟，久陪富英為硬裡子。元章則坐科「富連成」，幼年即為「元」字輩當家老生，扮相瀟灑，學馬溫如。惜窘於嗓，時潤時澀，不能自主，但做工磁實，尤肯賣力。

張叫地 陳鴻年兄說寶島劇團沒有能唱《百涼樓》的。秦慧芬與李金棠來臺中，邀紅生張叫地同臺演出，曾貼此劇。余特趕去觀場，則已改貼張英武之《白沙灘》。叫地改演《水淹七軍》，投袖亮相，頗具李洪春家數。據云《百涼樓》這齣戲，他是有的，可惜角色方面，時間匆促未能排演，甚為可惜。

小放牛 目下推季素貞、李金和是一對兒（按金和於最近作古），小輩裡則「復興」的沈復嘉「妞兒」不錯，可惜那個牧童有些怯口。扮相當數國立藝校的李居安第一，也是牧童不夠格。我看朱元壽的蘇丑，倒是不錯，不知演牧童哥，他行不行？此戲白玉薇向稱一絕，不知她教了後一輩沒有？然而牧童方面，似有才難之歎。歎的不是唱做功夫而是那份天真。

焦鴻英 美豔親王焦鴻英在香港曾和馬連良組班，唱過雙頭牌，來臺以後影劇藝人無不尊她一聲大姊。她上有慈親，下有愛女，外表輕鬆，家累實重，心情是苦悶的。嘗漫遊星馬，為奉僑陳人和君所追求，不遠重洋，從星馬追到寶島。大姊感其誠，始允求婚，含淚遠嫁南洋。而大姊手姿轉見腴潤，她說：「近來生活安定多了，戲完全荒疏了。」

蕭慧芳 北平人，從何佩華學戲，然其嗓音清亮，有剛音，不宜於荀派。嘗於中臺雅集晚會演《二進宮》，飾李豔妃，時已午夜，有離座者，慧芳出臺「自那日與徐楊」一聲裂帛，響遏樑塵，觀眾無不重新回座，側耳傾聽，直至曲終，掌聲如雷。慧芳鋼喉，名以大噪，惜其體弱多病，日與藥爐茶灶為伍。

李毅青 票青衣，醉心君秋，嗓音剛柔相濟，運用亦得其神似。君秋喜創新腔，《銀屏公主》大段二六，得毅青唱演，而紅遍寶島。昔之青衣宗尚、梅、程，今日寶島老生宗楊（寶森），青衣宗張（君秋），可謂兩大新派，而毅青實君秋之功臣也。

王振祖 嘯雲館主王振祖，梅派青衣得楊畹農之真傳，在重慶時即已紅遍，與寒山樓主同蒞寶島最早，並為票界前輩。振祖事業心極重，關於劇運工作，尤能獨任艱鉅，克苦克難，以臻於成。復興戲劇學校即為嘯雲獨力手創，三年有成，譽滿中外，前途似錦，方興未艾，如振祖者，可謂有心人矣。　愛女復蓉，從白玉薇學戲，青衣、刀馬、花旦無不活潑精工，她說：「我的蕭太后比爸爸好，我的十三妹比媽媽好。」原來她的媽媽李忠蔭也是名票，一齣《十三妹》是老供奉王瑤青親傳實授，復蓉這孩子心胸可真不小哪。

周亮節 評劇家注重正角，卻很少注意裡子。其實裡子一工，重要性並不下於正工老生。例如《鳳還巢》的程浦、《鎖麟囊》之趙祿寒、《法門寺》之宋國士，此劇在寶島是最熱門戲，而裡子之勝任愉快者，唯周亮節一人。李金棠裡子戲本為獨步，自金棠挑樑正工，而亮節遂出人頭地，其循規蹈矩，尤為人所不及。

劉玉麟 一日，包緝老問我：「今天有一齣南派《雅觀樓》，你看不看？」問其何謂南派，他說：「《雅觀樓》巧耍令旗，南派有，北系無。今天劉玉麟耍令旗，故謂之南派。」玉麟扮相俊雅，原攻麒派，後改小生，能演《鎮潭州》、《叫關小顯》，殊為不弱。《雅觀樓》源出崑曲，但無巧耍令旗。玉麟既有此身手，何不演崑曲《起布》、《問探》，一饗顧曲知音也。

王克圖

周長華作古，而程腔云亡。王克圖久佐顧正秋，手音清亮，佐程腔能勝任愉快，高華、章遏雲皆非克圖操琴不快。然克圖不但程、梅兼擅，托老生亦能超軼流輩，遇快板、流水得「頭如青山峰，手如白雨點」之妙。當代琴家，周長華之程，郭曉農之梅，並世皆稱為兩，後起唯王足與頡頏。

四大名旦・四大美旦・四大霉旦

膾炙人口的四大名旦，盡人皆知；不過他們的成名經過，當中也有一個曲折。戲劇界都以京朝派自雄，但其發跡走紅卻都在上海。而這四大名旦的為大眾公認，則是從民國二十年上海長城公司一張唱片而奠定的，那就是《四五花洞》。論名次，當是梅為魁首，應無異議，以下三位，就難分軒輊了。論年齡，梅最長，荀、尚同年生（據周志輔作《京戲近百年瑣記》載：荀慧生、尚小雲均生於一八九九年光緒二十五年，荀生於該年十二月初五日，尚生於該年十二月初七日，荀早尚二天）。程要比梅小十年。談輩分，梅、荀、尚都是平輩，而程則是梅的學生，小了一輩。當時這張唱片的排名，是葉庸方和梅花館主鄭子褒二位所設計的，唱片是圓的，排名是四個人各占一面，成為圓形，不分大小，開唱片排名的創例。最妙的是吳素秋，她本來是尚小雲的弟子，所以，她的拿手戲在《紡棉花》學四大名旦，唱《五花洞》便依唱片先後的次序梅、尚、荀、程一句一句地唱，偏偏她又把她老師尚小雲的毛病兒都學得唯妙唯肖，叫觀眾忍俊不禁，而且過分誇張，實在不足為訓。

現在要談的卻是四大美旦和四大霉旦。四大美旦的第一名，仍然是梅蘭芳，但第二名並不是程、尚之流，而是和梅同時名滿江南的馮春航（小子和），第三名是賈璧雲，第四名趙君玉。這三位都生長江南，江南的美是水做的，和北方的健美不一樣。馮子和出生南伶世家，當時，上海有個南社，社長柳亞子捧他最力，不惜號召全社詩文社友向馮子和稱臣，又替馮春航在西湖馮小青墓上立了一塊碑，刻了許多詩句，出了一本《春航集》；而北方名士不甘寂寞，也替梅蘭芳出了一本《浣華集》。論到美，蘭芳確實比不過春航的，看梅好像嚼檳榔，看馮好像吃荳蔻，這個比較，知味的多能辨別箇中滋味。不過，蘭芳的唱，春航是辦不到的；春航的演，也是蘭芳辦不到的。可惜馮中年以後，身體便發了胖，他就卸去歌衫，從商隱去，卻留下後人多少懷念。

賈璧雲是湖北人，梆子出身，他有一條磁性的嗓子，一對閃電燈似水汪汪的眼睛，圓姿替月，齒白如編貝。他的戲路也自和人不同，最拿手的《梵王宮》、《汴梁圖》、《戲鳳》、《醉酒》，都別具特色。尤其一齣《陰陽河》是他拿手的，一對八角琉璃燈，挑在肩上，燈裡的蠟燭，紋風不動，一枝不滅。還有《紅梅閣》，在被賈府家將追殺的一場，滿場飛滾，有如繡球一般，叫人眼花撩亂，舌撟不下；而他氣不喘，色不變，一下子又變了鬼臉，長舌炎目；一陣火彩，他又變回來了，依然粉妝玉面。這種技術大致得於梆子出身，所以南北伶對賈這齣拿手戲，都望塵莫及了。

趙君玉是馮子和的雛形，在馮子和大紅大紫的時候，他還是個小孩子呢。父親趙小廉唱武生的，他自幼得到乃父薰陶，所以，他的武功底子不差，父親卻叫他學大花臉，和邱治雲同拜許奎為師，藝名大大奎官；可是他卻私淑馮子和，學的是花旦，漸漸嶄露頭角，馮子和藝壇尚未息影，他已接上了。譚鑫培最後一次到上海，在九畝地新舞臺演出十天，中間一齣《珠簾寨》（《珠簾寨》本名《竹簾寨》，管事的伺候老爺子，請問明天演什麼戲，老譚正在抽大煙，含糊地說了個《竹簾寨》，管事的誤聽為《珠簾寨》，從此以訛傳訛，就變成《珠簾寨》了），趙君玉卻派到了二皇娘。

按老譚末次來滬，「新舞臺」的配角糟不堪言，《珠簾寨》大皇娘派了湯雙鳳，你想這樣一張包腳布面孔的大皇娘，而配著一位嬌小玲瓏美貌如花的趙君玉，再加上一個龍鍾衰邁、倚老賣老的譚鑫培，誰不替趙君玉捏一把汗？誰知他一不驚，二不慌，要什麼，有什麼，在逼著老大王敢說三個「不」字的時候，拉著老譚的鬍子說：「老素菜，竟到這裡要採來啦？」最後一場，把老譚也弄糊塗了，和程敬思互遜客位的時候，一屁股坐到趙君玉的腿上，得到滿堂的大彩。從此，趙君玉紅了，老譚也樂了，而這臺戲也從此留下兩個典型，便是二皇娘一定要拉老大王的鬍子，老大王也一定要坐到二皇娘的腿上，北來名伶也照演不誤，還說這是京朝派呢。

四大霉旦，不是說他們的藝不如人，甚至還超過四大美旦的三位南伶，而足以和梅、程頡頏，那就是徐碧雲、黃桂秋、朱琴心（一說為王幼卿）、程玉菁。除了程玉菁是王大爺（瑤青）的看家弟子，黃桂秋拜過陳德霖的門，徐碧雲是梅蘭芳的學生，只有朱琴心是票友下海，但他也從過很多名師像郭際湘（藝名水仙花）、田桂鳳等，他早年到臺，在「大鵬」授劇，可以說是臺灣平劇界發揚光大的一位播種人。

徐碧雲是梅蘭芳的妹夫，蘭芳替妹子看中這門親事，就是賞識徐碧雲的才華出眾。別說他的梅派唱到了家，徐碧雲的胞兄就是梅的琴師徐蘭沅，有時，佳腔迭出，把梅大爺也聽得擊節稱賞不止。所以，徐碧雲在北平初出臺時，梅為他佈置安排，報紙也為他盡力宣揚，聲勢極盛。可是他的容貌欠佳，在臺下雖也是楚楚少年，一扮上戲，便打了折扣，這在行話叫「祖師爺不賞飯吃」。你演別的角色醜一點，還不在乎，演旦的可是一半是藝，一半是臉；例如上文提到的四大美旦，他們的臉蛋兒就是祖師爺賞飯。在北方講究聽戲，比看戲的多，他還可以馬虎過去；來到南方，看戲的卻比聽戲的多，三天打泡下來，戲館外面便門庭冷落車馬稀了。徐碧雲鎩羽而歸，每天對著鏡子哭泣，甚至抓他自己的臉。可惜那時候還沒有美容院，任你藝高千丈，而沒有引人的美貌，也賣不了錢，雖有梅蘭芳這塊大牌子替他貼金，也無能為力。於是他漸漸走到自暴自棄的路上，鬧出風化案件，被法院判罪，罰他穿了紅衣紅褲，彷彿《蘇三起解》一樣，在前門外大柵欄清道掃地，從此一蹶不振，雖有一條金嗓子也沒有人聽了，缺德的報紙上便稱他為第一霉旦。

第二位霉旦是黃桂秋，黃桂秋的嗓子之甜，也是一絕，他又能別出心裁，製造新腔，至今唱片還留下《春秋配》、《別宮祭江》的黃腔。他私生活沒有徐碧雲那樣放浪，可是他吃虧的也就是那一張臉，先不說鼻子中間打了一個大結，你說扮出戲來還有什麼賣相呢？可是貨賣識家，第一個賞識他的江四爺（子誠），他是名律師江一平的尊人，當年也是青衣名票，當過臺灣巡撫唐景崧的文巡捕，在北平、上海都下海票過戲，藝名江夢花，在百代公司還灌過《落花園》的青衣唱片；他不但懂得唱，還懂得吃，上海清真館洪長興就等於是他的家廚，只要樓梯一響，跑堂的就聽得出「四爺來了」，替他安排上一桌子好酒菜，都是四爺最愛吃的；而黃桂秋是他的桌上常客，酒酣耳熱，江四爺拿筷子擊著酒壺唱《長坂坡》的趙雲「四面八方一齊起」，或《挑華車》的高寵「耳邊廂又聽得鼓咚咚」，聲如裂帛，激昂慷慨，黃桂秋卻唱《別姬》「漢兵已略地」以和之。四爺痛快地說：「桂秋，你有虞姬之才，惜無虞姬之貌，奈何，奈何！」桂秋為之泣數行下！但桂秋的真才還有人賞識他，那就是開皇后大戲院的張鏡壽。張鏡壽不但請他演頭牌，還為他製了全堂的臺幔，宮燈、行頭一色是金黃的。又在《祭江》劇中繡了兩面長幡：「思親淚落吳江冷，望帝魂歸蜀道難。」這是徐文長寫在梟姬祠的對聯，當年陳老夫子唱《祭江》就用它自製長幡。黃桂秋效學老師，也仿製了這副對聯。無奈黃桂秋的容貌不幫忙，未能大紅，把他歸入霉旦，實在合著溫庭筠一句話：「今日愛才非昔時，莫抛心力作詞人。」詞人而具醜相尚不能得志，何況唱戲呢！真為他叫屈不止。

朱琴心，論容貌不算難看，他又是南方人，和蔣君稼同出常州世家，在上海票界同負盛名，二人造詣也不相上下。琴心自負色藝，不甘埋沒，到北平下海，請教過許多位老伶工，學習了許多齣看家戲，論行輩和梅蘭芳都是並起並坐的。朱晚年在上海，梅蘭芳請他到家裡教梅葆玖的花旦戲，可見他在內行中深受重視。他到了北邊，得到政界要人程克的捧場，居然大紅起來。朱全盛時代，排演《陳圓圓》，朱自演陳圓圓，請楊小樓配吳三桂，可概其餘。

論到琴心的玩藝兒，真不錯的，他不但有北派的氣氛，也把南派的看家戲帶到北方來了。例如，馮子和的閨門旦、趙君玉的花旦小戲，都讓他從南方帶來了。他又把小翠花的潑辣、梅蘭芳的明朗，帶進了他自己的戲裡；就苦在他的中氣不足，唱非所長，念不夠爽。北平人是講究一個「聽」字，對朱琴心的玩藝兒，卻不怎麼吃香，等程克下了臺，他也失了靠山。南花北植，生根還在南方，所以，又回到南方來了；但已體弱色衰，大角兒輪不到他，只好替人說戲。憑著他滿腹的南北戲料，替人說說戲，真是層出不窮。可是說戲的這一行，另外有說戲的占著，琴心懷才不遇，也成了過氣的霉旦。一九五〇年，他先到了臺灣。這時臺灣的戲劇界就像一片沙漠，全靠王叔銘將軍的大力，開創了大鵬劇團，在求才如渴的需要中，得到朱琴心這樣一位說戲的老師，真是沙漠裡的甘泉；由他造成了後輩名旦有徐露、鈕方雨、郭小莊、嚴蘭靜和圈外私淑的弟子不下二三十人。可惜他身體太弱，一個不過五六十歲的人，已如風中之燭，行動都要人攙扶。不久下世，而他的聲音笑貌，卻長留在他得意弟子的臉上、身上，令人懷念無窮。

程玉菁登臺時間並不長，為什麼也說他是四大霉旦呢？原來瑤青晚年，號稱通天教主，真正拜他為師的男女弟子，輪得到王大爺耳提面命的，簡直少之又少，便是挨到了也只在煙鋪上隨口哼上幾句給他們聽聽。說真的，倒是程豔秋的程腔、荀慧生的荀腔，都是從王大爺在煙榻上研究出來的；所以程、荀兩派，尚且出於王門，那其他的後輩，就休想從王大爺的口中得到親傳實授了。但在王門中，程玉菁是得到實授的，譬如言慧珠的《扈家莊》，就是程玉菁一手造就的；李凌楓也是王瑤卿的學生，但他長得不好看，全靠收了個張君秋，才讓人家知道有個李凌楓，而要講排身段，就非程玉菁不可了！程玉菁雄心勃勃，他得到王大爺的刀馬真傳，第一次登臺唱頭二本《虹霓關》，一亮相就讓線尾子遮了面孔，從此一蹶不振。他的一齣《十三妹》，自命後無來者，誰知他給人家說戲，說的頭頭是道，等到自己上了臺，卻不是這一邊灑了水，就是那一手開了叉。他不甘心自己會演得這麼差，誰知他演一次差一次，結果也變成霉旦了。可是，他教出來的弟子，卻沒有一個不揚眉吐氣的。知道的給程玉菁叫屈，不知道的，只有佩服王大爺教得好。後來程玉菁因滿腹牢騷，寄情麯生，和王大爺也鬧得不歡而散，古瑁軒中就由羅玉萍來替代程玉菁說戲，這已是一九四九年以後的事了。

提到羅玉萍，使我懷念無窮；他是我的乾女兒，名票羅鐵臣（行一）的女兒，也是我太太陳十雲的外甥女。王大爺到上海來，為王玉蓉把場，廣告上樂為監場導演，和言菊朋、楊寶森，經常在我家吃飯聊天。王大爺一見玉萍，喜愛非常，就有意收她做徒弟，而且正式拜師學藝，玉萍也有志向上，便在我家正式鋪下紅氍毹，磕頭請客，跟著王大爺到北平去了。不久赤禍日逼，我來臺灣，他卻回上海唱戲。記得有一天，是羅玉蘋和朱蘭春在天蟾舞臺唱《武家坡》，我還從臺灣打電報去給她鼓勵。此後，我們就沒有通過信，聽說她已嫁了王鳳卿的兒子，也接了王大爺的棒，替代程玉菁為人說戲了。

顧曲新記

崑曲不同於平劇，因為它演的多注重於男女的戀情，也是反抗舊禮教的昇華。從前袁籜庵撰《西樓記》，一夕，坐著轎子經過一家富室門外，內中正演《千金記》之〈十面〉、〈跌霸〉，也就是現在平劇留下來的《楚漢爭》霸王別姬。那轎夫歎道：「如此風清月白良夜，為什麼不演《西樓記》樓會，而演此大煞風景的鬧劇？」袁在轎內頓足道：「識趣呀，識趣。」猛不防把轎底頓穿，人從轎子裡跌了出來。

可見這種金鼓喧天的武劇，當時是並不識趣的。時到今日，卻翻了過來，楚霸王、梁山泊都受歡迎，而把輕吹慢唱，今夕只可談風月的真正文藝曲子，不但被人拋棄，甚至掩耳莫問，把崑曲變成「鼎力相助曲」了。

事極必反，近幾年來，各大專校多在提倡崑曲，尤其勞苦功高的是徐炎之老師，在「臺大」、「興大」、「政大」、「東吳」、「淡江」，都有他一手造成的崑曲學生，而且不斷演出，成績優異。最近是「政大」的十九週年校慶的崑曲晚會，承他送我最優座的入場券，而且說明這些學生都是初次上臺，而我最近也在政大中文系，做過一次元曲的演講，因此愈覺親切而高興，七點鐘未到，我就匆匆入座了。披覽劇目共有《義妖記》（斷橋）、《玉簪記》（琴挑）、《牡丹亭》（學堂、遊園、驚夢），演出人只有陳彬，我在臺下看過他，其餘都是初試新聲，所以徐老師要我寫一點，我就可以直言毋隱。

崑曲，在當年是地毯戲，也稱「對兒戲」，角色不過二三人，時間不過二三刻，現在搬到舞臺上演，環境方面有些不合宜，所以演出人雖有十分功夫，成績收穫也只到個七八成。何況演出人都是雛鳳新聲，意料中不會十二分理想。誰知收到的成績，卻出乎意料地好。

我先要向林達源同學嘉獎，全場三大齣，男生只有他一個，他擔任了〈斷橋〉的法海、〈學堂〉的陳最良、〈驚夢〉的花神，一趕三，而游刃有餘。我意外地驚奇，是陶勇君女教官擔任了〈驚夢〉的杜夫人，亮相時間不多，而得到滿堂的彩聲。

然後我要佩服舞臺經驗充足的陳彬女同學，她在〈琴挑〉裡搬旦，演陳妙常，那一種行雲流水的歌聲，若接若離的情態，我看過多少妙尼，都沒有她這樣幽雅。《玉簪》的妙常，比《西樓》的穆素薇難演，因為穆是名妓，陳是妙尼，一樣一曲〈懶畫眉〉，身分卻是截然不同的。

《玉簪記》是好曲子，我想以後再唱，可將〈問病〉、〈偷詩〉、〈追舟〉合在一起唱，必有更佳效果。

朱惠良扮《玉簪記》的潘必正，身材高，容貌俊，是個官生材質，如唱〈見娘〉，一定夠格；演潘必正卻缺少一點瀟灑丰度，臉上胭脂太紅，又所唱入聲字皆不斷，如「月明人靜」的啟口，便讀成「魚」字音，按南曲入聲必斷，諸位同學多不講究，是師之過，非弟子之惰也。如陳彬在〈驚夢〉的「早難道好處相逢無一言」的「一」字也讀成「依」音，是南曲而北唱矣，可不慎哉？

劉小蘭的《遊園驚夢》，是初次上臺，全劇無疵，可圈可點。她與陳彬的柳夢梅，真是珠聯璧合，她在〈遊園〉那種幽嫻貞靜，真是一位十七世紀的守禮女子，在〈驚夢〉中一種含情默默、嬌羞驚喜，更合著古代女子的外守禮而內熱情的一種昇華，這是一生愛好是天然的自然流露，一點沒有做作（如一做作，便可作嘔了）。〈遊園〉已是臺灣很多學校唱過的，劉小蘭雖屬首次，誠似初寫黃庭，恰到好處；唯「沒揣的菱花偷人半面，迤逗的彩雲偏」這兩句是聯貫的，「彩雲偏」正是指鏡子裡的（鬢），而不是天上的（雲），做身段應向鏡子裡看，不該轉身，主婢齊向天看。我最愛溫飛卿的「照花前後鏡，花面交相映」，小蘭一定讀過這首詞，則思過半矣。

〈驚夢〉生唱「我把你領扣鬆衣帶寬袖梢兒搵著牙兒苫」，旦應該有身段，如今舞臺面大，二人站得遠遠的，呆立兩邊，便減色多了。

又「早難道好處相逢無一言」生旦均有這一句，但唱法互異，工尺繁簡不同，亦宜注重也。

〈學堂〉的沙志玲同學，活潑可愛，活是個頑皮丫環。但此戲被平劇搬演壞了，變成太活潑，失去大家閨秀的丫鬟身分。但初演有此成績，非常難得。

〈斷橋〉是徐師母的佳劇，申玉玲身段、氣口都極肖，青白二妖，洪真珠和管新芝都是初試雛聲，真虧她們。

崑曲的服裝，從前仙霓社有，現在臺灣都用平劇箱子，有許多地方不合適。我想，可以捐一筆款子，做一套戲箱，如今崑曲逐漸抬頭，正是需要。

還有場面缺少的東西尚多，而每齣換場，多用大鑼，頗覺破壞幽雅的空氣，亦宜改善也。

附錄：有關生平與家世

生日記

高情稠疊

我沒有想到，來臺二十七年，霎霎眼已經八十歲了。很多很多至親老友，要給我稱觴做壽。我都謝絕了。生日是陽曆十二月七日，誰知五號那天，高逸鴻兄突來約我到電信局頂樓去看他新畫巨屏，我偕十雲欣然而往。誰知一進畫室，他就對我深深作了三揖，口稱「恭喜」。我奇怪道：「您完成了這樣前無古人的巨幅花卉，我當向你稱賀，怎麼倒恭喜起我來了。」說著，就連忙欣賞他的最新巨構。原來是牡丹、紅梅、翠竹、瑞石連起來的六幅通景，真是繁花萬點，翠色千重。還沒來得及交讚，他已拉著我說：「走、走、走，到萬歲廳吃酒去。」我又詫道：「哪裡萬歲廳？」他笑道：「您忘記了嗎？後天是您生日，今天先給您祝壽。」說著，他的夫人龔書綿已捧著一襲新製的紅襯衫和領帶，說：「定公，您把它穿起來，不知合適不合適？」又叫他的小姐過來拜壽。我真由肺腑裡發生一種感動。如此濃厚的友情，真叫我哪裡去找第二？再說，我有何德能，敢受此厚貺？終於同到華國頂樓萬歲廳，過了一個八十生日的前奏，陪家是江石江老兄、周勵夫賢弟。石江在《華報》上還撰文紀壽，真叫我更不敢當。

美意延年

我在去年遷居永和，全家團圓度歲曾寫過一首詩：「今夜除夕團圞飯，合計孫曾十五人。」有人曾見此詩而感泣的，據說此人也是合計孫曾十五人，但從來沒有團圓聚在一起過。今年我們除夕，算來也要缺少四人：原來我的孫女三毛和孫婿漢招，帶著他們的愛女如心、如意，已回泰京去了。但是孫女二毛、孫兒龍龍又各添一嬰，算來過年還是鬧熱的。在六號的清晨，他們都來，又加上我的老妻嫻君一向多病，今年卻很清健，所以永和七層樓上濟濟一堂，又是一天預祝，熱鬧非常。七號才是正生日，我卻被我的四弟漢槎，一早派車來接到他的淡水別墅去了。他知道今年立志不過生日，怕到正日還有登門的，所以早有預約，讓我淡水去清閒一日。誰知一到別墅他卻早已替我設了壽堂，精緻極了，有三座一尺半的彩瓷三星，尤其那位壽星，笑容滿面，奕奕如生。果然沒有別客，只有我們五位老兄弟，六位嫂嫂和弟婦。大哥志道，八十三歲高齡，最近還在宏恩醫院開十二指腸，新近出院，卻精神飽滿，大嫂更體貼入微。二兄公儒不幸去年去世，二嫂章蓮苹，不免憔悴。四弟漢槎只小我一歲，卻比我健旺得多，皆由弟婦馮舜蘋管制得好：第一不許他飲酒，第二不許抽煙，其他均可自由。五弟韻清本來是位病家，自從看了何東海神相，一切煩惱拋開，終年遊山玩水，一個病尪尪的文弱書生，竟日加茁壯，滿面紅光；但是我們這位弟婦湯勵男終年與藥爐為伍，手臂細如竹枝一般，但是打起牌來，可以四十八圈不下位，我稱她瘦骨神仙，她也不以為忤。六弟冷欣，是一位短小精悍的老軍人，記得我們五弟兄在臺中慎齋堂結盟的時候，他還沒有七十，他說要加入，我們故意難他，說非過了七十不可，現在他是七十六歲了；弟妹馬邦貞也是我們妯娌中最能幹的一位。當日，筵開兩度，中午烤羊肉，晚上自助餐，皆出四弟妹親手庖製。而這天還有一位特邀貴賓，是徐肖圃夫人季野環，她是我們大家的大嫂。

桃李春風

在淡水過生日原為避壽，誰知在臺中（中興、靜宜）兩校我的學生事前聽見都要趕北來參加。當時我急了，連打長途電話去說：「你們不要來臺北，我到臺中來罷。」因此八號午車，我和十雲就匆匆去了臺中，在程海波弟的府上集會。原說不要舉動，只是見個面，談談笑笑而已。誰知海波已為我設了壽堂，而且掛著六幅灑金紅箋的壽屏，我大驚道：「這是做什麼呀？」海波笑道：「您看呀！還是您老的親手筆呢。」我再細看，不覺大笑，還是去年海波六十歲，我為他撰寫的壽屏呢，還配著逸鴻替他畫的六枚大壽桃。海波是溥西山弟子，去年他更收穫了溥門諸大弟子送他的壽詩和畫冊，今天都陳列出來。我笑說：「今天倒像你做生日？」海波笑說：「借光，借光。」這時我的學生都到齊了，足足坐了兩桌，定的沁園春的菜，豐盛極了。一時笑語風生，桃李滿堂，她們都要向老師磕頭，討紅包。我說：「不然。今天應該你們給我紅包。因為你們現在都是現任老師了，而我只是一個兼任的鐘點老師。」說得滿堂大笑。席散餘興，還有絃歌消遣，真是海嶇添壽，情重如山了。

風雨故人

在我生日之前，在臺北先得到過一個電話，那是林則彬先生的。原來十月裡我去花蓮看老友駱香林，約定「生日避壽」到花蓮訪秀姑巒。則彬兄就說，要去，我們有志一同。由他安排濟勝之具。所以生日前，則彬就先來電話問去不去，我說：「改了，我要臺中去。」他說：「好極了，我也南部去。這樣罷，你去臺中，我在臺南等你。然後我們走臺東，一同去花蓮。」而且約定九號在臺南大飯店會面，同去阿霞飯店吃大螃蟹（紅蟳）。我們既是這樣約定，所以九號午車，我就去了臺南。臺中弟子各有教務羈身，此行原有三個願望，和則彬兄約定之外，還有住在臺南的趙含英大妹子（潘公弼夫人）、林秀鳳（靜宜學生）準擬會齊了一同到阿霞飯店吃螃蟹的。誰知一到臺南飯店先問：「林則彬先生來了嗎？」櫃臺上管事的說：「沒有。」我說：「我們是在臺北就約定的呀！」他冷冷地道：「不知道。」我有點失望，因為則彬兄是個信人，他絕不會失約的。「請你查一查登記簿，也許他不用這個名字，他又叫兼之。」管事還是冷冷的：「不用查，我們都知道。」其時天大雨，我只好開好三〇四房，向十雲道：「我們先去訪潘太太罷。」她住在健康路運動場後面，一條巷子裡。誰知到達運動場正在開會，警察守住巷口，計程車不許進巷，我們只好冒雨下車。天氣很冷，偏偏巷子很深，我們又忘了門牌，找不著。好久，衣服全濕透，只好折回旅館，預備打電話去聯絡。誰知電話簿上沒有趙含英名字。又想到潘公弼原是《中華日報》總編輯，問報館一定會知。誰知打去電話，報館卻說不知。「我是陳某人，以前為貴報寫一《春申舊聞》的。」他們也說：「不知道。」把電話就掛上了。

第二個願望粉碎，只好打電話給林秀鳳。誰知不但電話不對，而且搬場了。三個願望完全粉碎，只好納悶，留個條子交給櫃臺，說：「萬一林先生會來，六點鐘我們在阿霞吃蟹等他。」

阿霞是臺南吃海鮮出名的，螃蟹其實是紅蟳，膏腴肥大，別有風味。五點半店堂裡已排滿了等座位的吃客。我們先看人叢裡會不會有林兄——還是失望，不過蟹卻吃是美甚，也很貴，一個蟹便要臺幣貳百，吃了四個連外費共費壹千。其實紅蟳學名蝤蛑，也就是南唐陶穀學士所說「一蟹不如一蟹」的那個東西。近來秋風起，鄉思濃，不曉得何故，每天都在想吃螃蟹。阿霞大嚼也算不虛此行了。

回到臺北，已是九號深夜，一睡醒來，忽聽客廳裡有人在叫：「你們先生還不起來，我停一會再來。」聲音很熟，我連忙起身問：「誰？」開門出去，人已走了，留下一個名片，正是大妹子趙含英。我大叫：「不要走呀！我到臺南去訪過您。」可是外面風雨甚大，去遠了。這麼巧，我去臺南訪她，她在臺北訪我，參商交臂。

接著門鈴又響，送進來的卻是一大簍臺南紅蟳，附帶一張名片寫著「臺南拱候不值，送上紅蟳四枚，乞哂收。」我大叫：「這是兼之呀。」立刻打電話到他公館，卻喜在家。我忙問：「您什麼時候去到臺南的？」他在電話裡說：「昨天臺南，你怎沒有去？」我忙道：「去，去，我住三〇四號。」他說：「怪極了，我住三〇七號正在三〇四號對面。」我說：「我還留條等你阿霞吃蟹呢。」「我也在阿霞，怎麼沒有看見呢？以為你們沒有去臺南，所以給你帶了四個大蟹回來。」一問時間，原來他是七點去的。由此相信，一個人的聚會緣分，也有一定，約定時間，同住一個旅館，千里迢迢而時間一錯，竟會不能相見。

更巧的，林秀鳳也來了信，說：「老師曾說過生日到臺南來，害我去車站接了兩次空。因為我搬了家，尚未和老師聯絡，怕您找不著。」

《翠吟遺集》序言

先君栩園公，字蝶仙，文章遍海內，事業滿中外，而自號「天虛我生」。生二子一女：余居長，名蘧，字小蝶；女名翠，字小翠；季弟次蝶，字叔寶；皆能文，時人以比眉山蘇氏。其實蘇家小妹出諸傳奇，無其人。而余兄妹三人，小翠文名尤著，其為文、詩、詞、曲，皆酷有父風。而余不肖，每家宴，輒縮手，有道韞當前之慼，父呵之曰：「汝無一及汝妹者何也？」余避席曰：「臣得其酒。」蓋妹不能飲，而余飲甚豪，酷肖父耳。父亦笑而解之。然吾兄妹家學，實得於母教尤多。母氏朱，仁和朱洛卿先生長女，十九歸於陳。

大父為諸生，平生著書尤夥，家有園林之勝，富藏書，館甥園中，遂得遍覽其祕笈，夫婦互相討探於鴻案間，常自以為不及，而字余母為孏雲夫人。迨生翠妹，遂悉以授之。妹穎悟異人，六歲受業，即誦司空圖《詩品》。年幼，口刁，「真體內充」輒讀「內」為「洛乙」。余竊笑之，母呵曰：「此天然之切音，兒何笑也。」妹小余五歲，民前十年生，而其學業之猛晉，則當與兄相差在十步與五十步之間也；十三歲即佐父譯西方書，披刊於報章雜誌者，不一而足。其為文喜李商隱、洪亮吉，為詩喜李長吉、謝翱羽，髫齡時嘗為小詞，置父集中，父不能辨，撫愛之逾恆，嘗云：「人言道韞才，怎及得吾家阿翠。」吾弟有夙慧，七歲亦能詩，嘗侍吾父同遊天目。父命吾兄妹作詩，弟應聲曰：「山花垂到地，松鼠叫開門。」父大喜曰：「汝他日當勝阿大矣。」顧小翠曰：「他日汝教之，勿令似阿兄狂簡佶屈，動輒令人不解。」故吾弟所得，受之翠妹為多。好看佛經，每與清談，坐中多不能對。惜早卒，吾妹傷之，而無文，曰：「痛甚。」

吾二人甚友愛，往往談玄，夜分不寐。母秉燈叩關曰：「雞鳴矣，可休矣。明日遂不作人耶？」乃散。

妹嫁臨浦湯氏，蟄仙先生文孫，字彥耆，稟清才，有隱德。人或以比趙明誠，輒慍曰：「李清照何足道哉。」妹亦以為清照幸為南宋間婦人，若近代才雋，如吳蘋香、呂碧城，皆能勝之，蓋自許非常，人亦以此許之。

吾父善畫，尤擅蝴蝶，故自號蝶仙。而余書畫則得之三姨丈姚澹愚先生。蓋余年弱冠，寫字猶如塗鴉，見澹愚丈畫梅而好之。問可學乎？丈曰：「畫必自習字始，能寫好字始能習畫。」請益，丈曰：「子不羈才也，梅不能縛汝，其山水乎？」乃授余山水訣，而余年已二十四矣。翠妹見而好之，欲與兄爭勝，曰：「山水讓兄出一頭地，吾可畫美人。」初不求師，所作眉目、衣服皆絕代，而其書法則效阿兄。於時，余方習虞、褚，妹益以南田，美如簪花。及其中年，猶守阿兄故步不故，而余肆志狂墨，不復規格。父每見而歎之：「兒曹狂簡，過猶不及，吾不知所以裁之。」蓋吾父喜顏真卿，而以何紹基為不可學。不肖如兒，宜受呵矣。

嗚呼，吾家自歙遷杭，及吾祖月湖公已十四代。始祖玉泉公即以文章氣節自礪而不求名世。歷代皆儒素，無宦情。吾父晚年專心工業，不復常為文，而遺書二百四十餘種，臨歿皆付吾妹保存，遺言：「吾為名士來，還為名士去。爾兄不足繼吾志。」吾母、妹皆謹受教，父歿僅年六十有二，逾四年，吾母亦歿，享年六十有七。時值抗戰，吾弟服心喪，竟瘖口不復言，久之亦歿，年僅四十四，傷哉。

民國三十八年，余違難遷臺，翠妹尚居滬。初，余與李祖韓、秦子奇創中國女子書畫會以相競秀。門弟子遍中外，而家學獨傳其女湯翠雛，尤工仕女畫。吾兄妹三人，皆單丁。余生子曰克言，亦能畫，油畫、水彩，造詣極深。妹生女曰翠雛，則國畫、油畫皆擅，且擅戲劇，似其舅。次蝶有女曰怡碧，今隨婿居美，而翠雛則遠嫁法國人曰陸艾客，皆藝術家也。

今距吾妹逝世且數年矣。吾家崩散於東西，中原無人矣，綣念孔懷，乃吾族胤，悲不能已，而吾年且七十有六。吾兒克言來告，將為其翠姑，重刊《翠吟樓遺集》，乞余為序。嗚呼，吾家祖塋在杭州留下之龍駒塢，滿山修竹，鬱生文草，堪輿家多指而目之曰：「此陳仲弓之後裔也。」自國變後，祖塋悉遭盜掘，翠妹手製土囊，拾骨遷葬，馳書告余：「今叢葬在某處某穴，願阿兄誌之，他日歸來，當可識。」當時吾頗疑其不祥，今妹且先我而逝，其歿，若有迫之者，吾不欲更傷兒女後輩之心，故不得已於言而沒不言。他日，將於吾定山遺集中求之，可得也。

壬子（一九七二）元日定山老人誌

血歷史209　PH0261

新銳文創
INDEPENDENT & UNIQUE

陳定山文存

原　　著　陳定山
主　　編　蔡登山
責任編輯　孟人玉
圖文排版　陳彥妏
封面設計　劉肇昇

出版策劃　新銳文創
發 行 人　宋政坤
法律顧問　毛國樑　律師
製作發行　秀威資訊科技股份有限公司
114 台北市內湖區瑞光路76巷65號1樓
電話：+886-2-2796-3638　傳真：+886-2-2796-1377
服務信箱：service@showwe.com.tw
http://www.showwe.com.tw
郵政劃撥　19563868　戶名：秀威資訊科技股份有限公司
展售門市　國家書店【松江門市】
104 台北市中山區松江路209號1樓
電話：+886-2-2518-0207　傳真：+886-2-2518-0778
網路訂購　秀威網路書店：https://www.bodbooks.com.tw
國家網路書店：https://www.govbooks.com.tw

出版日期　2021年12月　BOD一版
定　　價　480元

讀者回函卡

Printed in Taiwan

國家圖書館出版品預行編目

陳定山文存/陳定山原著；蔡登山主編. -- 一版. -- 臺北市：新鋭文創, 2021.12
面；　公分. -- (血歷史；209)
BOD版
ISBN 978-986-5540-83-8(平裝)

863.4　　110018950